KB041136

"아스타" 하고 가볍게 팔을 잡아당긴다.
뒤돌아보니 아이 파가 말없이 나를 바라보고 있었다.
나는 고개를 끄덕이고 주먹을 친다.

연회가——시작된다.

비나 루
루티무가로 시집가는 여성.
가즈란과 함께 아스타에게 혼례식
요리를 의뢰한다. 나이에 비해
침착하지만 천성은 쾌활하고
사교적이다.

가즈란 루티무

루티무가의 장남. 혼례 전 축하연 때
아스타가 만든 요리에 감명을 받아,
아스타에게 혼례식 요리를 의뢰한다.
강직한 성품이지만 유연성 있는 사고방식
을 가지고 있으며 가슴속에는 부족을
생각하는 뜨거운 신념을 지니고 있다.

얼마나 즐거울까.
얼마나 행복할까.
자신의 아들이 이렇게 훌륭하게 자리
이토록 아름다운 신부를 얻었다는 것이
기쁘고 또 기뻐서 견딜 수가 없을 것이다.

여기서는 잘 보이지 않지만,
그 커다란 눈에는 희미하게 반짝이는 것이
있는 듯한 기분이 들었다.

"실컷 먹고 마시게나!
오늘을 위해 애써준
루가의 여인들에게도
축복을!"

"에헤헤.
단 루티무 아저씨 흉내!"

초판 한정 **지비에 메뉴 리플릿**

NOT FOR SALE

Cooking with wild game.

지비에 요리의 길

제3회
멧돼지 샤부샤부 & 사슴 스튜

제3회 멧돼지 샤부샤부 & 사슴 고기 스튜

실제로 멧돼지 요리를 먹어보고자 기획한 '지비에 요리의 길'. 그 세 번째는 도쿄 코엔지 역 부근의 지비에 요리 전문점 '지비에 이노시카초'에서 다양한 지비에 요리를 먹었습니다.

※ 스포일러가 들어 있으니 본편을 읽은 후에 읽어주십시오.
※ 존칭 생략

★ ★

멧돼지 샤부샤부

EDA :
3권에서 아스타 일행은 따뜻한 온(溫) 샤부샤부를 먹었는데요. 차가운 냉(冷) 샤부샤부에는 또 색다른 매력이 있지요. 냉 샤부샤부도 작품 속에 등장시켜보고 싶습니다.

▲ 사슴뿔로 만들어진 문손잡이와 진짜 총알을 사용한 수저받침 등 점주의 섬세한 솜씨가 빛난다. 조명을 어둡게 써서 아늑한 분위기가 물씬 풍긴다.

참기름장에 고추기름을 몇 방울 떨어뜨려서 개운하게 찍어 먹는 여름철 별미!

초여름의 더위가 이어지는 가운데, 처음에 대접받은 요리는 돼지고기 샤부샤부가 아닌 멧돼지 고기 샤부샤부. 완벽한 피 빼기 작업 덕분에 누린내가 전혀 나지 않는데도 불구하고 약간 두툼하게 썰어서 데친 멧돼지 고기는 씹을수록 맛이 진하게 배어났다. 양념장은 참기름장에 고추기름을 몇 방울 떨어뜨려서 만들었는데 신선한 오이와 양상추, 방울토마토와 곁들여 먹으면 입속에서 개운하면서도 강한 감칠맛을 느낄 수 있다. 무더위에 뚝 떨어진 입맛을 돋우는 데 아주 그만이다.

사슴 고기 스튜

EDA :
그야말로 고기와 채소의 깊은 맛을 응축해낸 훌륭한 요리로군요. 이 정도까지 푹 삶은 스튜를 아스타에게 준비시키기는 어려울 것 같아요.

▲ 사슴 고기로 만든 소시지도 훌륭하다. 명이나물이 쏙쏙 박혀 있는 사슴 고기 소시지는 겨자 소스를 살짝 얹어 먹기만 해도 맥주가 멈추지 않는다.

입속에서 살살 녹을 만큼 사슴 고기를 푹 삶아 만든, 점주의 자랑 브라운 스튜!

오사카에서 이 스튜를 먹기 위해 찾아오는 손님까지 있다고 한다. 사슴 고기는 열을 가하면 질겨지기 때문에 원래는 레어로 먹는 것이 보통이지만, '고기가 질겨진다면 그 질긴 고기가 연해질 때까지 푹 고면 된다!'라는 생각에서 3일 이상 푹 곤 스튜는 더할 나위 없이 맛있다. 사슴 고기의 감칠맛이 제대로 배어든 수프와 함께 깍둑썰기한 고기를 입에 머금으면, 고기의 섬유가 입속에서 사르르 풀어지며 진한 수프와 함께 혀에 행복을 전해준다. 《이세계 요리의 길》의 저자 EDA와 편집자 K가 한목소리로 가장 추천하는 요리다.

다음에는 어떤 지비에 요리를 먹을 수 있을까요? 다음번 '지비에 요리의 길'을 기대해주세요!

취재에 협조해주신 음식점은 바로 여기!
지비에 이노시카초

전화 및 문의 090-4249-4543
주소　　　도쿄도 스기나미구 코엔지미나미 3-58-2 요시카와빌딩 1층
　　　　　　JR 코엔지 역에서 도보 4분(175m)

영업시간
18:00 ~ 익일 1:00 전후(종료 시간은 일정하지 않음)
밤 10시 이후 입장 가능, 밤 12시 이후 입장 가능
일요일은 정기 휴무

※ 인기 음식점인 관계로 예약하고 오시길 권합니다.

이세계요리의길

Cooking with wild game.

VOLUME 3

EDA 지음
코치모 일러스트
이정민 옮김

SNOVEL

커버 그림, 본문 일러스트 | **코치모**

MENU

프롤로그 // ~협곡에서~

눈앞에 간이 오그라들 것 같은 광경이 펼쳐졌다.

이곳은 파가(家)에서 걸어서 30분쯤 걸리는 곳에 있는 바위 계곡이다.

평상시 이용하던 물가를 지나 양옆으로 솟아오른 모르가 산을 바라보며 울퉁불퉁한 바윗길을 걸어갔더니, 드디어 그 장엄하고 무시무시한 정경이 펼쳐진 것이다.

협곡이다.

깎아지른 듯한 벼랑 밑으로는 이름 모를 강이 세찬 물소리를 내며 흐르고 있다.

사실 그 물소리는 아득하게 들린다. 우리가 서 있는 벼랑 꼭대기에서부터 바닥으로 떨어지며 흐르는 강의 수면까지는 20미터쯤 떨어져 있기 때문이다.

20미터──내가 살던 세계의 감각으로는 5층 건물의 높이쯤 될 것이다.

높은 곳을 좋아하지는 않지만 심한 고소공포증이 있는 것도 아니다. 벼랑 위에서 강줄기를 내려다보는 정도라면 어떻게든 참아서 다리가 후들거리지도 않았다.

다만 정말 무서운 것은 벼랑의 존재가 아니다.

나를 충격에 몰아넣은 것은 벼랑에 대롱대롱 걸린 수제 '구름다리'의 존재였다.

"……장난이지?" 하고 묻자 나의 친애하는 가장은 무슨 뜻이냐는 듯 "뭐가?" 하고 고개를 갸웃거렸다.

뭐가, 라고 하면 어떡해. 나는 탄식한다.

길이는 한 10미터쯤. 폭은 1미터쯤 되어 보인다. 낡은 통나무와 말라서 갈색이 된 덩굴풀로 만들어진, 참으로 원시적인 구름다리다.

바람 한 점 없는데도 다리는 이리저리 흔들리고 있다. 그곳에 발을 디딘다고 상상하는 것만으로 정신이 아찔했다.

"……과연 안전에 이상이 없는지 불안하기 짝이 없는데요."

그렇게 내 생각을 말해본다.

어쩌면 이곳 이세계에 와서 가장 진지한 얼굴이었는지도 모르는데, 나의 가장은 의심의 빛을 더할 뿐이다.

숲가의 백성, 파가의 가장 아이 파.

말이 필요 없는 나의 큰 은인이자 동거인인 용맹 과감한 여자 사냥꾼이다.

복잡한 모양으로 땋아 올린 긴 머리는 숲가에서는 보기 드문 금갈색.

강한 빛이 깃든 눈동자는 깊은 파란색.

밀크 초콜릿처럼 부드러운 갈색 피부와 잘 단련된 늘씬한 체구.

키는 보통이지만 비율이 좋고 신체에는 눈부신 생명력과 약동

9

감이 넘친다.

사냥꾼의 증거인 기바의 털가죽 망토와, 가슴과 허리만 가린 고운 색조의 천 옷. 탄력 있는 허리에는 투박한 만도와 소도를 차고, 아름다운 각선미를 드러낸 다리의 끝에는 친친 감긴 형태의 가죽 신발.

봉긋한 가슴 위로는 제법 많아진 뿔과 엄니의 목걸이를 늘어뜨리고, 가늘고 유연한 손목에는 독충을 예방하는 그리기 열매의 팔찌.

평소와 다름없는 아이 파의 모습이다.

어젯밤──루티무의 혼례 전 축하연 요리를 무사히 완수한 후, 루가(家)에서 마련해준 방에서 평소와는 다른 모습을 보였던 아이 파였지만 하룻밤이 지나자 그 낯선 모습은 온데간데없었다.

반가운 일이다.

반가운 일이지만──어떻게든 지금의 위기감을 공유할 수는 없을까?

"아스타. 너 혹시 이 다리가 불안하다고 말하는 건가?"

아이 파는 조용히 그렇게 말했다.

"그렇다면 걱정할 필요 없다. 이 구름다리에 사용된 건 피바흐라는 덩굴풀인데, 보기에는 가늘어도 웬만해서는 끊어지지 않고 이렇게 완전히 마른 뒤에도 인간의 머리카락처럼 튼튼하거든."

의외로 튼튼하거든, 이라는 존재로 비유한들 불안감이 해소될

리가 없다. 그렇다면 강도는 좀 약하더라도 굵고 탄탄한 소재를 사용하는 편이 그나마 정신적으로 안식을 얻을 수 있지 않을까.

"……이 다리는 내가 태어나기 전부터 이곳에 걸려 있었고, 오늘까지 아무런 문제없이 사용되고 있다. 위험할 리가 없잖아."

"아니, 지금까지 괜찮았으니까 오늘도 괜찮을 거라는 게 말이 돼? 오히려 그 역사가 길면 길수록 노후화가 진행되었다는 소리잖아!"

"그러니까 건널 때는 덩굴풀이 해진 곳은 없는지 꼼꼼히 확인하며 가야 해. 만약 타진 곳을 발견하면 발견한 사람이 고치는 거고. 그렇게 해서 이 구름다리는 수십 년이나 유지되어왔지."

"나의 가장 아이 파여. 그래도 저는 불안한 마음을 떨쳐낼 수가 없습니다. 더 안전하고 쾌적한 길은 없겠소이까?"

"……우리 집에서 제노스의 역참 마을로 가려면 이 길이 가장 빠르다. 다른 길은 시간이 갑절은 걸리거든."

그렇다. 우리는 기바의 뿔과 엄니를 식량과 교환하기 위해 제노스의 역참 마을인지 뭔지로 향하던 도중이었다.

아리아와 포이탄에, 과실주까지 동이 나서, 평소 같았으면 좀 더 여유를 가지고 역참 마을로 가는 모양이었지만 여하튼 우리는 돈다 루와의 대결을 앞두고 있었다. 그 결말이 어제 겨우 났기 때문에 아침 댓바람부터 집으로 돌아와 식량 창고를 관리하고 피코 잎을 채취하는 등, 최소한의 일을 마친 후 만반의 준비를 하고 집을 나선 것이다.

이곳 이세계에 온 지 대충 20일째에 접어든 나는, 마침내 숲가의 바깥세상에 발을 내디딜 기회를 얻은 것이다.

집을 나서는 순간부터 나는 미지의 세계를 향한 기대와 불안으로 마음이 떨렸다.

그리고 지금은 다른 이유로 떨고 있다.

"이제 됐지? 계속 꾸물거리다간 용무를 다 마치기도 전에 날이 저물겠어."

"기다리시오! 저기…… 손을 좀 잡아주지 않겠소?"

아이 파는 금세 눈살을 찌푸리며 "단호히 거절하겠다"라고 내뱉었다.

"그게 무슨 의미가 있지? 이 다리가 떨어지면 아무리 내 손을 잡았대도 죽는 것은 매한가지다. 정 잡고 싶으면 구름다리의 덩굴풀이나 잡아."

"아, 아니, 그래도, 마음의 안식이 필요합니다! 저한테는 이런 미덥지 못한 덩굴풀보다 가장 아이 파의 존재가 몇 배는 더 든든합니다!"

"……그 성가신 말투를 당장 그만두지 않으면 혀를 베어버리겠다."

"미안합니다."

"어쨌든 무의미하게 손을 잡는 것은 거절하겠다. 그렇게 불안하면 내 외투 자락이라도 잡든가."

몹시 쌀쌀맞게 내뱉더니 털가죽 망토를 펄럭거리며 구름다리로 걸어간다.

그 펄럭거리는 망토 자락을 나는 두 손으로 단단히 붙잡았다.

"조, 좋았어, 오케이! 그럼 출발하자!"

아이 파는 이쪽을 보지도 않고 땅이 꺼지게 한숨을 내쉬고는 아무런 망설임도 없이 발을 내디뎠다.

나는 이제 모 슈팅 게임의 옵션처럼 그 뒤를 따라갈 수밖에 없다.

아이 파의 발이 통나무를 밟는다.

출렁, 하고 구름다리가 크게 흔들린다.

나도 마음을 굳게 먹고 통나무에 발을 디딘다.

출렁, 하고 구름다리가 크게 흔들린다.

"……으악."

"시끄러워."

"자, 잠깐! 난간이라도 좀 잡아, 아이 파! 난 더 이상 손이 없단 말이야!"

"시끄럽다니까."

아이 파는 아랑곳하지 않고 평소처럼 씩씩한 걸음으로 나아간다.

흔들리고 또 흔들린다. 무지하게 흔들린다.

발밑 경치 따위를 볼 수 있을 리가 없다. 보면 주저앉을 게 뻔하다.

그래도 구름다리의 길이는 10미터 정도다. 우왕좌왕하는 사이

5미터 정도는 답파(踏破)해서, 이대로 아이 파의 뒤통수와 목덜미만 응시하고 있으면 그럭저럭 끝까지 뚫고 나갈 수 있을 것 같았다.

그런데.

"……음. 덩굴풀이 뜯어져 있군."

아이 파가 아무렇지도 않게 내뱉은 말을 듣자마자 내 속에 간직했던 이성과 지성은 사이좋게 어깨동무를 한 채 아득한 창공 너머로 날아가고 말았다.

"으아악!" 하고 비명을 지르며 아이 파의 몸을 있는 힘껏 끌어안는다.

출렁출렁, 구름다리가 흔들리는 바람에 발이 통나무에서 미끄러질 것만 같다.

"으아악! 으아악! 으아악!!!"

"멍청아! 놓지 못해?! 너 진짜 죽고 싶어!!"

아이 파의 호통 소리가 협곡에 울려 퍼진다.

아주 긴 하루의 시작을 알리는 축포 소리 같았다.

제1장 ★★★ 제노스의 역참 마을

1

제노스는 서쪽 왕국 셀바의 영토 중 한 곳이다.

광대한 영토를 자랑하는 왕국의 최동단(最東端)에서 약간 남쪽에 위치한 제노스는 미개척 산인 모르가 산기슭에 펼쳐진 변경 마을이다.

왕국 셀바의 영토에서는 나라의 경계가 되는 변두리 땅, 즉 변경으로 구분되지만, 우호국인 남쪽 왕국 자갈이나 동쪽 왕국 시무와 상당히 가까운 거리에 위치하기 때문에 제노스는 무역과 유통의 요지라고 할 수 있다.

또한 온난한 기후와 풍부한 물이 주는 은총 덕분에 매우 비옥한 농원 지대도 지니고 있다.

주로 돌의 도시라고 불리는 곳은 제노스의 중심인 성 밑 마을이다. 견고한 돌 성벽에 둘러싸인 성 밑 마을에는 통행증 없이는 들어가지 못한다고 한다.

성 밑 마을의 북쪽에는 귀족이 관리하는 과수원이, 남쪽에는 소작 농민들이 관리하는 농원이 널찍하게 펼쳐져 있다.

이 지역들을 한데 묶은 제노스 영토와 모르가 산을 좌우로 분단하는 형태로, 남쪽에서 북쪽을 향해 돌로 포장된 돌의 가도(街

道)가 똑바로 뻗어 있고── 그 가도변에서도 백성들이 생업을 꾸리고 있었다.

성 밑 마을과 농원의 샛길, 수많은 나그네와 상인들이 자유로이 오가는 거칠고 투박한 역참 마을.

그것이 제노스의 역참 마을이었다.

◇

"우와…….." 처음에는 말도 제대로 나오지 않았다.

공포의 구름다리를 목숨 걸고 공략하고 나서 30분쯤 걸었을 뿐인데 갑자기 새로운 세계가 열린 것이다.

파가에서 온 길을 감안하더라도 대략 한 시간 정도밖에 걷지 않았다.

체감으로는 루가로 가는 거리와 거의 비슷할 정도다.

그럼에도 불구하고── 세계가 확 달라지고 말았다.

"이거 놀라운데…… 마치 이세계로 들어온 것 같아…….."

겨우 언어 능력이 회복되었건만 엉뚱한 말밖에 나오지 않는다.

그만큼 눈앞의 세계가 몰라보게 달라진 것이다.

"뭘 그리 놀라지? 숲가의 백성은 기바로부터 제노스의 논밭을 지키기 위해 저 숲가를 거처로 삼고 있어. 따라서 마을 바로 서쪽에는 제노스의 영토가 펼쳐져 있는 것이 당연한 이치잖아."

아직도 적잖이 불쾌한 목소리로 아이 파가 알려주었지만, 그런 일방적인 이치에 내가 놀라운 마음을 거둘 수 있을 리가 없었다.

털가죽 망토를 걸치고 숲을 누비며 기바 사냥을 생업으로 하는 숲가의 백성들. 그 용맹한 사냥꾼들의 마을 곁에 이런 문명의 영토가 존재한다는 것을 어떻게 그리 쉽게 승복할 수가 있단 말인가.

건물은 역시 목조다.

그런데 단층집만 있는 것이 아니라 대부분은 2층짜리 건물이었다.

그중에는 석재나 회반죽이 사용된 건물도 있는데, 제법 튼튼하게 지어졌다.

발밑에는 흰 납작돌이 깔려 있다.

바로 돌의 가도다.

폭은 약 10미터 정도. 밀집된 건물 사이에 양옆을 끼인 모양새로 끝없이 곧게 남북으로 뻗어 있다.

그리고 그곳은 사람들로 북적였다.

참으로 다양한 사람들이 사냥꾼과는 다른 옷차림을 하고 그곳을 가득 메웠다.

작은 통모자를 머리에 살짝 얹고, 노란 조끼에 헐렁한 크림색 바지, 등에는 큼직한 바구니를 짊어진 채 바삐 걸어가는 통통한 남자가 보인다.

가슴 가리개만 두른 상반신에 낙낙한 숄 같은 것을 어깨에 걸치고, 하반신에는 허리부터 발목까지 오는 긴 천을 둘러 감은 채, 비나 루만큼은 아니지만 육감적인 여성이 간들간들 몸을 흔들며 걷고 있다.

기바와는 다른 낙타색 털가죽으로 지은 윗도리에 발밑까지 내려오는 천을 허리에 두르고 가죽 샌들을 신은, 숲가의 백성과 비슷한 옷차림이지만 허리에는 손도끼와 가죽 자루를 늘어뜨린 몸집이 큰 사내가 저벅저벅 걸어간다.

이렇듯 한 사람씩 설명하자면 끝이 없을 정도로 그곳에는 다양한 사람들로 넘쳐났다.

머리에 터번 같은 것을 두르고 암회색의 긴 옷을 입은 깡마른 노인.

허술한 천 옷을 입고 뛰어다니는 아이들.

반나체로 짐을 짊어진 힘세 보이는 사내들.

모자가 달린 가죽 망토로 얼굴을 가린 남자들.

피부색은 거의 다 일본인처럼 상아색이거나 혹은 햇볕에 잘 그을린 황갈색을 띠고 있다. 그렇다고 머리 색까지 검은 것은 아니어서 흑갈색부터 밤색까지의 갈색 계통이 주류이고, 얼굴 생김새는 모두 윤곽이 뚜렷해서 내 고향 사람들과는 다른 분위기를 풍긴다.

심지어 개중에는 붉은 기가 도는 하얀 피부를 지닌 사람이나 숲가의 백성보다 훨씬 더 까무잡잡한 피부를 지닌 사람도 적잖이 섞여 있었다.

그들은 서로 어깨가 부딪히지 않도록 요령 있게 발걸음을 재촉하고 있다.

다양한 인종은 물론이거니와 아무튼 나는 그 사람들과 건물의 밀집 상태에 놀라 입이 쩍 벌어졌다.

"우와── 저건 뭐야!"

무리 지은 사람들 사이에서 위로 1미터 정도 쑥 튀어나온 길쭉한 물체가 위아래로 건들건들 흔들리면서 우리 쪽으로 다가왔다.

"공조 토토스로군" 하고 아이 파는 아무렇지도 않게 내뱉는다.

몸길이가 3미터는 될까 싶은 그것은 타조를 거대화한 것 같은 괴물 새였다.

타조를 쏙 빼닮은 긴 목과 둥그스름한 몸통에 두꺼운 다리──다만 온몸은 짙은 갈색 깃털에 둘러싸여 있다.

날카로운 부리에는 가죽띠가, 목 언저리에는 고삐가 매어져 있는데, 고삐를 당기는 사람은 천으로 친친 감은 모자와 허리 가리개만 몸에 걸친, 몸집이 큰 황갈색 피부의 남자였다.

그 공조라는 녀석의 몸통 양옆으로는 천에 감싸인 커다란 짐 보따리가 걸려 있었다.

"이 일대에는 여인숙밖에 없어. 식량을 파는 노점 구역은 북쪽으로 더 가야 해."

"잠깐── 잠깐 기다려, 아이 파."

나는 인파 속으로 들어가려는 아이 파의 손을 반사적으로 움켜쥐고 말았다.

화난 표정으로 내 손을 뿌리치려던 아이 파가 흠칫 놀란 얼굴을 가까이 들이민다.

"아스타, 무슨 일이지? 얼굴이 새파랗잖아. 속이 안 좋은가?"

"괜찮아. 괜찮은데…… 조금만 시간을 줘."

아이 파의 체온을 손끝으로 느끼며 나는 눈을 꼭 감았다.

머리가 흔들리고 숨 쉬기가 힘들다. 어느덧 심장은 터질 듯 요동치고, 그 요동과 똑같은 리듬으로 관자놀이의 힘줄이 불끈불끈 뛰고 있었다.

내 이성이 이 광경을 거부하고 있다.

이곳은 너무나, 너무나 심하게 이세계스럽다.

숲가 역시 내가 살던 세계와 동떨어져 있기는 마찬가지였다. 사냥감의 털가죽을 입은 채 숲 속에서 짐승을 사냥하는 일족이라니, 나한테는 소설에서나 가능한 일이다.

그런데 왜일까── 강철의 무기를 다루고 목조 집을 지으며 아궁이에서 음식을 만드는 숲가의 백성도 어엿한 문명 집단이긴 하지만, 그들의 생활에는 자연이 함께 있어서인지 이세계라기보다는 알려지지 않은 밀림의 오지에 잘못 들어간 듯한 느낌이 강했던 것 같다.

그런데 이 역참 마을은 달랐다.

건물은 목조이지만, 지면에는 돌이 깔려 있고 제대로 정비되어 있다. 사람들은 짐승처럼 눈빛을 불태우지도 않고 평온한 생활을 즐기는 모습인데, 그럼에도 빠른 걸음으로 길을 오가고 있다.

이런 광경을 나는 알고 있었다.

이곳은 내가 살던 세계와 상당히 비슷하다.

분명히 전기 따위는 들어와 있지 않을 테고 철강 기술도 그리 발전하지 못했을 것이다. 문명 수준은 중세에 가까울 것이다.

그런데도 이곳은 내가 살던 세계와 비슷하다.

비슷하지만, 그렇기 때문에 더욱 이세계스럽게 느껴졌다.

이곳은 돌벽에 둘러싸여 있지 않으며 투박하고 잡다한 가도변의 역참 마을에 불과하지만── 그래도 역시 '마을'이다. 수렵이 아닌 상업으로 양식을 얻는 그들은 '마을 사람'인 것이다.

내가 살던 세계와 비슷하다는 바로 그런 점 때문에 나는 혼란스럽고 당황스러웠다.

'여기는 역시 내가 살던 세계가 아니야. 난 영문 모를 이세계로 떨어진 거야. 이제── 원래 세계로는 돌아갈 수 없겠지──.'

"아스타" 하는 소리와 함께 목 뒤쪽에 강한 힘이 가해졌다.

몸이 뒤로 홱 젖혀지더니 귓가에 입술이 다가오는 느낌이 든다.

"괜찮아? 속이 안 좋으면 잠시 누워서 쉬어. 너──너 당장에라도 죽을 것처럼 얼굴이 새파랗다고."

"괘……괜찮아. 잠깐 현기증이 났을 뿐이야…….'"

반은 무의식적으로 대답하며 나는 천천히 눈을 떠본다.

깜짝 놀랄 만큼 가까운 거리에 아이 파의 파란 눈동자가 있었다.

수많은 사람들의 열기로 점점 마비되어가고 있던 내 콧속으로 아이 파의 향기가 흘러들어 온다.

아궁이 당번에서 벗어난 탓인지 고기 냄새가 희미해진 아이 파의 향기—— 달콤한 과실과 청량한 향초의 향기가 강해진, 그래도 역시 내게는 가장 포근하게 느껴지는 아이 파의 향기가 내 마비된 머리를 서서히 치유해준다.

'그러고 보니…… 아직도 이 달콤한 향기의 정체를 모르고 있네…….'

리로잎의 향기와 피코잎의 자극취, 그리고 고기와 기름 냄새라면 숲가의 모든 사람들과 집집에서 맡을 수 있다.

그런데 이 달콤한 향기만은 누구에게서도, 어디에서도 맡은 적이 없다.

'뭘까? 신기한 냄새야. 과일 같은 데서 나는 냄새일 것 같은데, 왜 아이 파한테만 이런 냄새가…….'

내 손을 꼭 쥐는 아이 파의 손길에 머릿속 상념이 흩어진다.

"정말 괜찮은 건가? 무리는 하지 마. ……내 모습이 보여?"

"보여—— 정말 괜찮아. 이제 나아졌어."

시야가 급속히 또렷해졌다.

눈동자를 제외하고는 흐릿해 보였던 아이 파의 얼굴이 선명하게 윤곽을 갖추어간다. 가늘고 날렵한 콧날과 부드러운 갈색 뺨, 핑크빛의 작은 입술, 이마에 흘러내린 금갈색 머리칼 등이 확실한 존재감을 가지고 내 망막에 새겨지더니, 아이 파가 쥐고 있는 내 오른손과 목덜미가 열을 띠기 시작한다.

몸이 붕 떠 있기라도 하듯 느낌이 없던 발밑에도 돌바닥의 단단한 감촉이 되살아나서 나는 겨우 현실로 돌아올 수 있었다.

"이제야 눈에 빛이 돌아왔군. 아스타, 도대체 무슨 일이지?"

내 목덜미에서 손을 떼고 아이 파가 몸을 비킨다.

그래도 손은 계속 잡아주고 있는 덕분에 나는 하마터면 지쳐 없어질 뻔한 마음을 안정시킬 수 있었다.

"설명하긴 좀 어려운데. 이 역참 마을은 내 고향과 분위기가 비슷하거든…… 분위기는 비슷한데 거리 풍경이나 사람들의 모습은 완전히 달라서, 머리가 혼란스러웠나 봐."

난해한 방정식을 제시받은 초등학생처럼 아이 파는 눈썹을 찌푸린다.

"잘 모르겠지만, 너 정말 위태로워 보였어. 날 너무 걱정시키지 마."

그 솔직한 말투에 나는 그만 눈이 휘둥그레졌다.

아이 파는 "흥" 하고 시선을 돌린 후 내 손을 슬쩍 놓는다.

"좀 나아진 모양이니 노점 구역으로 간다. 나한테서 절대로 떨어지지 마."

"알겠어. 여차하면 또 뒤에서 끌어안을게."

드디어 농담을 할 수 있을 만큼 회복한 내 다리를 아이 파는 사정없이 걷어찼다.

2

상상했던 것보다 그 거리는 길게 이어지지 않았다.

10분쯤 걸어가자 목조 건물군이 뚝 끊기면서 대신 나타난 것은 어떤 의미에서는 여태까지보다 훨씬 어수선한 벼룩시장 같은 광경이었다.

끝없이 북쪽으로 이어지는 가도의 양옆에는 나무를 베어 만든 길이 제법 널찍하게 나 있는데, 그곳에는 나무 판매대에 지붕을 얹은 노점상이 있는가 하면, 땅바닥에 천을 깔고 그 위에 상품을 진열한 행상인들이 가도를 걷는 사람들을 향해 물건을 팔고 있었다.

"와. 굉장한데."

진열된 물건의 대부분은 채소 중심의 식료품이다.

루가의 식량 창고에서 본 다양한 채소들—— 어젯밤 도움 받은 양상추처럼 생긴 티노와 두툼한 은행잎 같은 프라, 호박과 토마토의 교배종인 것 같은 새빨간 과실, 내 키보다 커 보이는 거대 우엉, 뱀이 똬리를 틀고 있는 것처럼 보이는 징그러운 과실 등이 가게마다 갖추어져 있었다.

그리고 역시 가도변의 역참 마을인 만큼, 손님은 주로 여행객일 터이다. 무슨 고기인지는 몰라도 거대한 훈제 고기와 털가죽 망토, 목제와 철제 그릇, 냄비, 거기에 단검과 활과 화살 등도 팔고 있다.

아까 마주친 공조 토토스라는 녀석도 이 지역에서는 전혀 드물지 않은 동물인지 아까부터 자주 보인다. 거대한 짐수레를 끄는 녀석도 있는 것으로 보아 내가 살던 세계에서의 말이나 소처럼 다루어지는 모양이었다.

머리는 여전히 조금 어질어질하지만 나는 공포와 두려움이 아닌 호기심와 탐구의 눈으로 이곳을 관찰할 수 있게 되었다.

그리고── 관찰한 끝에 한 가지 깨달았다.

이 역참 마을에서는 나보다 아이 파에게 더 이목이 집중되고 있다.

여기에는 참으로 다양한 인종과 다양한 복장의 사람들이 오가고 있으므로 그 속에서 나의 존재가 묻힌다는 것쯤은 알겠다.

하지만 그렇다면 아이 파 역시 상당히 야성미 넘치는 복장이기는 하나, 이곳의 조화를 깨뜨릴 정도는 아니라고 생각한다.

털가죽 복장이 드물지도 않고 도검을 차고 있는 사람도 흔히 보인다. 아이 파보다 더 아슬아슬한 복장으로 속살을 드러내고 있는 여성도 적지 않은 데다 기바가 아닌 고양잇과 육식동물의 털가죽을 머리부터 뒤집어쓴 녀석까지 있었다.

그런데도 아이 파에게 집중되는 시선이 많은데, 그 시선들은 대부분 비우호적이었다.

얼굴을 찡그리며 눈길을 돌리는 아저씨가 있다.

두려워하는 표정으로 노점상 안쪽으로 숨어버리는 여자가 있다.

히죽히죽 웃으며 옆에 있는 동료에게 귓속말을 하는 남자도 있다.

맞은편에서 걸어오다 움찔 놀라는 모습으로 우리를 피해 가는 사람도 있다.

이 지역에서는 나보다 아이 파야말로 이단자인 모양이었다.

당연히 아이 파 곁에 바싹 붙어 있는 나에게도 호기심 어린 시선은 따라다녔지만, 아이 파를 보는 김에 나까지 쳐다보는 것으로밖에 느껴지지 않았다.

'하긴, 양 떼 속의 늑대 한 마리라는 비유가 딱 들어맞는 느낌이긴 하지만.'

그러나 아이 파는 그저 묵묵히 걸어갈 뿐이다.

공연히 불쾌한 얼굴을 하고 있지도 않으며 딱히 주위를 위협하고 있지도 않다. 안정된 자세로 야생 표범처럼 유연하게 걷고 있을 뿐이다.

사람들이 이렇게나 많으면 개중에는 행실이 불량한 자들도 있다.

대낮부터 술을 마시고 껄껄대며 웃는 불량배, 흠집투성이인 가죽 갑옷을 입고 무리 지어 있는 험악한 인상의 사내들, 판매대의 상품에 큰 소리로 트집을 잡는 사람도 아주 가끔이지만 눈에 띈다.

하지만 그런 그들조차 아이 파만큼 냉담한 시선을 받는 것 같지는 않았다.

'설마…… 이게 바로 《기바 먹는 인종》에 대한 경멸의 시선인 가?'

그게 맞다면 참으로 괘씸한 노릇이다.

그보다는 상당히 심각한 분노가 마음속에서 피어오른다.

숲가의 백성은 남쪽 왕국에서 흘러들어 온 이국의 혈족이라고 들었지만. 여기 녀석들은 전부 서쪽 왕국의 백성일까? 설령 그 렇더라도 숲가의 백성은 벌써 80년 전에 서쪽 신인지 뭔가에게 영혼을 바쳤다고 했으니, 이미 충분히 동포이지 않을까?

이세계에서 온 사람인 나는 모른다. 모르지만 어쨌든 화나고 괘씸하기 짝이 없었다.

그때 "여기다" 하고 아이 파가 한 노점상 앞에서 걸음을 멈추 었다.

비를 막는 천막이 쳐진 작은 목조 노점상이다.

그 안에 앉아 있는 사람은 남자인지 여자인지도 구분이 가지 않을 만큼 비쩍 마른 노인이었다.

오늘은 날씨가 좋은데도 모자 달린 망토를 머리까지 뒤집어쓰 고, 손가락과 손목에는 주술적인 장신구를 치렁치렁하게 잔뜩 달고 있는 몹시 기괴한 노인이다.

모자 틈으로 보이는 얼굴은 옆으로 납작하게 찌그러져 있고 섬뜩한 두꺼비 같은 미소가 입가에 들러붙어 있다. 한쪽 눈은 하얀데 아무래도 빛을 잃은 듯하고 다른 한쪽의 옅은 녹색 눈동 자만이 우리를 뚫어져라 쳐다보았다.

"기바의 뿔과 엄니인가? 몇 마리분이지?"

목소리를 들어도 성별을 모르겠다.

게다가 여기서는 물건을 팔고 있지 않은가 보다. 노인의 등 뒤로 세워진 기둥에는 각종 동물의 털가죽이 매달려 축 늘어져 있을 뿐, 달리 상품다운 것은 보이지도 않는다.

"네 마리분이다."

대답하면서 아이 파는 망토의 안주머니에서 차르륵 하고 목걸이를 꺼냈다.

기바 네 마리분이라고 하면, 한 마리당 엄니와 뿔이 두 개씩이니까 총 열여섯 개다.

그런데 아이 파는 이 보름 동안 기바를 다섯 마리나 잡았을 뿐만 아니라 루가에서 아홉 개의 축복까지 받았기 때문에 망토 안쪽에는 뿔과 엄니가 아직 충분히 남아 있는 모양이었다.

아이 파로부터 목걸이를 받아 든 노인은 한쪽밖에 빛나지 않는 녹색 눈으로 하나하나 음미해가며 까슬까슬하게 갈라진 손가락으로 흰 표면을 쓰다듬고는 이윽고 섬뜩하게 히쭉 웃었다.

"상당한 대물이 섞여 있구먼. 이걸 전부 네가 잡았단 말이냐?"

"그렇다."

그 말인즉슨 축복으로 받은 아홉 개는 아직 아이 파의 가슴 언저리나 망토 안쪽에 남겨져 있다는 뜻인가.

단순히 오래된 순으로 팔았다고는 생각하지만 살짝 기뻤다.

"대단하구먼. 실력 좋은 사냥꾼은 우리 입장에서야 생활의 주춧돌 같은 존재지.”

그렇게 말하며 노인은 몸을 웅크려 나무 판매대 밑으로 모습을 감추고 말았다.

짤랑짤랑하고 경묘한 음색이 울리더니, 이윽고 몸을 일으킨 노인은 손에 작은 헝겊 주머니와 작은 금속 막대기 세 개 정도를 쥐고 있었다.

많이 산화되어서 거무스름하지만 아마 소재는 구리일 것이다. 길이는 10센티미터 정도에 폭은 2센티미터 정도이며 납작하게 찌부러져 있는데 두께는 5밀리미터 정도로 보인다. 가운데에 각인이 박혀 있는 듯 보이기도 하지만, 노인의 손가락이 가리고 있어서 잘 보이지 않는다.

“이건 덤으로 주겠네. 우선 백(白)이 네 닢, 적(赤)이 여덟 닢, 확인해보게나.”

헝겊 주머니를 받아 든 아이 파는 판매대 위에 내용물을 쏟아붓는다.

노인이 손에 쥐고 있는 것과 똑같은 금속 막대기—— 아니, 막대기라기보다는 작은 판일까. 작은 금속판이 짤랑짤랑 소리를 내며 판매대 위에 흩어졌다.

드디어 각인이 또렷이 보였지만 내게는 의미를 알 수 없는 소용돌이 모양의 문양에 불과했다.

아이 파의 매끄러운 손가락이 금속판의 개수를 세기 시작한다.

칙칙한 은색이 네 개.

거무스름한 적동색이 여덟 개.

"······음. 개수에 이상은 없군."

"그럼 이쪽도."

노인은 손에 쥐고 있던 세 개의 적동색 금속판을 그 위에 포갠다.

"고맙군" 하고 낮게 중얼거리며 아이 파는 그것들을 주머니 속으로 돌려놓았다.

"요즘 이 부근도 위험해진 것 같으니 빼앗기지 않도록 조심하게나. 하여튼 성의 녀석들은 우리한테서 쥐어짜낼 궁리만 하고, 죽은 키뮤스는 알을 낳지 못한다는 고마운 격언도 모르나 보구면."

미안하지만 나도 모른다.

"그럼" 하고 내뱉더니 아이 파는 몸을 홱 돌린다.

아이 파를 뒤따르려 한 내 등에 노인의 쉰 목소리가 찰싹 들러붙었다.

"자네, 마을 사람이면서 《기바 먹는 인종》의 꼴을 하고 있구먼. 그런 사람은 처음 보네만. ······저 예쁘게 생긴 여자 사냥꾼한테 폭행이라도 당한 겐가?"

숲가의 백성을 상대로 장사를 하는 이 노인마저 차별주의자였다니.

화가 울컥 치밀었지만 타고난 사교성을 발휘해서 나는 엄지손가락을 세워 보였다.

"기바가 얼마나 맛있는데요. 기회가 있으면 꼭 먹어보세요.

······그럼 이만 실례하겠습니다."

그렇게 노점상에서 돌아섰더니, 아이 파가 2미터도 떨어지지 않은 곳에서 기다리고 있었다.

"뭘 꾸물거리는 거지? 나한테서 떨어지지 마. 넌 목에 이 동전을 걸고 있는 셈이라고. 숲가에는 타인의 엄니와 뿔을 빼앗는 망나니는 없지만 여긴 돌의 도시의 영토다."

"그러게. 확실히 땅바닥은 돌 맞는 것 같네."

탁, 탁, 하고 땅바닥을 발뒤꿈치로 차본다.

그러고 보니 이 신발도 많이 닳아 떨어진 모양이다.

"······다음은 아리아와 포이탄이다."

아이 파는 다시 걷기 시작한다.

어쩐지 점점 오가는 사람들이 줄어드는 것 같다.

노점상도 드문드문해져서 시야가 조금 트이기 시작한다.

"아······."

그러자 또다시 뜻밖의 것이 보였다.

우리가 가는 방향의 왼쪽, 노점 구역의 안쪽에 줄지어 서 있는 관목 너머로—— 잿빛 돌벽이 보인 것이다.

아직 거리가 상당할 터인데 관목의 틈새는 죄다 그 잿빛으로 메워져 있다.

"······제노스의 성 밑 마을의 돌벽이다" 하고 아이 파도 언뜻 그쪽을 보고 감정 없는 목소리로 내뱉는다.

"귀족들은 저 돌벽 안에서 제노스를 지배하고 있지."

"흐음…….."

어떤 예감이 있었던 것은 아니다.

다만 숲가의 백성에게 지금의 신분을 강요한 녀석들이 저곳에 있구나, 하고 약간 마이너스에 치우친 감정을 품었을 뿐이다

숲의 은혜를 수확하는 것은 물론 논밭을 일구는 것까지 금지되고 오로지 기바를 사냥하는 것밖에 허락되지 않은 숲가의 백성—— 심지어 흉악한 기바를 먹는《기바 먹는 인종》이라며 경멸당하고 있다.

기바로부터 제노스의 논밭을 지키고 있는 것은 숲가의 백성이므로 그들이 마을 번영의 일익을 담당하고 있음은 틀림없는 사실이다. 그런데 왜 마을 사람들에게 무시를 당해야 하는 걸까. 정작 숲가의 백성은 아무런 불만 없이 강한 긍지를 가지고 살아가고 있다 해도 역시 나는 납득이 가지 않았다.

'돌의 도시의 귀족님이라. ……가능하면 그런 녀석들과는 평생 가까이하고 싶지 않아.'

아이 파와 함께 가도를 걸어가며 나는 마음속으로 몰래 혼잣말을 한다.

신이 아닌 나로서는 알 도리가 없었다—— 이런 이세계에 떨어졌으면서도 숲가의 마을에서 작은 보금자리를 발견한 내가, 그리 멀지 않은 미래에 저 돌벽 안에서 거만하게 지내는 제노스령의 최고 권력자들과 상대할 날이 온다는 것을.

"……여어, 숲가의 손님이로군." 그 아저씨는 다소 굳은 미소를 띠고 우리를 맞이해주었다.

이곳은 노점 구역의 거의 최북단에 있는 작은 채소 가게다.

땅바닥에 깔아놓은 천 위에 채소를 늘어놓고 앙상한 골조 지붕을 세웠을 뿐인, 몹시 간소한 규모의 가게다.

아저씨의 등 뒤로는 커다란 짐수레가 놓여 있는데 그곳에는 빵빵하게 부풀어 오른 자루가 산더미처럼 쌓여 있다.

"고맙구나. 사흘에 한 번은 너희가 와주지 않으면 모처럼 수확한 아리아가 시들어버리거든."

머리에는 나와 비슷한 흰 천을 둘러쓰고 허리 가리개와 가죽 샌들밖에 걸치지 않은, 마흔이 조금 넘어 보이는 아저씨다. 머리며 눈이며 덥수룩한 수염은 전부 짙은 갈색이고 피부색은 황갈색이다. 제법 키가 크고 건장한 체격에다 힘깨나 쓸 직한 분위기가 풍긴다.

그런데 아이 파와 대치하자마자 아저씨의 눈매는 포메라니안처럼 귀엽게 바뀌었다.

"그래, 오늘도 아리아와 포이탄 맞지? 값은 평소와 똑같은데, 동전 몇 닢 분량이 필요하지?"

"포이탄은 백이 두 닢, 아리아는 백 두 닢과 적 네 닢만큼이다."

"오, 이거 굉장한데! 오늘은 일찌감치 문을 닫아도 되겠어."

정말이지 장사꾼답게 싹싹한 태도이지만 미소는 여전히 굳어 있다.

숲가의 백성에 대해서는 경멸보다 두려움의 감정이 더 강한 모습이다.

"백이 두 닢에 적이 네 닢분이라…… 옳지, 확인해보게."

마 같은 소재의 주머니가 노점상 옆 풀숲에 털썩 놓였다.

분량이 꽤 많다고 생각하고 있는데 똑같은 크기의 자루가 다시 털썩 놓인다.

크기는—— 뭐, 산타클로스가 짊어지고 있어도 그리 부자연스럽지 않을 만한 크기다.

"이, 이봐, 아이 파, 너 대체 식량을 며칠분이나 사는 거야?"

"20일분이다" 하고 대답하며 아이 파는 자루 앞에서 책상다리로 앉는다.

여기서도 개수를 세어야 하는 모양이다.

아까 분명히 아이 파는 기바 네 마리분의 뿔과 엄니를 동전으로 교환했다. 기바 한 마리당 10일분의 식량을 얻을 수 있다는 얘기였으니, 네 마리라면 40일 치, 두 사람의 20일분. 계산은 틀리지 않았다.

그런데 20일분이라는 것은 아리아가 하루에 세 개, 포이탄이 두 개라고 계산하면…… 아리아 60개에 포이탄 40개? 그게 두 사람분이니 120개와 80개?

"잠깐! 왜 그렇게 대량으로 사는 거야? 여기서 집까지 한 시간은 걸리잖아?!"

그렇게 외치고 나서, 그러고 보니 숲가의 마을에는 시계가 존재하지 않는다는 사실을 깨닫는다. 이 역참 마을에는 존재할까. 해시계 정도는 있을 것 같은데.

하지만 그런 것은 아무래도 좋다. 아리아도 포이탄도 내 눈대중으로는 한 개에 2백 그램은 족히 되어 보였다.

그렇다는 것은——.

아리아는 120개니까 24킬로그램.

포이탄은 80개니까 16킬로그램.

역참 마을에서 숲가까지의 거리를 생각하면 무모하다고밖에 할 수 없었다.

"……됐으니까 어서 세기나 해. 내가 여기에 너무 오래 있으면 다른 사람이 오지 못하잖아."

포이탄의 수를 세면서 아이 파는 목소리를 낮추어 말했다.

아저씨는 못 들은 척 채소를 다시 진열한다.

이제 와서 분량을 줄여달라고는 말할 수 없는 분위기다. 판 사람도 산 사람도.

나는 한숨을 내쉬며 아이 파 옆에 앉았다.

"좋았어. 포이탄 쪽은 문제없어."

포이탄을 자루에 주섬주섬 다시 주워 담는 아이 파를 곁눈질하며 나도 아리아를 열 개씩 나눠서 풀숲에 늘어놓는다.

그런데 서른 개에서 손이 멈췄다.

"아저씨, 이 아리아, 물 먹은 것 같은데요."

아저씨는 의아한 표정을 지었다.

하지만 이쪽으로 다가올 기미는 보이지 않는다.

"그럴 리가 없는데. 그저께 갓 수확한 거거든. 앞으로 한 달은 더 아삭거릴 텐데."

"아뇨, 만져보니까 느낌이 이상해요. 겉보기엔 몰라도 속은 확실히 썩었을걸요."

"트, 트집 잡지 말라고. 숲가의 백성이라도 역참 마을의 규정을 지키지 않으면 곤란해."

"역참 마을의 규정? ……저기, 아이 파. 여기선 썩은 걸 강매당해도 불평하면 안 되는 거야?"

나는 혹시 몰라 작은 소리로 아이 파에게 확인했지만, 꽤 거리가 있는데도 아저씨의 귀에 들리고 만 모양이다. 그런데도 이쪽으로 올 생각도 않고 아저씨는 흥분부터 했다.

"이봐! 그, 그건 내가 정성껏 키운 아리아라고! 잘 자라지 못한 불쌍한 녀석들은 전부 내 배 속에 담아주었단 말이다! 내 아리아에 불만 있으면 두, 두 번 다시 내 가게에 오지 마!"

그렇게 소리치는 아저씨는 거의 죽기를 각오하기라도 한 듯 보였다.

아이 파는 미간을 찌푸리며 내 손에 든 아리아를 집어 갔다.

"흠…… 약간 물렁한가?"

"아니, 이건 아예 못 쓰는 수준이야. ──아저씨, 지금 이걸 잘라보고 썩어 있으면 다른 걸로 교환해줄 수 있죠? 만약 이상이 없으면 정중히 사과드릴게요."

"머, 멋대로 해!" 양해를 얻은 나는 아이 파의 아버지가 남긴 소도를 이용해 세로로 싹둑 쪼개 보였다.

역시 밑동 부분이 보라색으로 변색되고 그 주변도 흐물흐물한 상태였다. 이래서는 아래쪽 절반은 쓸 수 없다.

"거봐요, 썩었죠? 죄송하지만 새걸로 하나 주세요."

그 단면이 보이게끔 아저씨 쪽으로 내밀자 안 그래도 핏기가 없던 아저씨의 넙데데한 얼굴에서 핏기가 싹 가셨다.

"미……미안하구나! 내가 잘못했어! 이렇게 사과할 테니 용서해다오! 도, 돈도 돌려줄게! 그러니 제발 목숨만은……."

그러고는 땅바닥에 엎드려서 두 가지 색깔의 동전을 내미는 아저씨.

아무래도 정서가 불안정하신가 보다.

"……아이 파. 이럴 땐 어떻게 해야 해?"

"알 게 뭐야. 값도 치르지 않고 식량을 받을 순 없다."

"그렇지. 음, 고개를 드세요, 아저씨. 우리가 원하는 건 동전이 아니라 아리아거든요. 내 이빨은 그렇게 딱딱한 걸 씹어 먹을 만큼 튼튼하지 않습니다."

만약 돈다 루였다면 씹어 먹을 수도 있겠다고 생각하며 나는 아저씨의 두툼한 어깨를 흔든다.

"자……자네는 숲가의 백성이 아닌가……?"

"태생은 다르지만요. 보시다시피 현재는 숲가에서 신세를 지고 있는 몸입니다."

아저씨는 사나운 핏불 테리어를 앞에 둔 포메라니안 같은 눈빛으로 내 얼굴을 올려다본다.

"……날 용서해주는 겐가?"

"새 아리아와 교환해주시면 용서해드릴게요."

아저씨는 부들부들 떨리는 손으로 천 위에 진열되어 있던 아리아를 집어 들어 내게 내밀었다.

"네, 고맙습니다. ……그런데 말이에요, 쓸데없는 소리일지도 모르겠지만, 자신의 일에 그렇게 자신이 있다면 제대로 확인하고 나서 화내는 편이 낫지 않겠어요? 그래가지고 장사가 되겠냐 이 말입니다."

"……숲가의 백성 외에는 그렇게 하고 있어" 하고 중얼거린 것 같지만 웅얼웅얼 소리만 들려서 확실히 알아들을 수가 없었다.

다른 아리아에는 이상이 없고 개수도 딱 맞았기에 아리아를 죄다 자루에 담는다.

그러자 아이 파는 망토의 안주머니에서 마른 덩굴풀── 아마도 피바흐 덩굴풀이라는 것의 다발을 꺼내더니 자루 두 개의 아가리를 각각 꽉 묶었다.

남은 덩굴풀을 손바닥에 친친 휘감고 나서 개수가 많은 아리아 자루를 왼쪽 어깨에 짊어진다.

"가자."

1.5배나 무거운 쪽을 맡아주었으니, 아무리 연약한 아궁이 담당이라도 불평할 건더기가 없다. 아까 그 구름다리는 또 어떻게 건너나 싶어 한숨을 내쉬면서, 나도 때 아닌 산타클로스를 연기하기로 했다.

"그럼 이만 실례하겠습니다. 20일 후에 또 올지도 모르니 그때는 잘 부탁드립니다."

아저씨는 흘끗 힘없는 시선을 보내왔지만 이렇다 할 대답은 없었다.

동정해야 할지 분개해야 할지, 지금으로서는 마음을 정할 수가 없다.

"자. 교환소 할머니의 덤까지 포함해서 동전이 꽤 많이 남았군. 아스타, 뭐 더 필요한 건 없나?"

노점상과 노점상의 빈 공간에서 걸음을 멈춘 아이 파가 묻는다.

나는 기다렸다는 듯이 발치에 자루를 놓고 나서 "과실주는 필요하지"라고 대답했다.

"과실주는 적 한 닢으로 한 병을 얻을 수 있어. 두 병을 사도 다섯 닢이 남는다."

"흐음. 화폐가치를 하나도 모르겠네. 돌소금은?"

"돌소금은 적 세 닢이다. ……그렇군. 훈제 고기 외에도 돌소금을 사용하게 되었으니 미리미리 구입해둘까."

이런 인파 속에서 아이 파와 장보기를 의논하다니 어쩐지 이상한 기분이 든다.

물론 조금도 싫지 않다.

"남은 건 두 닢이네. ……그럼 어제 루가에서 받은 티노하고 프라도 살까? 얼마큼 살 수 있을지는 모르지만."

"난 아무래도 상관없어. 너한테 맡길게."

떠맡고 말았다.

어떻게 할까 고개를 갸웃하고 있자 위에서 "꼬르륵" 하고 귀여운 소리가 났다.

"아! 노점상에서 간식을 사서 허기를 좀 달래면 어떨까, 아이 파?"

노점상 중에는 훈제 고기뿐만 아니라 그 자리에서 먹는 간단한 주전부리 같은 것을 팔고 있는 가게도 적지 않게 있었다.

그런데 아이 파는 깜짝 놀란 듯 눈을 휘둥그렇게 떴다.

"배가 고픈가? 훈제 고기를 챙겨 왔는데."

"아니아니, 특이한 음식을 먹을 기회가 이 역참 마을에 왔을 때밖에 없잖아? ……아, 혹시 숲가의 금기에 저촉되나?"

"기바의 엄니와 뿔로 얻은 동전을 어디에 쓰는가는 자유야. 그런 식으로 사용하는 사람은 숲가에는 없을 테지만."

과연. 음식을 즐긴다는 개념이 희박한 숲가라면 당연한 얘기일지도 모른다.

"아이 파도 관심은 없구나. 그럼 얌전히 티노라도 사서 돌아가야겠네.”

“딱히 상관은 없다. 난 너한테 맡기겠다고 말했어.”

“음. 결국 아리아도 포이탄도 아이 파의 벌이로 산 데다, 남은 돈을 나 혼자만 관심 있는 거에 낭비하는 것도 내키지 않거든.”

“……무슨 소리를 하는 거지? 나는 가장이다!” 아이 파의 눈이 슥 가늘어진다.

나는 아홉 개의 엄니와 뿔을 가졌으면서도 한 개도 지불하지 않았다는 사실에 미안한 마음이 들었지만, 어쩌면 그런 마음을 품는 것이 가장의 체면과 관련되는 행위일까?

모처럼 여기까지 평화롭게 왔건만 아이 파의 기분을 상하게 하는 것은 바라던 바가 아니다.

“그럼 동전 한 닢만큼만 새로운 채소를 사고, 나머지 한 닢은 서서 먹는 데 써도 될까? 솔직히 난 이곳의 식문화에 관심이 많거든.”

그러자 아이 파는 찌푸렸던 인상을 풀고 “멋대로 해”라고 답했다.

이거야 원, 남자인 내가 오히려 조르기가 수준급인 여자 친구 역을 연기하는 것 같지 않은가. 가장과 아궁이 당번의 관계성 면에서는 건전할지 몰라도, 일본의 남아로서는 살짝 괴롭다.

그래도 역시 아이 파가 만족스러운 얼굴을 하고 있자 나는 기분이 몹시 편안해졌다.

4

"그럼 출발하지. 시간이 아까우니 뭘 살지는 가는 길에 고르도록."

"응. 제일 맛있는 냄새가 나는 걸 사볼게."

원래 왔던 길을 더듬어 가는 도중에 돌소금과 과실주를 구입한다.

돌소금은 내 자루에 넣고, 과실주는 아이 파가 끈으로 동여매서 손에 들고 걸었다.

계속 걸어가자 채소를 파는 노점상이 나오기에 진열된 채소들을 살펴본다.

미지의 식재료에 무턱대고 덤벼드는 것은 위험하기 때문에 아직은 역시 티노나 프라가 좋겠다. 딱 봐도 안절부절못하고 있는 처자에게 가격을 물어보자 동전 한 닢으로 티노라면 두 개, 프라라면 세 개를 구입할 수 있다고 한다. 아리아나 포이탄에 비하면 거의 두 배에 달하는 가격이었다.

정말로 이런 호화 식재료를 구입해도 될까 하는 마음에 아이파를 올려다보니, 내가 아무 말 안 했는데도 "마음대로 해"라고 말해주었다.

그렇다면, 하고 나는 티노를 선택했다.

티노는 양배추나 양상추와 식감이 비슷한 채소이고, 프라는 피망처럼 쓴맛을 지닌 채소다. 둘 다 매력적이긴 하지만 역시 티노 쪽이 여러모로 쓰임새가 더 많을 것이다.

그렇게 두 개의 티노를 자루에 눌러 담자, 결국 내 자루도 아이 파에 지지 않을 만큼 빵빵해졌다.

"출발한다." 아이 파가 발길을 되돌리자 나는 비틀거리며 그 뒤를 따른다.

두 자루는 크기와 빵빵한 정도는 비슷하더라도 내용물의 밀도가 전혀 다르다. 약 24킬로그램이나 나가는 큰 짐을 메면서도 아이 파의 걸음걸이가 흐트러지지 않는 것은 대단하다고밖에 할 말이 없었다.

몸통의 강도가 예사롭지 않은 것이다. 울퉁불퉁한 숲길에서 몸을 자유자재로 움직일 수 있는 사냥꾼 특유의 강인함이 틀림없다.

이제 마지막으로 남은 것은 대망의 간식인데──.

"아. 저걸로 할까?"

훈제 고기를 팔고 있던 노점상 옆에서 나는 발걸음을 멈추었다.

지나는 길에 후각을 약간 자극받았던 가게다.

지금도 작은 여자아이가 상품이 완성되기를 기다리고 있는데, 그럭저럭 인기 있는 가게로 보인다.

아이 파는 고개를 끄덕이고 거침없는 걸음걸이로 그 노점상에 다가갔다.

"그 음식은 동전이 몇 닢이나 필요하지?"

가게를 보고 있던 사람은 흑갈색 머리와 갈색 눈동자를 지닌, 살집이 좋은 중년 여성이었다.

그 보동보동한 얼굴이 아이 파를 보자마자 흠칫 긴장한다.

"……작은 것은 적이 한 닢, 큰 것은 적 두 닢이란다."

"그럼 작은 것으로 하나 사지."

여자는 대답도 않고 자신의 손으로 시선을 돌린다.

나는 먼저 온 여자아이 손님의 머리 너머로 노점상의 안쪽을 들여다보았다.

그런 대로 큰 쇠 냄비 속에서 갈색 페이스트(갈거나 개어서 풀처럼 만든 식품)가 부글부글 끓고 있다. 정체는 아직 잘 모르지만 한입 크기의 고깃덩이와 채소가 여기저기서 고개를 내밀고 있는데, 무엇보다 냄새가 기가 막히게 좋았다. 숲가에서는 맡아본 적 없는, 마늘 같은 냄새가 난 것이다.

냄비 옆에는 구운 포이탄 같은 재료가 쌓여 있었다.

포이탄보다 색깔은 희고 질감도 상당히 쫄깃해 보인다. 크기는 직경 20센티미터쯤 되는 것과 30센티미터쯤 되는 것 두 종류로, 두께는 5밀리미터 정도. 그 생지로 쇠 냄비에 들어 있는 속 재료를 싸서 꼭대기를 꽉 조이자 약간 못생긴 복주머니 같은 모양이 된다.

이름을 붙여준다면 뭐, 고기만두 정도일까.

"자, 받으렴. 뜨거우니 조심하고."

"고맙습니다!"

리미 루 또래의 작은 여자아이가 기쁜 목소리로 대답하고는 두 손을 내민다.

나는 그 아이가 지나가기 쉽게 길을 비켜주었다.

그러자 여자아이는 활기차게 이쪽을 돌아보고—— 아이 파의 모습을 보더니 움찔 멈춰 섰다.

그 바람에 방금 산 고기만두가 손에서 떨어지고 만다.

"우왓."

반사적으로 만두를 잡은 것은 상당한 행운이었다고 생각한다. 짐을 발밑에 내려놓지 않았더라면 거의 불가능했을 것이다.

"여기 있어. 조심해야지."

소녀는 몹시 겁먹은 눈빛을 하고 있었지만 그래도 꾸벅 고개를 숙이고 나서 고기만두를 홱 낚아채 쏜살같이 달아났다.

"……작은 거 하나였지?"

데면데면한 목소리로 말한 뒤 아주머니는 재빨리 내 몫을 만들어주었다.

솜씨는 훌륭하지만 역시 손님을 상대하는 장사하는 사람으로서는 인상이 좋지 않다.

우리는 대가를 지불한 뒤 빈 공간으로 돌아가 자리를 잡고 앉았다.

"냉큼 먹어치워. 다 먹으면 돌아간다."

"네. 그럼 잘 먹겠습니다."

아이 파에게 처음 기바 전골을 얻어먹은 날 이래, 미지의 요리와의 첫 해후인 셈이다.

그때도 냄새만큼은 훌륭했건만 엄청난 기세로 기대감을 배신 당하고 말았다. 따라서 이번에는 결코 방심하지 않고 어느 정도 각오를 다진 후 고기만두를 베어 물었다.

그 맛은──.

음…….

"맛있나?" 흥미도 없다는 듯 아이 파가 묻는다.

나로서는 "보통"이라고밖에 대답할 수 없었다.

뭘까…… 엄청나게 무난하다.

맛있지도 않으면서 맛없지도 않다. 무지하게 평범하다.

냄새로 알 수 있었듯이 향신료가 많이 들어갔다. 마늘과 고수 풀의 혼합 같은 느낌인데 특유의 향은 강하지만 싫지는 않다.

고기는 아주 뽀얗고 비계는 완전히 녹아 있다. 닭 가슴살처럼 담백한 맛이다.

붉거나 푸른 채소 조각은 나긋나긋한 식감으로, 푹 삶은 아리 아와 큰 차이가 없다. 아니, 아리아도 들어갔는지도 모른다.

그것들을 감싸고 있는 갈색 페이스트는 아마 채소를 바짝 졸 여서 만들었을 것이다. 달짝지근하긴 해도 두드러지지 않는 맛 이라 어느 식재료든 방해하지 않는다.

구운 포이탄을 연상시키는 흰 생지는 역시 겉모습처럼 포이탄 보다 쫄깃해서, 만두피라기보다는 인도 요리의 난을 압축한 듯 한 식감이었다.

그 재료들이 조화롭게 손을 맞잡고 엄청나게 예의 바른 맛을 만들어낸다.

"응, 뭐, 부담 없이 먹을 수 있는 맛이고 내 호기심은 충분히 충족되었어."

다 먹는 것이 고통스러울 만한 분량도 아닌 데다, 원체 고통을 줄 만큼 자극적인 음식이 아니다.

굳이 말하자면 이 간식이 과실주 한 병, 티노 두 개, 포이탄 네 개의 가격과 똑같다니 좀 비싸지 않나 하는 정도다.

"아이 파도 한입 먹어볼래?" 하고 물어보았으나 "됐어" 하고 깨끗이 거절당했다.

"흐음. 이런 재미없는 음식으로 만족하는 사람들한테 숲가의 백성이 《기바 먹는 인종》이라며 차별당하는 건 어쩐지 납득이 안 가네. 기바 고기가 훨씬 맛있는데."

"……첫째 날 밤에 먹은 전골의 맛을 잊은 건가? 아스타."

물론 잊지 않았다.

하지만 그것은 숲가의 백성이 피 빼기를 포함해 적절한 처리 방법을 몰랐기 때문에 비롯된 일이다.

숲가의 백성보다 더 오랜 옛날부터 이 땅에 살아온 제노스의 사람들은 기바를 식용육으로 활용하자는 발상에는 이르지 못한 걸까?

"……80년쯤 전, 숲가의 백성이 이곳으로 이주해 오기 전까지는 숲에서 기바 떼가 몰려나와 사람이나 논밭을 습격했다고 하더군. 당시 제노스의 백성에게는 가장 두려운 재앙의 상징이었다는 얘기다."

재앙의 상징이기 때문에 먹을 만한 게 못 된다는 건가?

참으로 안타까운 이야기다.

"나도 자세한 사정은 모르지만 고기가 부족하지는 않았겠지. 그리고 공조 토토스도 그렇고 꽤나 배불리 먹게 생겼잖아."

"우엑, 그걸 먹는다고? ……하긴 맛없어 보이진 않더라."

"어쨌든 도시의 녀석들은 기바를 두려워했어. 기바를 죽이고 먹기까지 하는 숲가의 백성도 두려워했지. 지금은 기바에 대한 두려움은 반쯤 잊히고 숲가의 백성이야말로 두려움의 상징으로 전락해버렸다고…… 지바 할머니가 말하더군."

"뭐야. 그건 이유 없는 차별이잖아. 어째서 숲가의 백성은 이 상황을 타파하려 들지 않는 거야?"

"……그들이 우리를 두려워한들 전혀 불편하지 않으니까."

과연 그럴까.

오해를 풀 수 있는 수고를 아끼는 것은 역시 칭찬받을 만한 일이 아니라고 생각한다.

숲가의 백성이 경멸에 찬 눈길을 받는 것은 거의 자업자득——이라는 건 나한테는 유쾌하지 않은 결론이다.

그런 까닭에 나는 "그래도" 하고 반론하려 했지만 시야의 한 구석에 기묘한 것을 발견하고는 입을 다물었다.

아까 그 여자아이다.

그 작은 여자아이가 돌의 가도를 낀 건너편에 오도카니 앉아서 나처럼 고기만두를 먹고 있었다.

그뿐이라면 별일 아니었지만, 내가 그쪽을 쳐다보자 아이는 다람쥐처럼 민첩하게 고개를 확 돌렸다.

그러고는 또 슬금슬금 고개를 돌려 이쪽을 쳐다본다.

돌의 가도는 폭이 10미터는 되었기에 자세한 표정은 보이지 않는다. 하지만 어쩐지 흥미진진해하는 것처럼 보인다.

"……너처럼 피부가 허여멀건 인간이 숲가의 복장을 몸에 걸치고 있는 게 신기할 테지."

진작에 그 소녀의 존재를 알아차렸다는 듯 아이 파가 별 감정도 보이지 않고 내뱉었다.

"하긴" 하고 대답하면서 나는 곁눈질로 아이의 모습을 관찰해 본다.

역시 나이는 기껏해야 리미 루 또래인 일고여덟 살일까.

어깨까지 늘어뜨린 머리는 짙은 갈색이고 피부는 황갈색이다. 휘감아 두른 형태가 아닌 원통형의 오렌지색 원피스 같은 옷을 입고 있으며 발에는 가죽 샌들을 신었다.

소녀의 손발과 몸통은 리미 루보다도 가늘고, 고기만두를 볼이 미어지게 오물거리며 먹는 모습이 참으로 사랑스럽다.

나는 한 번 더 고개를 확 돌려 그쪽을 쳐다보았다.

허를 찔린 듯한 여자아이는 눈을 피하지도 못한 채 몸이 굳는다.

이번에는 활짝 웃어 보였더니, 여자아이는 고기만두가 목구멍에 걸린 듯한 표정을 짓고 나서 희미하게 미소를 짓는 것 같았다.

"……너 지금 뭐하는 거지?"

"아니, 귀여운 여자아이구나 싶어서."

"…………."

"어? 아니, 아니야! 뭐야, 그 눈빛은? 너 날 뭘로 보는 거야?"

"시끄러워. 당황하지 마. ……아스타는 아이들을 좋아하나?"

갑자기 평범한 말투로 물어보는 바람에 내 흥분된 감정은 마치 백드롭을 당하기라도 한 듯 나동그라졌다.

"좋고 싫고를 골라야 한다면 좋아하는 편이지. 아버지 가게에 조그만 어린애들도 많이 왔거든. 가족끼리 오는 손님이 많았어."

"……그렇군."

어라? 이야기의 방향을 잘못 짚었나?

네가 없어지는 건 싫어——라고 평소와 다른 모습으로 중얼거린 어젯밤 아이 파의 모습을 떠올리고 나는 좀 당황한다.

내가 있던 세계의 이야기는 당분간 피하는 편이 나을지도 모르겠다.

나는 평정을 가장하며 애써 밝은 목소리로 말했다.

"그건 그렇고 앞으로 이 큰 짐을 들고 돌아간다고 생각하니 좀 우울해지네. 역시 20일분은 너무 많지 않아?"

"난 항상 이만큼 샀어. 아니면——" 하고 아이 파가 문득 눈을 돌린다.

"너한테는 20일분까지는 필요 없었나?"

"저 말이야, 아이 파——."

나도 내 앞날이 어떻게 될지 하나도 모르겠다고! ……하고 소리 지르지 않은 것은 정말 다행이라고 생각한다.

하지만 대신할 말이 떠오르지 않는다.

아이 파는 마치 자신의 속마음을 내보이기 싫어하는 것처럼 조용히 눈을 내리깔고 말았다.

"아이 파, 난……."

아무튼 무슨 말이든 해야 한다.

머릿속도 정리하지 못한 채 나는 입을 열고——.

그리고 난데없는 고함과 소음에 그 말이 묻히고 말았다.

"불만 있으면 똑바로 말해! 네놈들은 자부심 넘치는 돌의 도시의 주민이잖아?!"

자제심을 잃은 젊은 남자의 목소리.

물건이 부서지는 요란한 소리.

사람들의 비명 소리.

그 비명에는 아까 그 여자아이의 목소리도 섞여 있었다.

"뭐, 뭐야? 무슨 일이지?"

상황을 잘 모르겠다.

가도에는 부서진 나무 상자의 잔해와 수수께끼의 노란 과일이 여기저기 흩어져 있는데, 그 가운데에서 두 명의 남자가 싸우고 있었다.

아까 그 여자아이의 바로 코앞이다.

다른 사람들은 피해를 입을까 봐 멀찌감치 피했지만 여자아이만 겁먹은 모습으로 주저앉아 있었다.

"저기, 아이 파, 저건……?"

내가 주의를 환기시키기도 전에 아이 파는 천천히 일어서는 중이었다.

그 눈은 다소 위험한 빛을 띠고 남자들을 노려보고 있다.

대낮부터 길바닥에서 실랑이하는 두 명의 남자—— 그중 한쪽은 틀림없이 숲가의 마을에 사는 젊은이였다.

5

처음 보는 젊은이였다.

하지만 숲가의 백성임에 틀림없다.

기바의 털가죽 망토에 복잡한 소용돌이무늬가 들어간 조끼와 허리 가리개. 허리에 찬 대도와 소도, 그리고 엄니와 뿔의 목걸이.

덥수룩한 머리는 흑갈색이고 피부는 거무스름하며 희번덕거리는 눈은 파랗다.

키는 그리 크지 않지만 온몸이 근육질이고 얼굴은 신사나 절

앞에 놓인 사자 모양의 석상처럼 위엄이 있다.

숲가의 젊은 사내가, 상인으로 보이는 피둥피둥하게 살찐 남자의 멱살을 움켜쥐더니 그 둥그스름한 얼굴이 시뻘게지도록 추켜 쥐었다.

"아스타. 넌 여기 있어."

그렇게 내뱉더니 아이 파는 빙 둘러선 사람들 쪽으로 성큼성큼 걸어갔다. 무슨 영문인지 손에 과실주 한 병을 들고서.

하지만 가만히 보고만 있을 수는 없다. 싸움을 중재하는 것은 내게는 걸맞지 않은 역할이겠지만, 저 불쌍한 여자아이를 내버려둘 수도 없는 노릇이다.

아이 파가 빙 둘러선 사람들 틈을 비집고 원 가운데로 향했기 때문에 나는 원을 바깥에서 우회하는 모양새로 여자아이에게 몰래 다가가기로 했다.

"어이, 다시 말해봐. '누린내 나는 기바 먹는 인종'이 누굴 가리키는 거지? '밥맛 떨어진다'는 소리도 했겠다? 다시 한 번 똑똑히 들리도록 말해보라니까? 어이, 돌의 도시의 주민님?"

아무래도 숲가의 젊은이는 술에 잔뜩 취한 모양이었다.

젊은이는 손에 낯익은 디자인의 호리병을 쥐고 있었고 붉어진 얼굴과 흥분된 목소리는 단순히 분노 때문인 것 같지는 않았다.

'대낮부터 술을 처먹는 녀석도 있구나. 기바 사냥은 어쩌고?'

그런 생각을 하며 나는 빠른걸음으로 여자아이에게 다가간다.

그런데 앞으로 5미터만 더 가면 골인인 타이밍에 새로운 비명과 경악의 소리가 울려 퍼졌다.

거기에 챙, 하고 불길한 파열음도 겹친다.

숲가의 남자가 과실주 호리병을 내던지고 소도를 빼든 것이다.

소도이긴 해도 도끼처럼 두꺼운 칼날에 길이는 20센티미터나 된다. 기바의 털가죽과 고기까지 써는 위험한 무기다.

'칼까지 뽑다니! 너무 폭력적인 거 아냐?!'

나는 더 이상 느긋하게 돌아서 갈 수만은 없어 구경꾼을 밀어 젖힐 기세로 내달렸다.

여자아이의 손에서 먹다 만 고기만두가 떨어지고 뒤엉켜 싸우던 남자들의 발이 그것을 엉망진창으로 짓밟는다. 그만큼 남자들과 여자아이는 아주 가까이 있었다.

그 순간—— 새로운 소리가 더해진다.

아이 파가 손에 들고 있던 과실주 호리병으로 남자의 뒤통수를 후려갈긴 것이다.

호리병은 박살이 나 흩어지고 과실주의 달콤한 향기가 길바닥에 퍼진다.

남자는 허공에 붕 떴다가 나동그라지고—— 나는 남자 밑에 깔리기 직전인 여자아이의 몸을 구해내는 데 가까스로 성공했다.

"그렇게 술이 좋으면 내 몫까지 처먹어, 이 머저리 같은 놈!"

아이 파의 강철 같은 목소리가 그 자리의 웅성거림을 깡그리 잠재웠다.

"돌의 도시에서 소란을 피우는 것은 강한 금기일 터. 네놈은 숲가의 백성의 수치다."

뒤통수를 감싸 쥐고 쭈그려 앉은 남자가 목을 구부려 아이 파를 올려다본다.

그 탁한 눈빛에는 눈도 마주치지 못할 만큼 강한 증오와 저주의 감정이 소용돌이쳤다.

"네놈은 파가의 여자 사냥꾼이로군……. 가, 감히 내게 이런 짓을 해놓고도 무사할 것 같으냐……?"

"숲가의 규정을 깬 사람이 누구지? 나는 떳떳하다."

"호오…… 멋진 여자로군" 하고 중얼거린 사람은 숲가의 남자가 아니었다.

어느새 내 옆으로 와 무릎을 굽히고 있는 모르는 남자다.

"여자 사냥꾼은 처음 보는데. 저 목걸이가 진짜라면 칭찬할 만하군."

"뭐, 뭐예요? 당신은?"

아이 파에게 방해가 되지 않도록 소동의 중심에서 물러나면서 내 뒤를 따라오는 남자에게 묻는다.

"나 말인가? 난 그냥 지나가는 사람이지. 그 불쌍한 여자아이를 보호하려 했더니 자네에게 선수를 빼앗겼지 뭔가."

왠지 초연한 남자였다.

그다지 햇볕에 그을지 않은 상아색 피부에, 숲가에서도 이 역참 마을에서도 거의 보지 못한 금갈색 머리. 눈동자는 은은한

보랏빛이 돈다.

긴 망토 앞이 덮여 있기 때문에 체형은 모르겠지만 얼굴은 유난히 기다랗고 키도 커 보인다. 지금은 엉거주춤한 자세로 내 쪽으로 얼굴을 들이밀고 있다.

머리도 수염도 귀찮아서 깎지 않은 듯 덥수룩하고, 눈은 처졌지만 코는 오똑하다. 신비로운 색조의 눈동자에는 묘하게 노련해 보이는 차분함과 어린아이처럼 천진해 보이는 빛이 섞여 있어서 도저히 나이를 가늠할 수가 없었다.

"오, 드디어 게으른 관리들이 나서려나 본데?"

남자가 기름한 손가락으로 가리킨 방향을 보니, 칼을 허리에 찰 새도 없이 손에 든 채 달려간다는 표현이 딱 맞는 모양새로, 장창을 손에 쥔 사내들이 허둥지둥 구경꾼 틈을 비집고 들어가는 모습이 보였다.

"네놈들, 길에서 뭐 하는 거냣!"

가죽 투구에 가죽 가슴 가리개, 황갈색 피부에 다부진 몸집. 그 무시무시한 차림새로 보아 역참 마을의 안녕을 지키는 위병 같은 것이리라.

나는 후유 하고 한숨을 쉬고 싶었으나— 그 장창의 끝이 아이 파한테까지 향한 것을 보고 깜짝 놀라 몸이 얼어붙었다.

여자아이는 내 팔 안에서 몸을 바들바들 떨고 있다.

"숲가의 백성이군…… 이봐! 역참 마을에서 소란을 피우는 것은 엄격히 금지되어 있다! 네놈들은 제노스 후작과의 약정을 짓밟을 셈이냐?!"

과연 위병 정도 되면 무턱대고 숲가의 백성을 두려워하지는 않는 모양이다.

하지만 눈빛과 표정은 다소 평정을 잃은 것처럼 보이기도 한다.

"……그 약정을 지키기 위해 나는 금기를 깬 머저리를 벌주었을 뿐이다."

코앞에 들이닥친 강철의 창끝을 노려보며 아이 파는 감정 없는 소리로 말했다.

위병들이 아직 땅바닥에 쭈그리고 있는 남자 쪽으로 눈길을 돌린다.

남자는—— 추악하기 짝이 없는 얼굴로 웃고 있었다.

"돌의 도시의 위병이여…… 이 몸은 슨가(家)의 도드 슨이다."

그의 칙칙한 입술이 독액 같은 목소리를 길바닥에 뚝뚝 떨어뜨린다.

"너희 같은 말단 관리들도 다 알 테지? 나는 숲가를 다스리는 슨가의 사람이다. ……이 여자를 잡아라."

위병들은 곤혹스러운 듯 눈빛을 주고받는다.

그 모습을 쏘아보며 도드 슨이라고 밝힌 남자는 계속 말했다.

"저 여자가 느닷없이 길에서 날 습격했단 말이다! 이 꼴을 보면 알 텐데? 난 잘못한 게 없어! 저 여자야말로 숲가의 금기를 깨고 제노스와의 약정을 깬 머저리란 말이다!"

"슨가의 사람이었군······" 하고 위병이 창을 거두는 모습에 나는 더욱 놀랐다.

아이 파를 향한 칼끝은 여전히 그대로다.

"여자는 대기소로 따라와라. 거기서 문초하겠다. ······슨가의 아들이여, 당신에게도 동행을 부탁할 수밖에 없는데 승낙해주겠는가?"

"그야 물론······" 하고 도드 슨은 입맛을 다시며 몸을 일으킨다.

나는 하마터면 소리를 지를 뻔했다.

그보다 먼저 소리치는 자가 있었다.

나한테 안겨 있는 여자아이다.

"아니에요! 처음에 난폭하게 군 사람은 남자이고, 여자는 그걸 막았을 뿐이라고요!"

다시 길거리에 침묵이 떨어졌다.

어쩐지── 꺼림칙한 침묵이다.

"······슨가의 아들이여, 이게 무슨 말이지?"

위병 한 명이 떨떠름한 표정으로 도드 슨을 쳐다본다.

그러나 도드 슨은 여전히 웃고 있었다.

"이유 없는 비방이다. 뭣하면 주위 녀석들에게 물어봐도 좋다. 제법 큰 소동이었으니 처음부터 끝까지 지켜본 사람은 얼마든지 있을 테지."

그러자 믿을 수 없는 일이 벌어졌다.

여태껏 볼만하다는 듯 목을 쭉 내밀고 있던 구경꾼들이 성가

시다는 듯 얼굴을 찌푸리고 느릿느릿 그 자리에서 떠나기 시작한 것이다.

"아이고, 이거 불길한데."

긴 망토의 남자가 의뭉스러운 목소리로 중얼거린다.

일어선 남자를 보니 역시 나보다 머리 하나만큼은 키가 더 컸다.

키만 따진다면 돈다 루만 할지도 모른다. 하지만 새우등인 데다 어깨가 쳐졌으며 바짝 마르기도 해서 비실비실한 사마귀 같은 인상이다.

그러나 그런 것은 지금은 아무래도 상관없다.

"뭐야, 제길── 아차, 저 녀석한테 트집 잡힌 아저씨는……?"

"그 녀석은 저 주정뱅이가 나자빠지자마자 인사도 없이 줄행랑을 쳤다네. 정말이지 괘씸하지 않나?"

참다못한 나는 위병 앞으로 나가려고 했다.

그와 동시에 도드 슨의 탁한 눈이 나를 본다.

그 얼굴이 또다시 역겨운 희열로 일그러졌다.

"돌의 도시의 위병이여. 아무래도 저 애송이는 이국의 백성인 주제에 숲가의 가족이 된 모양이다. 아마도 애송이는 이 머저리의 가족이라서 어린아이에게 터무니없는 말을 억지로 시킨 것 같은데?"

아까까지 도드 슨에게 향해 있던 창끝이 나를 향한다.

"이봐, 여자아이를 땅바닥에 내려놔."

그 순간 여자아이가 내 목에 매달리기 시작했다.

"싫어요! 이 오빠는 탈라를 구해줬단 말이에요! 나쁜 사람은 저 남잔데 왜 믿어주지 않는 거예요?!"

"그걸 이제부터 대기소에 가서 문초할 셈이다. 됐으니까 넌 집으로 돌아가."

"싫어요!"

"이런, 이런. 그렇게 주먹구구식으로 일을 하니 너희가 서민들로부터 존경을 못 받는 거다. 숲가의 백성을 상대하는 일이 성가시단 이유로 진실을 추구할 수고를 생략해버리는 건 어이가 없군."

그렇게 끼어든 사람은 당연히 긴 망토의 남자다.

연달아 선수를 빼앗기는 바람에 나는 아까부터 한 마디도 못 하고 있다.

"네놈은 누구냐? 관계없는 사람은 빠져 있어."

"관계자는 되지 못했지만 나는 처음부터 끝까지 지켜보고 있었단 말이지. 관계자가 아닌 사람의 증언이야말로 신빙성과 가치가 있는 것 아닌가?"

사람을 놀리듯 말하며 남자는 말을 덧붙인다.

"여기서 과일을 팔던 남자와 그 친구로 보이는 상인풍의 남자가, 거기 숲가의 사람을 몰래 가리키면서 키득거렸지. 그랬더니 저 사람이 안색을 바꾸고 상인풍 남자에게 달려드는 바람에 과일이 담긴 나무 상자가 이렇게 길거리에 무너졌지 뭔가. 과일

장사꾼은 도망가고 저 사람은 고함을 질렀어. '불만 있으면 똑바로 말해! 네놈들은 자부심 넘치는 돌의 도시의 주민이잖아?!'라고."

풉, 하고 소녀가 웃음을 터뜨렸다.

그 정도로 남자의 목소리에는 긴박감이 결여되어 있었다.

"어라? 안 비슷했나? 아무렴 어때. ……그리고 입씨름이 시작되었지. '나, 난 아무 소리도 안 했어' '거짓말 하지 마!' '정말이야' '다 들렸다고. 숲가의 백성의 귀는 네놈들의 썩은 귀와는 차원이 다르다!' '요, 용서해줘' '어이, 다시 말해봐.《누린내 나는 기바 먹는 인종》이 누굴 가리키는 거지?《밥맛 떨어진다》는 소리도 했겠다? 다시 한 번 똑똑히 들리도록 말해보라니까? 어이, 돌의 도시의 주민님?'…… 뭐 대충 이랬던 것 같은데?"

기가 막히게도 이 껑충하게 큰 남자는 진짜로 그 대화를 통째로 암기하고 있는 모양이었다.

위병들은 완전히 당황한 표정이고, 도드 슨은 들개 같은 눈빛으로 남자를 노려보고 있다.

그리고 아이 파는——.

아이 파는 몹시 의아해하는 표정을 지었다.

"그때 거기 숲가의 사람은 들고 있던 술병을 내던지고 허리에서 칼을 빼들었네. 그쪽에서 나는 향기로운 냄새가 바로 깨진 술병의 잔해이고, 거기 굴러다니는 게 그 칼이란 말이지."

흠칫 놀란 듯 도드 슨과 위병들이 우리 발밑으로 시선을 내린다.

분명히 그곳에는 날밑이 없는 두꺼운 소도가 나뒹굴고 있었다.

도드 슨의 허리에는 가죽 칼집이 남겨져 있다.

"그 순간 저 여성이 등장했네. 손에 들고 있던 과실주 호리병으로 뒤통수를 빡! 그리고 냉정하게 말하지. '그렇게 술이 좋으면 내 몫까지 처먹어, 이 머저리 같은 놈!'"

여자아이는 도저히 못 참겠는지 키득키득 웃기 시작했다.

아닌 게 아니라, 나도 모르게 폭소하고 싶을 만한 성대모사였다.

의아스러운 표정을 짓고 있던 아이 파는 웃음을 참느라 이를 악물고 있었다.

"한마디 더 보탰지. '돌의 도시에서 소란을 피우는 것은 강한 금기일 터. 네놈은 숲가의 백성의 수치다'…… 뭐, 우선은 이 정도로 충분하겠지. 문초에 참고가 되었을라나?"

위병들은 몹시 귀찮다는 듯 도드 슨을 돌아본다.

"슨가의 아들이여. 이 남자는 이렇게 말하고 있네만——."

"죄다 엉터리다! 이유 없는 비방이라고!"

파란 눈을 시뻘겋게 충혈시키며 도드 슨은 쉿소리로 악을 썼다.

이 사람은—— 한 수 위다.

"이제 당신은 더 논리 정연하게 설명해야겠군. 아마 내 말을 부정하는 사람은 이 자리에 당신 말고는 없겠지. 날 거짓말쟁이로 몰아세우려면, 도대체 어떤 경위로 이 나무 상자가 쓰러졌고 과실주 병이 깨졌으며 당신의 단검이 길거리에 굴러다니게 되었는지, 상세히 설명해줘야 할 거야."

말하는 내용은 신랄하지만 표정과 말투는 여전히 초연하다.

지자 루처럼 감정이 보이지 않는 느낌이 아니다. 이 남자는 그저 태연할 뿐—— 딱히 흥분하지도 않고 느긋하게 자신의 생각을 밝히는 것처럼 보였다.

"……그만하면 됐다. 나머지는 대기소에서 조사하겠다. 너희들 모두 출두해라."

"어이쿠, 이거 난처하게 됐군. 난 지금부터 제노스 후작과 약속이 있거든."

엄청난 말이 튀어나왔다.

위병들의 눈알도 튀어나올 것만 같다.

"이미 약속 시간을 넘었으니 더 늦으면 정말 면목이 없네. 출두해야 한다면 제노스 후작께 그 뜻을 전달하고 나서 가도 되겠나?"

"넌…… 아니, 당신은 도대체……?"

"그리 겁먹을 필요는 없네. 나는 어디까지나 선량한 서민이거든. 여행객의 안전을 지키는 《수호자》 카무아 요슈라고 한다."

그렇게 말한 뒤 남자는 목에 걸고 있던 목걸이를 긴 망토 자락 틈으로 내보였다.

마노처럼 복잡한 색조의 돌이 은빛 사슬에 매달려 있다. 제법 맑고 깨끗한 목걸이다.

"인연이 좀 있어서 제노스 후작과 왕궁이 있는 도시, 즉 왕도로 여행을 떠났을 때《수호자》역할을 하게 되면서 능력을 인정받아 은혜를 입었을 뿐이다. 왕위나 작위도 아무것도 없으니 특별히 겁먹을 것 없네. ……아, 이건 제노스 후작 마르스타인이 주신 제노스 성 밑의 통행증이네만."

그가 새로 꺼낸 것은 아까 본 동전과는 비교도 되지 않을 만큼 찬연하게 빛나는 은색의 길쭉한 플레이트 모양의 물건이었다. 크기는 현금카드만 하고 알 수 없는 문양이 정교하게 조각되어 있어 대단히 유서가 깊다는 것을 강조하는 듯했다.

위병들은 그 플레이트를 보자마자 얼굴이 창백해지더니 그 자리에 굳어버렸다.

나는 추측할 수 있었다── 이 녀석은 상당히 고약한 아저씨라는 것을.

카뮤아 요슈라고 밝힌 그 남자는 참으로 다양한 감정이 깃든 시선을 그 장신에 받으면서, 언제까지나 즐겁고 여유롭게 웃고 있었다.

6

"이야, 온당하고 원만하게 끝나서 참 다행이지 않나?"

위병들과 도드 슨이 떠나간 후에도 웬일인지 카뮤아 요슈라는 기묘한 인물은 그 자리에 남아서 우리와 무릎을 맞대고 있었다.

장소는 원래 우리가 앉아서 쉬던, 노점상과 노점상 사이의 공터다. 무뚝뚝한 얼굴의 아이 파와 당황한 얼굴의 나 사이에 끼어서 카뮤아 요슈는 여전히 느긋하게 미소 지었다.

"……궁지에서 구해준 일에 대해서는 감사의 말을 전하겠다."

아이 파는 마음이 내키지 않는지 아주 조금 머리를 숙였다.

"아유, 빡빡해라." 남자는 웃는다.

"구해주긴 내가 뭘 했다고. 그저 본 대로 사건에 관해 설명했을 뿐이네. 서쪽 신 셀바의 백성으로서 당연한 일 아닌가?"

우리는 위병 대기소라는 곳에 연행되는 일 없이 무사히 넘어갈 수 있었다.

연행된 사람은 도드 슨밖에 없지만 그렇다고 녀석이 처벌을 받는 것도 아니다.

『뭐, 괜찮지 않은가? 숲가의 백성이 발칙한 짓을 저질렀는데, 같은 숲가의 백성이 그걸 저지했다. 칼까지 뽑아 든 건 좀 그렇지만 굳이 이 일을 확대할 필요는 없을 것 같은데?』

라는 카뮤아 요슈의 의견에 따르는 모양새로 아이 파의 용감한 역할은 막을 내렸다.

도드 슨을 연행한 것은 술을 깨운다는 명분으로, 일시적으로 신병을 구금한 것에 불과하다.

"그러니 너희는 냉큼 숲가로 돌아가" 하고 위병들은 강한 눈빛으로 호소하고 있었다.

그랬건만 이렇게 돌아가지도 않고 처음 보는 수상한 남자와 무릎을 맞대고 있다.

"저…… 당신도 중요한 용건이 있었던 거 아니에요?"

내가 묻자 카뮤아 요슈는 "아니?" 하고 고개를 젓는다.

"아, 제노스 후작 말이로구나? 거짓말이지, 거짓말. 약속이 있는 건 사실이지만 저녁 식사에 참석하라는 거였으니 시간은 충분해."

예상대로 교활한 남자다.

길쭉한 얼굴에 교활한 미소를 띠며 카뮤아 요슈는 옆으로 훌쩍 눈을 돌렸다.

"그건 그렇고 대단한 소동이었구나. 꼬마 아가씨, 어디 다친 데는 없니?"

"네! 이 오빠가 도와준 덕분에요!"

물론 그 오빠란 나를 뜻하며, 지금 말하고 있는 사람은 아까 자신을 탈라라고 밝힌 작은 여자아이다.

방실방실 웃으며 고기만두를 한입 가득 넣고 오물오물 먹는다. 도드 슨과 남자들이 밟아 뭉갠 고기만두 대신 카뮤아 요슈가 사준 것이다.

"아, 그렇지, 그리고 이것도──" 하고 긴 망토 안쪽으로 손을 집어넣는다.

거기에서 마법처럼 나타난 것은 과실주 호리병이었다.

그가 앙상한 손가락으로 병뚜껑을 따고 한 모금 꿀꺽 들이켠

다음 다시 뚜껑을 덮어서 아이 파 쪽으로 내민다.

"보시다시피 독은 들어 있지 않네. 괜찮으면 받아주었으면 좋겠는데."

"……당신에게 적선 받을 이유는 없다."

"빡빡하군! 자신을 희생하면서까지 역참 마을의 질서와 숲가의 규정을 지킨 그 모습에 감동해서! 라는 건 이유가 안 될까나?"

아이 파는 엄청나게 못마땅한 표정을 지었다.

카뮤아 요슈는 생글생글 웃으며 탈라의 작은 머리를 톡톡 두드린다.

"탈라도 마찬가지야. 이 아이가 용기를 내서 자신의 은인을 구하려는 모습에 감명 받아 키뮤스 고기만두를 사줄 마음이 들었던 거다. ……맛있니? 탈라?"

"네! 고마워요, 카뮤아 아저씨!"

"아저씨라…… 하긴 이제 곧 서른이니."

아직 서른 살 전이라니. 좀 놀랐다.

그래도 분명히 제멋대로 자라서 덥수룩한 수염을 어떻게든 하면 제법 젊은 얼굴이…… 아니, 안 되겠다. 초연한 그 표정과 행동은 아저씨라기보다는 노인에 가까웠다.

"자, 어떨는지? 이 과실주 좀 받아주면 안 되겠나? ……혹시 그 망나니의 죄를 묻지 못하게 한 건 원하던 바가 아니었나? 그런 녀석이 슨가의 사람이라면 일을 크게 벌이지 않는 편이 낫겠다 싶었거든."

그 말에 또다시 놀랐다.

이 남자는 숲가의 정세까지 꿰뚫고 있는 걸까?

"음? 뭐 이상한가? 모르가의 숲가는 내게 미답의 영역이지만 그곳을 장악한 족장 집안의 이름 정도는 들어봤지. 난 이 역참 마을을 아주 좋아해서 숲가의 백성도 종종 보곤 하거든. ……한데 이렇게 대화를 한 적은 이번에 처음이네."

기다란 코 밑에서 커다란 입이 히죽 웃는다.

"심지어 이렇게 아름다운 여자 사냥꾼이라니 이중으로 기쁜 일이지. 그 아름다움에 경의를 표하고 싶으니 이 과실주는 꼭 받아주었으면 좋겠군."

나는 조심조심 아이 파의 표정을 살폈다.

아, 불쾌함을 넘어 콧잔등에 주름이 졌다.

"어라? 뭔가 기분을 상하게 하는 말이라도 해버렸나? 딱히 외모만 칭찬하는 게 아니라 그 고상한 행동까지 포함해서 아름답다고 칭찬한 건데."

"…………."

"안 되겠군. ……그럼 자네는 어떤가?"

"네, 네?"

"이 《북쪽의 회오리바람》 카뮤아 요슈보다 먼저 탈라를 위기에서 구해낸 자네에게 경의와 칭찬을 표하고 싶군. 받아주겠나?"

도저히 받아들일 수 있는 분위기가 아니다.

그런데 북쪽의 회오리바람은 뭔가요?

"아, 동료들 사이에서 부르는 별명이지. 서쪽에서는 내 머리 색이 희귀하더군. ……난 북쪽에서 태어났거든."

그 말에 아이 파의 표정이 미미하게 변했다.

아직은 다소 험악함이 남아 있는 들고양이 같은 눈매가 정면에서 카뮤아 요슈를 노려본다.

"당신은 북쪽 왕국 마휴도라의 태생인가? 카뮤아 요슈."

"카뮤아라고 부르게. ……그런데 난 아직 자네들 이름을 듣지 못했군. 거짓이라도 좋으니 알려줄 수 없겠나?"

그런 말투가 아이 파의 신경을 거슬리게 한다니까. 아이 파는 눈썹을 추켜올리며 "파가의 가장 아이 파다" 하고 내뱉었다.

"아, 난 파가의 가족 아스타예요."

"아이 파와 아스타. 좋은 이름이군. ……맞아, 난 북쪽의 태생이지. 어머니는 마휴도라에서 태어났고 아버지는 셀바에서 태어났고. 벌써 백 년 전부터 열심히 서로 으르렁거리고 있는 북과 서의 혼혈아인 셈이지. 어린 시절은 북쪽에서 지내고 어머니를 여읜 후에는 서쪽에서 지냈어. 뭐, 태생이 이러니 제대로 된 직업은 가질 수 없어서 실력 하나로 먹고살 수 있는 《수호자》를 생업으로 삼았네."

카뮤아 요슈의 곁에는 약간 폭은 좁아도 칼몸이 기다란 검이 아무렇게나 놓여 있다.

"그러고 보니 자네 머리 색도 나와 썩 비슷하군, 아이 파."

보랏빛이 도는 눈동자가 눈부신 듯 눈을 가늘게 뜨며 아이 파를 바라본다.

"숲가의 백성은 본래 남쪽에서 서쪽으로 도망 온 백성의 후예라고 들었지. 멀리 떨어진 북과 남에서 피가 섞일 리는 없다고 생각하지만, 그 머리에 뭔가 유래가 있나?"

"……특별한 유래 따위 전혀 없다. 숲가에서는 간혹 이런 머리색을 지닌 인간이 태어나지. 내 어머니도 같은 머리 색이었다."

"그렇군. 내 어머니도 나와 머리 색이 똑같았는데."

카뮤아 요슈가 천진하게 빙그레 미소 짓자 아이 파는 시끄럽다는 듯 외면했다.

어쩐지── 평소와 달라 보였다.

"아무튼 나는 예전부터 숲가의 백성에게 흥미가 있었거든. 생의 도중에 영혼을 바치는 신을 갈아타는, 그런 경우에 처한 인간은 좀처럼 없으니 말이야. 내 쪽이 일방적으로 동료 의식을 품은 셈이지. 그래서 처음 대화를 나눈 숲가의 백성이 자네 같은 사람이라는 사실에 기뻐하고 있네."

"…………."

"그런데 우리한테 뭐 용건이라도 있나요?"

미온적인 아이 파를 대신해 내가 끼어들기로 한다.

"위기에서 구해주신 것은 대단히 감사하지만, 우리도 숲가에서 할 일이 기다리고 있거든요. 가능하면 이제 그만 돌아가려고 합니다만……."

"그래? 유감이군. 그럼 먼저 용건을 말해야겠어. ……실은 이번에 제노스 상단을 동쪽 왕국까지 수호하는 일이 들어왔거든. 그때 숲가의 마을을 통과하게 해줬으면 하네."

나는 무척 놀랐지만 아이 파의 반응은 싸늘했다.

"……그런 일은 전부 족장 집안인 슨가에서 도맡아 관리하고 있다."

"물론 잘 알고 있지. 한데 오늘 슨가의 아들과 불행한 조우를 했더니 그들에게 부탁할 마음이 달아나고 말았어. 역시 그 녀석들은 신뢰할 수 없겠네."

벌레 하나 못 죽일 착한 얼굴을 하고 참으로 간단히 카뮤아 요슈는 그렇게 말했다.

"실은 예전부터 제노스 후작에게 충언을 했거든. 역참 마을에서 소동이 일어날 때는 항상 슨가가 관련되어 있는 게 아닐까 하고. 완고하고 규율을 중시하며 무엇보다 폐쇄적인 숲가의 백성이건만 슨가만이 이렇게 무뢰하고 개방적인 것은 후작의 처신에도 뭔가 문제가 있는 게 아닌가 하고……."

"슨가를 타락시킨 것은 돌의 도시의 주민이다."

아이 파의 목소리가 카뮤아 요슈의 말을 잘랐다.

그 눈동자에 파란 불꽃이 희미하게 타오른다.

"돌의 녀석들은 슨가에 부(富)를 주었지. 그 때문에 슨가의 사람은 숲가의 백성의 긍지를 버리고 성실히 기바를 사냥하지 않게 되었다. 술에 찌들고 나태하게 지내며 색에 빠져 제정신을 잃었지. 모든 것은 도시 주민의 책임이다."

"부라는 게 석 달에 한 번 지급하는 포상금 말인가? 극히 미미한 액수일 텐데."

"그래서 슨가는 그 부를 독점했다. 그 부를 가지고 노는 데만 정신이 팔려서 살고 있지."

이 자리에서 가장 놀라고 있는 사람은 아마 나일 것이다.

고기만두를 다 먹은 탈라는 눈을 말똥말똥하게 뜨고, 카뮤아 요슈는 그럴 만도 하다는 표정으로 고개를 주억거리고 있다.

"하긴 짐작은 했지. 기바의 위협에서 제노스 영토를 지키고 있는 슾가의 백성에 대한 포상이건만, 근면히 일하는 백성들에게는 환원되지 않고 놀고먹는 족장 집안의 사람들이 단물을 죄다 빨아먹고 있다는 소리로군. ……그런데도 용케 동란 한 번 일어나지 않는군?"

"돌의 도시의 적선 따위는 필요 없다. 우리는 우리가 살아가기 위해 기바를 사냥한다."

"이토록 청렴결백할 수가! ……하지만 역시 빡빡하네."

이번에는 약간 쓴웃음을 머금고 카뮤아 요슈는 금갈색 더벅머리를 벅벅 긁어댔다.

"만약 자네들이 슾가에 규율을 회복시키길 원한다면 어쩌면 이 몸이 힘이 되어줄 수도 있는데 어떤가?"

"…………."

"물론 무턱대고 슨가를 탄핵하면 된다는 얘기가 아니네. 이러니저러니 해도 숲가를 통솔하고 있는 것은 슨가이니까. 족장 집안을 잃은 숲가의 백성들이 기바를 사냥할 기운까지 잃어버린다면 큰일이고말고. 그뿐만 아니라 모르가의 숲에는 기바가 넘쳐나고 많은 논밭이 거덜 나겠지. ……그러니 제노스 후작도 슨가의 타락을 어렴풋이 눈치채면서도 과감한 방책을 세우지 못하고 있다네."

"…………."

"이쯤에서 질문을 하나 하지. 만일 슨가의 위세가 실추되었을 경우, 숲가를 통치할 만한 힘을 지닌 씨족은 존재하나?"

물론 내 머릿속에는 유일하게 슨가에 대항할 만한 존재로 루가가 떠올랐다.

그러나 아이 파는 입을 열 생각을 않는다.

그 눈동자는 점차 험악한 빛을 띠기 시작했다.

"어차피 도시와 숲가는 슨가를 통해서만 교류하고 있으니 슨가에 불리한 정보는 모조리 차단당한 상태야. 심지어 성의 녀석들은 좀체 그 돌벽에서 얼굴을 내밀려 하지 않거든. 이렇게 된 이상 서민인 동시에 제노스 후작의 은혜를 입은 나와, 슨가와 친하지 않은 자네들과의 만남은 숲가와 도시를 연결하는 새로운 가교가 될 수도 있지 않겠나?"

"그렇게 해서 당신에게 무슨 득이 있다는 건가요?"

내 질문에 카뮤아 요슈는 또다시 웃는다.

"득실이라기보다는 나와 자네들은 모두 같은 서쪽 신 셀바의 백성이잖나? 말하자면 동포란 말이지. 어려울 때는 서로 돕는 게 당연하잖아."

"…………."

"라는 건 명분이고. 아까도 말했듯이 난 숲가의 백성에게 일방적인 동료 의식을 품고 있거든. 그건 자네들처럼 청렴한 인간에게 품어온 의식이지, 대낮부터 술에 취해서 기바를 사냥할 생각도 안하는 게으름뱅이에게는 경의를 표할 생각이 없어——대충 이런 거다."

모르겠다.

마음에도 없는 말을 하고 있다——고까지는 생각하지 않지만, 이렇게 의뭉스러운 남자의 속마음을 내가 읽어낼 수 있을 리가 없었다.

그리고 아이 파는 이제는 눈동자에 단호한 거절의 빛을 강렬하게 불태우고 있었다.

"카무아 요슈. 당신은 돌의 도시의 인간이다. 도시의 인간이 숲가의 백성에게 활을 당기겠다고 한다면—— 당신은 숲가의 백성의 적이다."

"흠. 그 상대가 타락한 슨가일지언정?"

"슨가에 처벌이 필요하다면 그것을 주는 것은 숲가의 백성이다. 숲가의 수치는 숲가에서 숙청하겠다. 그리고—— 슨가의 인간을 타락시킨 것은 돌의 도시의 인간이다."

아이 파는 내던지듯 말했다.

"돌의 도시의 주민은…… 신뢰할 수 없다."

긍지 높은 사냥꾼의 타오를 듯한 안광이다.

그런데도 카뮤아 요슈는 여전히 느긋하게 웃고 있었다.

"청렴하고 결백하군. 역시 자네는 아름답구나, 아이 파."

"……날 우롱하는 건가?"

"아름답다는 말을 어째서 우롱으로 받아들이지? ──저런, 탈라가 겁내고 있지 않나."

흠칫 놀라서 그쪽을 돌아보니 확실히 탈라는 카뮤아 요슈의 팔에 매달려서 덜덜 떨고 있었다.

"어쩔 수 없지. 오늘은 여기까지 해두겠네. 멍하니 있다가는 슨가의 아들이 불쑥 모습을 드러낼 수도 있으니 말이야."

"……오늘을 끝으로 내일도 앞으로도 만날 일은 없을 거다."

"글쎄 어떨지. 기회는 기다리는 게 아니라 만드는 것이지."

그렇게 말하고 카뮤아 요슈는 오른손에는 장검, 왼손에는 소녀의 손을 잡으며 일어섰다.

"아이 파와 아스타. 오늘은 자네들을 만나서 다행이었네. 이 만남을 축복하는 뜻으로 과실주를 놓고 갈 테니 불필요하다면 대지에 돌려주게. ……그럼 또 보지."

제2장 ★★★ 대가와 결의

1

"아, 물가가 보인다. 드디어 고향에 도착했다는 느낌이야."

헉헉, 거친 숨을 몰아쉬며 내가 말하자 그때까지 내내 침묵을 지켰던 아이 파가 오랜만에 이쪽을 돌아봐주었다.

"뭐야, 그 목소리는. 아스타, 네 체력은 열 살짜리 어린아이 같군."

"오오, 리미 루보다 약하지만 않으면 다행이지. ……이제야 대꾸해주는구나, 아이 파."

금세 아이 파는 "흥" 하고 다시 앞을 보고 발걸음을 재촉한다.

"아, 기다려! 최소한 물만이라도 마시게 해줘! 아까부터 목이 바싹 말랐단 말이야!"

아무튼 16킬로그램 이상의 짐을 메고 한 시간 가까이 산길을 걸어왔다. 끈을 걸었던 어깨는 살이 까지고 다리와 허리도 후들후들 떨린다. 이것은 지난번의 아궁이 제작을 뛰어넘는 중노동일지도 모른다.

참고로 공포의 구름다리에서는 아이 파가 왕복해서 내 몫의 짐까지 옮겨주었을 뿐만 아니라 손을 잡고 이끌어주기까지 하였다. 뭐, 제정신이 아닌 내가 또 아이 파를 부둥켜안을까 봐 그게 싫어서 배려해준 것이겠지만, 여하튼 리미 루네 가족에게는 알리고 싶지 않은 부끄러움 많은 인생이다.

좌우간 지금은 수분 보충이다.

"한심하기 짝이 없군……." 아이 파의 말에 심장을 쿡쿡 찔려 가며 나는 바위틈에서 졸졸 흐르는 샘물을 떠서 마셨다.

감로다. 이슬처럼 맛있다.

그리고 오래간만에 대꾸를 해준 아이 파는 진지한 말투로 이렇게 말을 이었다.

"……넌 아무것도 묻지 않는구나, 아스타."

"응? 아까 그 아저씨가 한 말에 대해서 말이야? 궁금한 건 산더미처럼 많은데, 이 세계에 대한 건 매일 밤 네가 해주는 얘길 듣고 있으니까."

양 무릎에 손을 짚고 호흡을 가다듬으면서 아이 파의 얼굴을 올려다본다.

"이야기의 순서는 아이 파가 판단해서 정하고 있잖아. 그 판단에 참견할 생각은 없어. 나한테 이 세계는 아직도 모르는 것 투성이거든."

"…………."

"하지만 네 기분이 나아졌다면, 잡담 하나 정도는 하고 싶은 참이었어. ……그 아저씨 말이야, 아이 파는 어떻게 생각해?"

말하면서 나는 발밑으로 시선을 떨구었다.

포이탄과 티노가 가득 찬 자루와 과실주 호리병.

아이 파는 그것을 두고 오려고 했지만 과실주는 죄가 없다며 내가 운반을 맡은 것이다. 병 디자인이 약간 다르게 생겨서 어떤 술인지도 궁금하다.

"수상하다면 한없이 수상한 아저씨이긴 한데 극악한 사람이라는 느낌은 아니었어. 네가 그런 사람한테 어떤 느낌을 갖는지 조금 신경 쓰여."

"……딱히 할 말은 없어."

"헉, 벌써 출발하는 거야? 아이 파, 같이 가!"

하는 수 없이 자루를 등에 메고 에구구 소리를 내며 아이 파를 따라간다.

나보다 무거운 짐을 멨는데도 역시 아이 파의 걸음걸이는 흐트러지지 않는다.

"말하기 싫으면 억지로 묻진 않겠지만 너 굉장히 예민하더라. 그런 아저씨는 불편해?"

"……도시의 주민과는 할 말 없어."

"꽤 많이 얘기하던데. 아니, 내가 그 아저씨보다 더 외지인인데? 대화해보면 의외로 마음이 맞을지도 모르잖아."

"……나와 넌 마음이 맞는다고 생각하나?"

"아하하! 눈치를 채긴 했는데, 아이 파, 너 기분이 요만큼도 나아지지 않았구나! 아까부터 내 심장을 도려내는 말만 하잖아!"

"……그럴 생각은 없어."

이번에는 갑자기 어두운 눈빛으로 변한다.

"내 모습이 이상한가?"

"이상하다기보다는…… 뭔가 진지하게 생각에 잠겼던 거 아니었어? 역참 마을에서 여기까지 오는 길엔 내내 심각한 표정이었잖아?"

"몰라. 아마 도시의 주민과 얘기를 나눠본 게 처음이라서 머리가 혼란스러웠나 봐."

어두운 눈이 나를 본다.

마치 길 잃은 어린아이처럼.

"나, 이상해?"

"……아니, 이상하지 않아." 나는 딱 잘라 말해주었다.

"갑자기 그런 얘기를 들으면 혼란스러워하는 게 당연하니까 이상하지 않아. 난 절반 정도 밖에 못 알아들었지만 분명 아이파 입장에서는—— 숲가의 백성에게는 앞날을 좌우할 수도 있는 얘기였잖아."

"…………."

"꽤 오래전에도 말한 것 같은데, 그런 중대한 일을 네가 책임져야 할 까닭은 없어. 힘겨우면 잊어버려."

내 주장이 너무 무책임한 걸까.

하지만 거의 반은 진심이었다.

만일 카뮤아 요슈라는 남자의 말이 진실이라면—— 그래서 슨가의 위신을 떨어뜨리고 루가쯤 되는 가문에 숲가를 통솔시키는 일이 성공한다면, 모든 것이 원만히 해결될지도 모른다.

그러나 원만히 해결되지 않을 수도 있다.

우리는 돈다 루라는 남자가 어떤 사람인지, 아직 거기까지는 파악하지 못했다. 만약 그 몸집이 큰 거친 사내가 슨가를 대신해 숲가를 지배하고 슨가 이상의 폭거를 휘두르게 된다면, 리미루와 지바 할머니를 볼 면목이 없지 않은가.

거기다 아까 들은 이야기는 전부 엉터리일 가능성도 아예 배제할 수가 없다. 어느 정도 숲가의 속사정을 잘 아는 모양인 카뮤아 요슈가 일시적인 변덕으로 우리를 놀렸을 뿐인지도 모르니, 경솔하게 믿어버릴 수도 없는 노릇이다.

하지만── 그것은 내 진심의 반쪽이다.

다른 반쪽은 그 남자의 말을 믿고 싶어 한다. 슨가로부터 족장 집안의 권력을 빼앗고 싶은 마음이 간절하다.

그렇게 하면 디가 슨이라는 비열한 놈의 동향을 걱정할 필요가 없어질 뿐만 아니라, 오늘 또다시 슨가와의 사이에 새로운 불화가 생겼기 때문이다.

도드 슨이라고 밝힌 그 남자. 지지리 못난 성품은 디가 슨 못지않지만, 그 정도까지 부끄러움을 모르는 사람은 오히려 무섭다. 대낮부터 술을 마시고 역참 마을에서 소동을 일으키다니. 그런 속물이 숲가에 존재하리라고는 나는 상상도 못 했다.

그런 녀석들은 숲가의 백성을 지배할 자격이 없다── 그것만큼은 절대로 틀림없다고 생각한다.

'루가의 다루무 루 역시 골치 아픈 녀석이긴 하지만 도드 슨

만큼은 아니야. 다루무 루가 늑대라면 그 녀석은 그냥 들개다. ……아, 이런 말은 들개한테 실례구나.'

그러니 역시 그 녀석은 '인간'인 것이다.

그것도 필시 '문명의 독에 오염된 인간' 말이다.

"……너야말로 입 다물고 있잖아."

갑자기 토라진 듯한 여자의 목소리가 들렸다.

누군가 싶었더니 역시 아이 파였다.

"남한테는 잊어버리라고 말해놓고서 너야말로 상념에 잠겨 있는 것 같은데, 아스타."

아이 파는 간혹 나이보다 어린 얼굴을 보일 때가 있다.

그럴 때면 나는 항상 동요하고 마는데―― 따라서 이번에도 크게 동요하게 되었다.

"아니, 그렇게 어려운 걸 생각하고 있었던 게 아니야. 이 세계에도 개라는 동물이 있을까, 생각했을 뿐이야."

"개? 발브의 늑대가 마을로 내려와서 새끼를 낳으면 인간의 친구가 된다는 그건가? 그런 건 거짓인지 진실인지도 모를 서쪽 왕국의 전설에 불과하다."

아이 파는 입술을 샐쭉댄다.

"그렇게 그 개인지 뭔지가 먹고 싶다면 돌의 도시에 가버려. 내 알 바 아니다."

그러고는 앵하고 고개를 돌려버렸다. 흥 하고.

화가 났다가 귀엽다는 생각이 들었다가, 내 가슴속은 온통 뒤

죽박죽이다.

"알겠어! 알겠습니다! 더 즐거운 얘기를 합시다! 있잖아, 돈다루와의 일도 해결되었고, 오늘은 좀 새로운 요리에 도전할 생각이야. 벌써 요 며칠째 스테이크 시식만 연달아 했더니 턱이 아파 죽겠어."

아이 파는 고개를 돌린 채 흘낏 곁눈질로 나를 흘겨본다.

"……그건 햄버그보다 맛있나?"

"일단 만들어봐야 알아. 그런데 스테이크도 맛있었잖아?"

"그건 그렇지만…… 난 역시 햄버그가 제일 좋다."

"엥?! 하지만 스테이크도 햄버그만큼 맛있다고 했잖아? 그래서 난 스테이크로 돈다 루와 결판을 지을 각오가 선 거란 말이야."

"스테이크는 햄버그만큼 맛있어. ……하지만 난 햄버그가 좋아."

나는 뭔가 반론하려 했지만 너무 놀라서 무슨 말을 하려고 했는지 잊어버렸다.

아이 파가 "좋아"라는 말을 사용한 것은 아마 이번이 처음이라는 걸 깨달았기 때문이다.

"음식에 맛있고 맛없고는 없어"라고 말했던 아이 파가 "맛있다"라고 말하고, 급기야는 "좋아"라는 단어까지 입에 담았다.

그것은 나한테 놀라우리만치 격렬한 변화였다.

"……연한 고기만 먹었다가는 이가 약해진다고 했지만, 육포를 씹으면 그렇게까지 걱정할 필요는 없는 거지?"

여전히 고개를 돌린 채 약간 숙인 자세로 입술을 샐쭉거리며, 곁눈질로 나를 올려다보는 동시에 흘겨보는, 무시무시하게 비겁한 표정을 보이는 아이 파.

계산에 의한 표정이 아니기에 정말 대단하다.

"그렇다면 난 역시 햄버그가 좋다."

"아, 알겠어. 그럼 내일은 햄버그로 하자. 오늘은 새롭게 먹는 법에 도전하게 해줘."

아이 파는 고개를 더 숙이더니 미소를 참는 듯한 표정을 지었다.

내 양손이 짐에 묶여 있어서 다행이라고밖에 할 말이 없다.

돈다 루와의 결판이 난 지 얼마 지나지도 않았다. 새로운 고민의 씨앗을 품고 말았지만 오늘만큼은 느긋하게 보내도 별일 없을 것이다. 영기(英氣)를 잘 길러서 카뮤아 요슈의 건에 관해서는 내일부터라도 다시 고민하면 돼——라는 생각을 하며, 드디어 집 앞에 도착하자 더욱 심한 고뇌의 씨앗이 나와 아이파를 기다리고 있었다.

그 고뇌의 씨앗은 참으로 잘 어울리는 한 쌍의 남녀의 형상을 하고 있었다.

바로 혼례를 엿새 앞둔 가즈란 루티무와 아마 민이다.

2

"귀가를 기다리고 있었습니다. 파의 가장 아이 파와 가족 아스타여."

약간 각진 얼굴에 큼직큼직한 이목구비. 미남형은 아니지만 성실하고 점잖아 보이는 가즈란 루티무가 머리를 깊숙이 숙였다.

"이렇게 만나서 다행입니다. 이제 그만 루티무가(家)로 돌아가야 할 시간이었거든요."

흑갈색 머리를 아름답게 틀어 올리고 차분함 속에서도 영리하고 활발해 보이는 표정을 내비치는 아마 민도 함께 머리를 숙인다.

"가즈란 루티무와 아마 민. 도대체 여기서 뭐하는 건가?"

아직 완전하게는 가장의 얼굴로 돌아오지 않은 아이 파가 당황해하며 묻자, 두 사람은 짜기라도 한 듯 빙그레 웃었다.

"아이 파와 아스타에게 부탁드릴 일이 있어서 찾아왔습니다."

솔직히 말해 불길한 예감밖에 들지 않았다.

혼례식의 아궁이 당번이라면 오늘 아침 루가에서 나오는 길에 돈다 루에게 부탁해서 단호히 거절하겠다는 의사를 전했을 터이다.

그런데도 역시 불길한 예감밖에 들지 않았다.

"여기는 사람들 눈에 띄는 곳이다. 집 안으로 들어가지. ……아스타, 넌 손님의 날붙이를 맡아."

아이 파는 과실주를 든 손으로 내 손에서 포이탄 자루를 가져가더니 냉큼 집 안으로 들어갔다.

나는 쩔쩔매며 가즈란 루티무가 건넨 대도와 소도를 받아 든다.

"드, 들어오세요."

먼 옛날 이곳을 방문했던 리미 루 이래로 첫 손님이다.

나는 손님을 어떻게 대해야할지 전혀 모른다.

이윽고 식량 창고에서 돌아온 아이 파가 거실 한가운데 근처의 상석에 자리를 잡자, 두 명의 손님은 정중하게 거리를 두고 그 정면에 앉는다.

나는 우왕좌왕했지만 아이 파의 옆에 무릎을 꿇고 앉은 후 맡아둔 칼은 내 곁에 두었다.

지적은 받지 않았으니 숲가의 예절을 어기지는 않은 것 같다.

"먼저 감사의 인사부터 드리겠습니다. 어젯밤 훌륭한 연회를 준비해주셔서 감사합니다. 파가의 아이 파와 가족 아스타여."

"네, 정말 훌륭한 음식이었어요. 우리에게는 더없이 소중한 혼례 전 축하연이 평생 잊지 못할 행복한 하룻밤이 되었어요."

언뜻 보기에도 성실하고 반듯해 보이는 두 사람에게 감사의 인사를 받자, 괜히 나까지 머리를 숙이고 싶어진다.

그보다는…… 번잡한 역참 마을에서 막 돌아온 참이라 그런지, 순박함의 상징 같은 이 두 사람의 모습이 어젯밤과는 전혀 다른 인상으로 보였다.

가즈란 루티무는 이토록 올곧은 눈빛을 지닌 젊은이였구나.

아마 민은 이토록 상쾌한 표정을 지닌 여성이었구나.

가문 때문인지 개인차 때문인지 루가의 사람들은 눈부실 정도

의 생명력을 발산하는 유형이 많았지만, 이 두 사람에게서 느껴
지는 것은 더 고요하고 묵직한, 대지에 뿌리를 내리는 거목 같
은 강인함이었다.

　이제야 가장으로서의 엄격한 표정을 되찾은 아이 파가 한쪽
무릎을 세우고 두 사람을 다시 가만히 응시한다.

　"루가에서 맡은 아궁이 당번의 책임을 완수해서 우리도 기쁘
게 생각한다. ——한데 우리에게 부탁할 일이 있다니 무슨 뜻이
지? 혼례식 연회라면 이미 돈다 루를 통해서 거절의 답변을 보
냈을 터인데."

　뜸 들일 생각이 털끝만큼도 없어 보이는 아이 파의 말에, 두
사람은 "네" 하고 입 모아 대답하며 머리를 숙인다.

　"바로 그 건에 관해—— 그런 숲가의 관습에 어긋나는 일을
청한 사람은 나의 아버지 단 루티무입니다만, 우리도 그 이야기
를 듣고……."

　"근사하다고 생각하고 말았어요. 만약 그 일이 실현된다면 얼
마나 행복한 하룻밤이 될까, 하고요."

　혼례 전부터 호흡이 잘 맞는 두 사람이다.

　그 표정과 눈길에서는 지극히 순수한 기대와 기쁨—— 그리고
어떻게든 자신들의 생각을 전하기 위해 고민하는 올곧은 성품
밖에 느껴지지 않는다.

　그러나 그것과 이것은 별개의 이야기다.

　가즈란 루티무는 루가의 친족 중에서 가장 강력한 힘을 지녔

다는 루티무 본가의 후계자다. 그 혼례식의 아궁이 당번이라니 아무리 그래도 너무 부담스럽다.

나로서는 우선 아이 파의 똑 부러지는 성격에 기대를 걸 수밖에 없다.

"하지만 루티무와도, 민과도 인연이 먼 파의 인간이 그런 자리를 도맡아할 수는 없는 노릇이다. 집안의 기쁨은 가족끼리 나누는 것이다. ……라고 어젯밤 아스타도 말했다."

그럼, 그렇고말고.

나도 고개를 끄덕여 동의를 표한다.

그 순간 가즈란 루티무의 올곧은 눈빛이 나를 쳐다봤다.

"아스타. 당신은 파의 가족이지만 이 숲가가 아닌 이국의 출신이라고 들었습니다. 그리고 당신은 태어난 고향에서 요리사를 직업으로 삼았다고 하더군요."

"네. 가족의 일을 돕는 견습 신분에 불과했지만, 그 말이 맞아요."

"나는 그게 어떤 일인지 잘 모릅니다만. 요컨대 저 역참 마을에서 완성된 음식을 파는 사람들이 하는 일과 비슷한 직업인가요?"

"그렇죠. 거의 그렇다고 보면 될 거예요."

"그렇다면── 당신이 만드는 그 음식을 우리에게 팔아주시지 않겠습니까?"

"……네?"

무슨 말을 하는지 잘 알아들을 수 없었다.

요리를, 판다── 이런 숲가에서, 어떻게?

"다시 말해 연회의 아궁이 당번이라는 역할을 선의나 애정이나 의리가 아닌, 상응하는 대가와 교환하는 형식으로 맡아주셨으면 합니다. 당신이 음식을 만드는 기술과 지식과 수고를 하룻밤만 우리에게 팔아주시기를── 우리는 바랍니다."

나는──.

너무 엄청난 일이라 목소리조차 나오지 않았다.

"남의 집 사람인 아스타에게 우리를 축하해달라는 말은 할 수 없습니다. 어젯밤 처음 만난 당신에게 선의나 후의(厚意)를 강요하는 것 역시 안 되겠지요. 당신의 힘을 얻기 위해서는 대가를 지불하는 것 말고는 달리 방법이 없다고, 우리는 생각해낸 겁니다."

"그건…… 하지만──."

"내가 할 수 있는 최대한의 대가를 마련할 생각입니다. 당신이 만드는 음식에는 그만한 가치가 있습니다. 나는 어젯밤 아마민과 아버지 단 루티무와 맛보았던 행복한 기분을 다른 가족들, 다른 친족들과도 나누고 싶습니다. 그러기 위해서는 아스타, 당신의 힘이 필요합니다.

가즈란 루티무는 두꺼운 목에 걸었던 엄니와 뿔을 좌르륵 벗었다.

아이 파의 것보다 훨씬 많은 양의 뿔과 엄니가 겹겹이 포개어진 목걸이다.

아마 민도 조용히 미소 지으며 자신의 목걸이를 벗는다.

이쪽은 부모로부터 받은 세 개의 엄니와 뿔을 엮은 목걸이다.

사냥꾼의 긍지이자 부모로부터 받은 사랑의 증표인 목걸이를 내게 내민다.

"연회에는 루티무뿐만 아니라 친가인 루의 친척 백여 명이 모두 모입니다. 음식의 대가는 이것으로는 부족하겠지요. 하나 연회석에서는 그들로부터 축복을 하나씩 받을 수 있습니다. 아마 민과 합하면 2백 개지요. 그래도 부족하면 반드시 부족한 만큼의 기바를 사냥해서——."

"잠깐만요! 이런 건 도저히 받을 수 없어요!"

나는 거의 공포에 가까운 감정을 느끼고 그렇게 외쳤다.

"나, 난 제 몫을 다 해내지 못하는 미숙한 사람이에요. 그런 큰일에는 걸맞지 않는 데다…… 역시 난 외지인이에요. 아직 숲가에 대해서도 모르는 게 많은 나한테 그런 중요한 일을 부탁하는 건——."

"당신은 이미 그 힘을 보여주었습니다. 우리는 불안하지 않습니다."

"히, 힘이란 게 어제의 스테이크 말인가요? 그거라면 어제도 말했듯이 가족의 힘만으로도 만들어낼 수 있는 요리예요. 만드는 방법이라면 지금 당장이라도 가르쳐드릴 테니——."

"하지만 그런 맛을 내기 위해서는 기바를 포획하는 단계부터 작업이 필요하지요? 당신은 어젯밤 그렇게 설명했습니다."

"가르쳐드릴게요! 피 빼기도 해체 방법도 가르쳐드리겠습니다! 나도 아직 세 마리의 기바밖에 해체하지 않았어요. 가죽 벗기는 기술을 가지고 있는 당신들이라면 금방 습득할 수 있다고요."

"어젯밤 우연히 말이 나온 햄버그라는 요리는——."

"그건 몰라도 되는 맛입니다. 홀리면 독이 될 수도 있어요."

"우리는 그렇게까지 어리석지 않습니다."

훗——하고 가즈란 루티무가 미소 지었다.

남자다운 자신과 위엄에 찬, 힘 있는 웃음이었다.

"그것이 곧 사냥꾼의 독이 될 만한 음식이라면 결코 그 음식은 먹지 않겠습니다. 한데 당신은 천 번, 2천 번을 먹는다 해도 아무렇지 않을지도 모른다고 말했지요?"

"그, 그건 어디까지나 억측이라서 잘 몰라요. 하지만 연한 고기만 먹었다가는 이와 턱이 약해진다는 건 분명 틀림없는 사실이라고요."

"그런 말을 듣고도 여전히 영혼을 썩게 하는 사람이 있다면, 그건 그 사람이 나약해서입니다. 당신이 걱정할 문제가 아니에요. 그렇기 때문에 당신은 그 말을 우리에게 해준 것이지요?"

가즈란 루티무는 한쪽 주먹으로 가만히 바닥을 짚고 몸을 앞으로 내밀었다.

그 올곧은 표정에는 아무런 변화도 보이지 않았지만, 어쩌면 이 청년도 감정이 조용히 고조되었는지도 모른다.

"난 사냥꾼입니다. 따라서 당신처럼 잘 설명할 수는 없지만——

아무튼 이 기분을 모두와 공유하고 싶습니다. 살아 있는 기쁨이 깊어지면 살고 싶어 하는 힘도 강해집니다. 당신이 가져다준 기쁨은 나와 아마 민에게 힘을 주었지요. 이 힘을 모두에게 전하고 싶습니다. 루티무뿐만 아니라 루에도, 민에도, 레이에도, 마무에도, 릴린에도, 무파에도── 이런 때야말로 우리는 보다 강한 힘을 가지고 사냥꾼의 역할을 다해야 합니다."

이런 때, 라는 건── 슨가의 타락을 가리키는 걸까?

그러나 지금은 거기까지 머리를 회전시키지 못한다.

"그, 그러니까…… 내 기술을 전부 전수해드릴게요. 피 빼기와 해체, 그리고 포이탄을 굽는 법이나 어제의 스테이크 요리법 정도라면 엿새쯤이면 충분히 알려드릴 수 있어요. 웬만한 기술은 이미 루가의 여자들에게도 가르쳐드렸고──."

"……햄버그라는 음식은요?"

"그건 무리하게 익힐 필요 없어요. 품이 많이 드는 요리는 숲가의 백성에게 적합하지 않잖아요?"

"실례지만, 적합한지 아닌지를 정하는 것은 숲가의 백성입니다. ……아니, 당신도 이미 파가의 가족이며 숲가의 동포이니, 그 말을 가볍게 여기는 것은 아닙니다. 하나, 어떤 길을 갈지는 우리가 직접 선택하게 해주었으면 합니다."

"아무리 품이 많이 들어도 그보다 강한 기쁨을 얻을 수 있다면, 우리는 그 길을 택하겠어요."

오랜만에 아마 민도 입을 연다.

"살기 위해서는 무엇을 해야 할까요? 장작을 모으고 피코잎을 말리고 털가죽을 무두질하고. 보다 풍요롭게 살기 위해서는 무엇을 하고 어떤 길을 가야 할까요? 그건 80년 전인 옛날부터 우리 부모와 혹은 부모의 부모가 생각해서 우리에게 전해준 겁니다. 나도 언젠가 가즈란의 아이를 낳아── 보다 행복한 길을 제시해주고 싶어요."

"음식을 만드는 데 얽매여서 다른 일을 소홀히 하는 사람은 없습니다. 품을 들여서라도 음식을 만들고 싶다면, 그건 그 품에 그만한 의의나 가치를 느꼈기 때문이지요. 햄버그에 그만한 의미를 발견해내는 사람이라면 품을 들여서라도 만들겠지요. 혹은 발견하지 못한다면 만들지 않겠고요. 그뿐입니다."

"아니, 실제로 먹어본 적 없는 당신들이 왜 그렇게까지 햄버그에 집착하는 건가요?"

"햄버그에만 집착하는 게 아닙니다. 나는 당신이 온 힘을 다해주었으면 합니다."

그렇게 말한 사람은 가즈란 루티무였다.

"그래서 당신에게 부탁하는 것입니다. 당신에게 기술을 배운 누군가가 아닌, 당신에게. 당신이 가지고 있는 모든 힘을 하룻밤만 우리에게 보여주길 바라는── 그것을 위한 대가입니다."

"잠깐만요. 난──."

그 이상 말이 이어지지 않는다.

나는 스스로 생각하는 것보다 훨씬 혼란스러워하고 동요하는 것 같았다.

그러자 지금까지 내내 잠자코 있던 아이 파가 조용히 말했다.

"아무래도 아스타는 지친 것 같다. 이 남자에게는 열 살짜리 아이 수준의 체력밖에 없는 모양이거든. 역참 마을에서 짐을 메고 돌아오는 것만으로도 모든 기운을 소진한 것 같다. ……미안하지만 대답은 내일까지 기다려줄 수 없겠나?"

"오, 물론입니다. ──그럼 아스타, 마지막으로 한마디만 더 해도 될까요?"

"……네."

"당신은 어젯밤 독이 아닌 약이고 싶다고 말했습니다. 나도 마음속으로 그렇게 생각했지요. 이 힘을 독으로 해서는 안 됩니다. 이 힘을 약으로 한다면 숲가의 백성은 더 큰 삶의 기쁨과 더 끈끈한 유대감, 더 강한 힘을 얻을 수 있을지도 모릅니다. 그런 생각에서 이곳에 급히 찾아온 것입니다. 아무쪼록 나와 당신의 길이 일치하기를 바라며── 그럼 이만 실례하겠습니다."

3

저녁이다.

낮에는 역참 마을에서 우연히 카뮤아 요슈를 만났고, 집으로 돌아와서는 가즈란 루티무 일행과 이야기를 나누었다. 그 때문에 머릿속에서 생각할 수 있는 용량을 보기 좋게 초과해버린 나는 요리에 몰두하는 것으로 잠시 현실에서 도피했다.

그러나 오늘의 요리는 매우 간단하다. 구운 포이탄의 공정을 제외하면 한 시간도 안 돼서 완성되었다.

쇠 냄비에는 아리아와 티노가 보글보글 끓고 있다.

고무나무잎처럼 생긴 잎 위에는 추가용 아리아와 티노가 놓여 있다. 아리아는 슬라이스와 쐐기 모양의 두 종류로 썰어 준비했고, 양배추 같은 식감을 지닌 티노는 한입 크기로 썰었다.

그 옆에는 기바 고기가 놓여 있다. 삼겹살, 등심, 넓적다리, 이렇게 세 종류다. 두께는 5밀리미터를 목표로 최대한 얇게 썰어서 멋스러운 원 모양으로 담아보았다.

나무 접시에는 불그스름하고 끈적한 액체가 빛나고 있다. 과실주를 기본으로 한 찍어 먹는 소스다. 과실주를 끓여서 알코올을 증발시킨 후 소금과 피코잎을 넣어 간을 맞추었다. 돈다 루라면 불평할 만한 단맛으로 완성했다.

"좋아! 완성이야, 아이 파!"

아이 파는 '이게 완성이라고?' 하는 표정으로 나를 쳐다봤다.

아무리 봐도 생고기가 나란히 놓여 있을 뿐이어서 숲가의 백성은 이해할 수 없을 것이다.

"이건 샤부샤부라고 해. 그 자리에서 고기를 데쳐 먹는 요리야."

그래도 아이 파의 머리 위에 떠오른 물음표는 사라지지 않는다.

하긴, 설명하는 것보다 실천하는 편이 간단하다. 나는 이날을 위해 준비해둔 비밀 병기를 꺼내 보였다.

냄새가 거의 없는 그리기 가지를 깎은 후 말려서 만든 '젓가락'이다.

"우선 이렇게 집어서, 고기를 냄비 속에 넣는 거야."

"아" 하는 이상한 목소리가 들리기에 뒤돌아보니, 아이 파가 얼굴을 붉히고 손으로 입을 막고 있었다.

"뭐야? 왜 그래? 너한테 창피를 준 기억은 없는데."

"시, 시끄러워! 그 징그러운 움직임은 뭐지?!"

"으응? 젓가락이라는 건 원래 이렇게 다루는 거야."

젓가락을 벌렸다 오므렸다 해 보이자, 아이 파는 "아. 아" 하고 외치며 얼굴을 더 붉게 물들였다. ……아무래도 놀란 목소리를 참지 못하는 자신을 부끄러워하는 모양이다.

"계속하겠습니다. ──이렇게 고기를 뜨거운 물에 담가서 천천히 좌우로 흔들면서 붉은 기가 없어질 때까지 데쳐주는 겁니다. 샤부샤─부. 샤부샤─부."

"……그 기괴한 주문은 뭐지?"

"맛있게 데치기 위한 주술입니다."

그렇게 해서 맛있게 데쳐진 삼겹살을 아이 파의 나무 접시에 담아준다.

담는 김에 냄비 속에서 살랑거리고 있는 아리아와 티노도 한 조각씩.

"문제는 이걸로 아리아 세 개를 먹으려면 좀 번거롭다는 거지. 아, 일단 먹어봐. 평이 나쁘면 평범한 전골로 바꿔줄게."

"……………."

입속에서 뭔가를── 아니, 무슨 말을 중얼거리고 있는지는
알고 있지만, 숲의 은혜와 나에 대한 감사의 말을 외고 나서 아
이 파는 여전히 조금 의심하는 얼굴로 나무 접시를 집었다.

소스에 적신 고기와 아리아를 나무 숟가락으로 입속에 집어넣
는다.

"샤부샤─부. 샤부샤─부. ……맛은 어때?"

"……부드러워."

"삼겹살이니까. 자, 그럼 이번에는 넓적다리 고기입니다."

"……수프로 먹는 것보다는 질겨."

"샤부샤─부. 샤부샤─부." 어지간히 싫증이 났다. "마지막은
등심입니다."

"……부드러워."

"아니, 저기, 돈다 루와의 열전은 끝났으니까 질긴 정도는 아
무래도 상관없잖아. 입에 안 맞으면 수프로 바꿀 건데 어때?"

아이 파는 복잡한 얼굴로 생각에 잠겼다.

그사이에 나는 "샤부샤─부" 하고 내 몫의 삼겹살을 데친다.

"그렇게 고민하지 말고 솔직하게 말해주면 되는데?"

그런데도 좀처럼 대답이 없기에 나는 데친 삼겹살을 입속에
넣었다.

아.

맛있다.

열흘 이상이나 스테이크 아니면 햄버그로 저녁을 먹었기 때문에 이 데친 고기의 식감과 깔끔한 맛이 아주 그만이었다.

루가에서도 고기 들어간 수프는 먹었지만, 역시 '끓인 고기'와 '데친 고기'는 말로 표현할 수 없는 미묘한 차이가 있다.

게다가 이건 샤부샤부다. 아리아와 티노에서 우러나오는 은은한 국물과, 여기에 첨가한 약간의 돌소금과, 과실주 소스 이외에는 간을 하지 않았기 때문에 속임수가 통하지 않는다.

그리고 속임수 따위가 필요 없는 기바 고기의 힘을 실감할 수 있다. 씹으면 씹을수록 맛이 우러나서 언제 삼켜야 할지 망설여질 만큼 풍부하면서도 직접적인 고기 맛이다.

역시 약간은 특유의 냄새가 나고 돼지고기보다는 질긴 감도 있지만 이렇게나 얇으면 문제는 없다. 가장 질길 터인 넓적다리 고기를 먹어봐도 문제는커녕 씹는 맛이 일품이었다.

"이야, 맛있다! ……난 이렇게 생각하는데 네 소감은 어때?"

여전히 생각에 잠긴 채, 그래도 아이 파는 "맛있어"라고 말했다.

"그런데…… 조금씩밖에 못 먹으니 감질 나는군."

"응, 그 기분 알아. 나도 후반에는 좀 귀찮아져서 왕창 집어넣고 싶어지거든. 특히 돼지는—— 아니 기바는 붉은 기가 없어질 때까지 확실히 익혀야 하고."

"그럼 왜 처음부터 그렇게 하지 않는 거지?"

"어? 으음…… 아니, 처음에 전부 데쳐 먹는 방법도 있긴 한데. 하나씩 데쳐 먹는 방법의 이점은 처음부터 끝까지 갓 데친 따끈따끈한 고기를 먹을 수 있는 거 아닐까? 실은 나도 이 요리를 먹어본 적이 그렇게 많지 않아."

"그렇군."

"응. 샤부샤부는 우리 가게에서도 취급하지 않았거든. 외식도 거의 안 했으니까, 어머니가……."

무심코 거기에서 말이 막혔지만 여기까지 말했으면 끝까지 다 말하는 수밖에 없었다.

"……어머니가 살아 계셨을 때는 아주 가끔이지만 먹긴 먹었지."

역참 마을에서의 반성을 토대로 원래 살던 세계의 구체적인 이야기는 하지 않는 편이 좋겠다는 생각이 들지만, 글쎄, 어떨까?

아이 파는 눈을 살짝만 가늘게 뜨고 부글부글 끓고 있는 쇠 냄비에 시선을 떨구었다.

나는 머리를 긁적이며 작은 장작을 아궁이에 던져 넣는다.

"……어머니는 네가 몇 살 때 돌아가셨지?"

"응? 일곱 살 때인데 그건 왜?"

"그렇게 빨리……" 하고 아이 파는 놀란 듯 고개를 들었다.

"그럼 네가 이 요리를 먹었던 건, 그 전까지라는 건가?"

"응, 아마도. 아버지랑 단둘이 냄비 요리를 먹다니 너무 쓸쓸하잖아. ……앗, 아니, 너와 단둘이라면 쓸쓸하지 않아."

"…………?"

"이것 참! 스스로 무덤을 파버렸네! ……요컨대 가족끼리 냄비 요리를 먹는 건 뭐랄까, 가정 요리의 정석 같은 건데…… 가족이 셋에서 둘로 줄었는데 냄비 요리를 먹는다는 게 나한테는 좀 쓸쓸하게 느껴졌다는 것뿐이야! 우울한 얘기해서 미안!"

아이 파는 거의 이해하지 못하겠다는 듯 눈을 끔뻑거렸다.

"잘 모르겠군. 나와 둘이서 이 요리를 먹는 게 불쾌하지는 않다는 거지?"

"불쾌했으면 아예 안 만들었지."

"그렇군. 다행이야. ……널 때리지 않아도 돼서."

"그것 참 다행인데!"

"……나도 그걸 빌려줘."

아이 파는 오른손을 내민다.

"어? 젓가락 말이야? 아까는 징그럽다더니?"

"그렇다면 뭐하러 여분을 만들어놨지?"

들켰네.

거품을 걷어내는 용도의 나무 접시와 국자 뒤에 예비 젓가락을 몰래 준비해놓은 것이다.

"아니, 당연히 너도 사용하면 좋겠다고 생각해서 만들었는데, 이게 좀 어렵거든?"

"네가 다룰 수 있는 걸 내가 못할 리는 없어."

또다시 입술을 샐쭉이는 아이 파다.

그런 연유로 아리아와 티노가 너무 푹 익어버리면 어쩌나 걱정하며, 그때부터 급하게 젓가락질 강의를 실시하게 되었다.

"뭐야, 간단하잖아" 하고 아이 파가 아리아 조각을 집어 올리는 데 성공한 것은 그로부터 3분 후였다.

으음.

꽉 붙들고 있으니까 됐지 뭐, 하고 생각하기로 한다.

결국 바른 젓가락질은 익히지 못했지만. 아이 파는 엄지와 검지로 첫 번째 젓가락을, 중지와 약지로 두 번째 젓가락을 끼워넣고, 나보다 솜씨 좋게 젓가락 끝을 다루는 데 성공했다.

실루엣만이라면 완벽하게 보이지 않을 것도 없지만, 이쯤에서 마무리하는 게 좋겠다.

"좋아, 그럼 다시 먹어볼까! 아리아도 많이 먹어야 한다? 남아돌 것 같으면 마지막에 고기하고 같이 볶아도 좋지만."

"음" 하고 끄덕이는 아이 파를 곁눈질하며, 나는 장작 하나를 더 추가하고 곧바로 구운 포이탄을 입속에 넣었다.

"아스타. 이 고기는 어디쯤 고기지?"

"그건 등심이야. 등 부위지."

"그렇군" 하고 아이 파는 고기를 쇠 냄비에 적시더니——.

"샤부샤—부. 샤부샤—부" 하고 염불을 외기 시작했다.

나는 그만 씹고 있던 포이탄을 뿜어내고 그대로 목이 메고 만다.

"뭐하는 거지? 식량 낭비하지 마" 하고 나를 쏘아보더니 또다시 "샤부샤—부. 샤부샤—부."

나는 필사적으로 웃음을 참으면서 "귀찮으면 마음속으로 외도돼" 하고 가르쳐주는 것은 이 모습을 좀 더 감상한 후로 미뤄야겠다고 굳게 다짐했다.

4

그렇게 해서 평온한 저녁 식사가 무사히 마무리되었다.

여느 때처럼 식기를 정리하고 촛대 뚜껑을 하나 덮으면, 이제 성가신 일과 마주할 시간이다.

"……미리 말해두지만, 아스타."

양손을 올려 금갈색 머리를 풀면서 아이 파가 조용히 말한다.

"아까 가즈란 루티무의 말은 전부 너한테 한 말이다. 물론 나도 가장으로서 의견을 말하고 조언을 하겠지만, 마지막에 결단을 내리는 건 너야."

"그래. 알고 있어."

"덧붙이자면, 이 건에 관해서 파가의 입장 같은 건 고려하지 않아도 돼."

"어?"

"이건 정당한 거래야. 네가 실패한다 해서 누군가 처벌을 받지 않을 뿐더러 네가 성공한다 해서 파와 루티무의 인연이 깊어지는 것도 아니야. 대가 외에는 얻는 것도 잃는 것도 존재하지 않아."

풀린 머리카락이 어스름함 속에 너울너울 춤춘다.

미혼 여성은 머리카락을 자르지 않는 것이 원칙이기에 아이 파의 머리카락은 매우 길다.

"……그럼 그 두 사람은 어떻게 돼? 내가 실패하면── 어떻게 되는 거지?"

"어떻게도 되지 않아. 친족의 신뢰를 잃고 비웃음을 살 뿐이지. 루티무의 후계자는 스스로 혼례를 망치고 얼토당토않은 놀이에 사냥꾼의 긍지를 내던진 머저리다, 라고."

"오오. 이럴 때는 가차 없이 말해주는 네 성격이 고마울 따름이야. ……아! 진짜 어떻게 해야 하나!"

"큰 소리 내지 마. ……뭘 고민하는 거지? 패배할 걱정도 없는 안전한 승부로밖에 보이지 않는데."

벽에 기댄 아이 파가 고개를 갸우뚱한다.

"가즈란 루티무 일행이 원하는 건 네가 지금껏 만들어온 요리다. 진기함을 뽐낼 필요는 없어. 스테이크와 햄버그와 수프와 구운 포이탄…… 그것만으로도 연회에 모인 사람들 대부분은 놀라고 충격을 받을 테지."

"그럴지도 모르지만…… 원래 연회에서는 냄비에 여러 채소를 집어넣어서 호화롭게 대접하는 거지? 어젯밤에 미아 레이 아주머니가 그랬잖아. 그래서 난 연습도 없이 티노든 프라든 사용해야겠다고 결단한 거라고."

다시 아이 파가 머리카락을 흔든다.

수지 촛불이 잘 타지 않는지 평소보다 표정을 알아보기가 힘들다.

"아무리 진기한 요리가 나와도 본래 사용되어야 하는 형형색색의 채소가 사용되지 않는다면 그 점에 불만을 느끼거나, 위화감을 가지거나, 화내는 사람까지 있을지도 모르잖아? 심지어 내 요리가 입에 맞지 않기라도 하면—— 그 사람한테는 모처럼의 연회가 엉망이 되는 거 아냐?"

"…………."

"게다가 이번에는 진짜 결혼식이야. 고지식한 할아버지나 돈다 루보다 더 괴팍한 아저씨 같은 사람들한테는 지금껏 먹어온 대로 포이탄을 끓인 냄비가 더 나을 가능성도 있어. 사람이 백 명이면 취향도 백 가지라는 당연한 사실을 잊는 바람에, 나는 돈다 루 한 명에게 호되게 폄하되었고 그 탓에 요리사의 긍지에 상처를 입었지. 이제는 누구나 무조건 내 요리를 받아들일 거라는 환상은 믿고 싶지 않아."

"아스타, 너…… 대체 뭘 그리 두려워하는 거지?"

의아스러운 울림이 깃든 아이 파의 목소리.

"그런데도 가즈란 루티무는 네게 아궁이 당번을 맡기고 싶어 했지. 자신에게 가장 중요한 연회에서 소중한 가족과 친족을 대접하는 그 밤의 생명, 그것을 네가 맡아주길 바라고 있어. 매우 영예로운 일 아닌가?"

"영예롭지. 분에 넘치는 영예이기 때문에 이렇게 겁먹은 거야. 가즈란 루티무와 아마 민이 진심으로 나를 신뢰해서 이런 중대한 일을 맡기려 하고 있지. 그게 또렷이 느껴져서—— 나는 두려워."

"……역시 난 모르겠군."

아이 파의 그림자가 어깨를 움츠린다.

나는 일어나 아이 파의 코앞까지 가서 다시 앉았다.

"……뭐야?" 아이 파가 나를 이상하게 본다.

아주 조금 눈살을 찌푸리면서, 그래도 내가 상상했던 것보다 훨씬 온화한 눈길로.

"미안. 네 표정이 안 보여서 불안했거든. 이렇게 가까이 있는 게 불편하면 촛불을 하나 더 켤게."

아이 파는 천천히 고개를 젓고 말했다.

"아스타. 돈다 루와의 약정을 이미 완수했는데 왜 그렇게 불안해하는 거지? 자신의 요리에 관해서 그렇게까지 나약한 모습을 보이는 건 이번이 처음이다."

"……지금까지는 내 의도나 감정이 얽혀 있었으니까. 리미 루와 지바 할머니의 힘이 되고 싶다든가 어떻게든 돈다 루를 납득시키고 싶다든가 하는 강한 마음이 있었기 때문에 좀 무모한 승부라도 도전할 수 있었거든. 그런데── 이번에는 달라."

아이 파의 아름다운 파란 눈동자를 바라보며 나는 말했다.

"가즈란 루티무 일행과는 은혜와 인연이 없어. 그 사람들의 말이 과연 옳은지 잘 모르겠어. 내가 개입되는 게 과연 옳은 일인지도 모르겠고. 왜냐하면 난──."

"이곳 세계의 사람이 아니라서?"

아이 파의 눈이 약간 언짢다는 듯 빛났다.

"……역시 지금의 넌 판단력이 흐려진 것 같군, 아스타. 돈다루와 상대했을 때는 그토록 바른 길을 찾아냈던 너이건만, 지금의 넌 아무것도 보지 못하고 있어."

"뭐, 뭘 못 본다는 거야?"

"정말 모르나? 은혜도 인연도 필요 없다. 옳은지 그른지도 상관없어. 그걸 정하는 것은 네가 아니라고 가즈란 루티무도 말했잖아. 그들은 네 힘을 원할 뿐이야."

느닷없이 내 팔을 잡는 아이 파.

그렇지 않아도 가까웠던 아이 파의 얼굴이 내 코앞까지 쓱 다가온다.

여전히 남아 있는 저녁밥 냄새를 밀어 헤치고―― 아이 파의 향기가 다가온다.

"네 가치를 정하는 건 네가 아니야. 가즈란 루티무와 아마 민이다. 은혜도, 인연도, 선의도, 후의도, 그런 건 상관없을 뿐더러 필요하지도 않아. 그들은 네 힘을 인정하고 그 힘을 하룻밤만 '팔아달라'고 말했어. 그게 바로 대가를 지불한다는 거야."

"그건……."

"예상했던 성과를 얻을 수 있을지 없을지는 산 사람의 책임이지, 판 사람이 걱정할 문제가 아니야. 아스타, 넌――."

아이 파는 잠깐 생각에 빠진 표정을 짓더니 곧 말했다.

"……넌 오늘 역참 마을에서 도시의 음식을 샀지?"

"그랬지. 맛있지도 않았지만 맛없지도 않았어."

"왜 그런 걸 동전을 털어서 산 거지?"

"어? 그야…… 그냥 맛있는 냄새가 났고 보기에도 나쁘지 않았으니까."

"대가에 걸맞은 맛이었나?"

"아니, 과실주 한 병만큼의 가격은 비싸다고 느꼈어."

"그럼 맛이 없으니 동전을 돌려달라고 요구하고 싶었나?"

나는――.

무언가가 보인 것 같은 기분이 들었다.

"넌 그 음식에 가치를 발견해서 대가를 지불했어. 가즈란 루티무 일행도 네 요리에 가치를 발견해서 대가를 지불하겠다고 말한 거야. 산 후에 산 사람이 어떻게 생각할지는 자유지만, 불만스럽게 생각한다 해도 할 말은 없어."

"아이 파……."

"게다가 가즈란 루티무 일행은 이미 네 요리의 맛을 알고 있어. 그 맛을 원해서 대가를 지불하겠다고 주장하는 거다. 네 고향에서는 요리를 만들어 파는 일을 생업으로 삼았다고 했으면서, 어째서 그걸 거부하는 거지? ……그 점을 모르겠군."

"알겠어―― 이제야 알겠어, 아이 파. 내가 뭘 두려워하는지 이제 겨우 알겠어."

가즈란 루티무 일행은 정말 단순한 '손님'일 뿐이다.

인연은 없다. 은혜도 없다. 전혀 얽매일 필요 없다. 이 일을 거절한다 해도 불평을 들을 이유조차 없다. 내 요리를 헐뜯는 사람이 있다 해도 내가 책임을 느낄 필요는 없다.

그렇기 때문에—— 나는 두려웠다.

자신의 요리에 '값'이 매겨지고 '상품'으로 취급되는 것이—— 나는 무엇보다 두려웠던 것이다.

"난…… 내가 가게를 차린 게 아니었어. 가게를 운영한 사람은 아버지이고 난 그걸 도왔을 뿐이야."

머리에 떠오른 상념을 더 명확한 형태로 만들기 위해 나는 말로 표현해보았다.

아이 파는 조용히 귀 기울이고 있다.

"손님이 대가를 지불한 건 아버지의 요리에 대해서야. 내가 밥을 짓고, 내가 고기를 굽고, 내가 채소를 다듬었다 해도—— 그건 역시 내 요리가 아니라 아버지의 요리였던 거야. 난 그렇게 생각해."

"음."

"그리고 난 이곳 세계로 왔지. 너라는 사람을 만나고 너와 날 위해 요리를 만들기 시작했어. 그렇게 해서 리미 루를 만나고 지바 할머니를 만나고 돈다 루를 만났지. 그래서 몇몇 사람들에게 요리를 대접하게 되었지만—— 그건 장사로 한 일이 아니야. 내가 만든 요리를 먹이고 싶은 상대에게 먹였을 뿐이야."

"음."

"그래서 어제 돈다 루와 약정한 요리를 만들 때는 내가 직접 손대지 않았던 거야. 요리사로서의 나를 필요로 하지 않으니까. 가족이 만들어내는 가정 요리야말로 그 아버지의 마음을 만족시키는 요리라고 생각했거든."

"음."

"그런데 이번에는── 완전히 그 반대로, 요리사로서의 나를 원한다는 거지."

오싹, 등줄기에 오한이 난다.

낮보다 서늘하긴 해도 이런 얇은 옷으로 지낼 수 있는 세계이건만── 오들오들 무릎이 떨리기 시작한다.

"그 사실이 난── 두려워."

"…………."

"루의 가족들이 축복해준 것과는 사정이 달라. 반 사람 몫밖에 되지 않는 내 요리에 대가를 지불할 가치가 과연 있을까? 그것을 인연도 은혜도 없는 상대가 공평하고 냉정하게 판단하는 것이── 아마 난 두려운 거야."

"넌 그렇게 말하지만──" 하고 일단 물러난 아이 파의 얼굴이 다시 가까이 다가온다.

"조금 전까지만 해도 생기 없던 눈에 빛이 돌아왔군."

"응…… 왜냐하면 태어나서 처음으로 내 요리사로서의 실력을 믿고 일을 맡겨주는 거니까. 엄청나게 두렵고── 엄청나게 자랑스러워."

"그럼 이 일을 받아들이겠다는 건가?"

"······받아들이고 싶어." 나는 힘겹게 말했다.

위장이 꽉 오그라들어서 방금 먹은 고기와 포이탄이 넘어올 것만 같다.

"그 사람들이 나를 그렇게까지 믿어주었으니······ 대가에 맞게 제구실을 톡톡히 하고 싶어. 요리사로서 부끄럽지 않게 해내고 싶어."

떨림이 멈추지 않는다.

정말로 토해버릴 것 같다.

자신이 이렇게 나약한 사람이었다니, 놀라울 따름이다.

그러자── 아이 파의 손바닥이 거의 닿을 듯 말 듯 살며시 내 뺨에 닿았다.

아이 파의 눈동자가 바로 코앞에서 나를 바라보고 있다.

"······나도, 자랑스러워." 아이 파는 조용히 속삭였다.

그렇게 아이 파의 눈이 나를 응시해주자── 이윽고 내 떨림은 멈췄다.

제3장 ★★★ 반 사람 몫의 사전 준비

1

이튿날 아침, 이번에는 아마 민이 홀로 파가에 찾아왔다.

설거지와 빨래를 하고 칼 손질을 마치고 나서 이제 식량 창고를 확인하려던 차였다.

지난번 리미 루의 방문을 연상시키는 타이밍이다.

"몇 가지 항목을 확인하고 나서 어제의 일을 수락하려고 합니다."

어제와 똑같은 자리에서 가장과 함께 손님을 상대하며 나는 먼저 그렇게 말했다.

"확인이요?" 아마 민이 온화하게 반문한다.

"대체 무엇을 확인하고 싶은가요?"

"네. 지금 이대로는 막연한 부분이 너무 많으니 일단 세세한 점을 확인하고 싶어서요. 요리의 질과 양에 관련된 내용이기도 하고요. 백 명분의 음식을 만들어야 하는 대규모 일이니까요."

아이 파와 나란히 앉아 아마 민을 마주 보면서 나는 어젯밤 생각한 내용을 순서대로 설명한다.

"먼저 당신들은 지금의 내 요리를 그대로 대접하면 된다고 말했는데요, 그렇게 해서 얼마나 많은 사람들이 만족할 수 있을지 아무래도 불안해요. 연회까지는 오늘을 포함해 닷새밖에 남지 않았지만 그래도 향상할 수 있는 부분은 향상하려 합니다."

"네."

"따라서 내 실력을 사주신다면 연회의 하룻밤뿐만 아니라 연회까지의 닷새간도 통째로 사주셨으면 합니다."

"네. ……구체적으로 말해서 우리가 뭘 하면 될까요?"

"구체적으로는 요리를 연구할 장소와 재료를 제공해주시면 됩니다. 최대한 아궁이가 많은 환경과 식재료와 장작이죠. 그리고 마지막에 맛을 확인해줄 사람이 여러 명 필요하고요. ……물론 연회 당일에 나 혼자 조리하는 건 아니겠지요?"

"네. 평상시에도 열 명 이상의 여자들이 저녁 식사 준비에 참여하거든요."

"안심입니다. 그럼 맛보는 역할은 그 아궁이 당번인 여자들에게 부탁드릴게요. 그리고 다른 작업의 방해가 되지 않는 범위에서라도 좋으니, 이 닷새간의 연구를 도와주는 동시에 조리 기술까지 배웠으면 합니다."

"네. 물론 가능합니다. 또 필요한 일이라는 것도 이해하고요."

"고맙습니다. 나머지는 기바 고기 말인데요. 닷새 동안 사용할 분량과 연회에서 사용할 분량의 기바를 내가 혼자 해체하기는 어려우니 그건 루티무의 남자들에게 협력을 부탁드릴게요. ──루티무가에서 앞으로도 맛있는 고기를 먹길 원한다면 어차피 습득해야 할 기술이거든요."

"네. 그것도 우리 쪽에서 부탁하려던 얘기였어요."

한없이 기쁜 표정으로 아마 민이 미소를 지었다.

다행이라며 나도 고개를 끄덕여 보인다.

"그럼 이 내용으로 괜찮은 거죠? 닷새 동안 사용할 식재료와 연회 당일에 사용할 만큼의 식재료, 그 재료비를 공제하고 나에게도 알맞은 대가를 지불해주셨으면 하는데요."

"네, 물론이죠. 우리가 원하는 건 당신의 기술과 지식입니다. 거기에 필요한 식량 등은 처음부터 이쪽에서 준비할 생각이었어요."

처음에 "네" 하고 동의를 표해주는 것은 분명 이 여성의 성실함에서 비롯된 습관이리라.

그러고는 아마 민은 등을 더 꼿꼿이 펴고 내 모습을 똑바로 응시하기 시작했다.

"당신의 힘을 얼마에 팔아주시겠어요? 파가의 아스타여."

"네. 나는—— 기바 스무 마리분의 뿔과 엄니에 팔 생각입니다."

그 순간, 지금까지는 환했던 아마 민의 얼굴이 처음으로 어두워졌다.

"기바 스무 마리분이면…… 엄니와 뿔 80개 말이군요. 당신의 힘에 값을 매기다니, 우리로서도 어떻게 해야 할지 모르지만…… 그것으로는 대가가 조금 부족한 것 같습니다. 어제도 말씀드렸다시피 우리는 연회에서 모든 친족들로부터 축복을 받을테니 그걸 모으면——."

"2백 개의 뿔과 엄니라니요, 절대로 받을 수 없습니다. 나는 아직 부족한 점이 많은 반 사람 몫의 요리사입니다."

나는 머리를 긁적여 보인다.

"솔직히 말하면 나도 무척 고민했어요. 이 일에 알맞은 대가가 얼마인지 누구에게 물어봐도 알 수 없잖아요."

"그렇지요. 혈연관계가 아닌 사람에게 혼례식의 아궁이 당번을 맡기는 사람은 지금껏 숲가에는 없었을 거예요."

빙그레 미소 짓는 아마 민이다.

역시 이 사람은 청초하고 상쾌할 뿐만 아니라 부드러운 강인함을 지닌 여성이라는 인상을 다시 확인할 수 있었다.

"솔직히 말하면, 지금 역참 마을에서 사고 싶은 물건이 있어요. 그 물건을 기바 스무 마리분의 엄니와 뿔로 살 수 있다고 들어서 그럼 그 가격으로 할까나, 하고 안이하게 결정해버렸어요. ……하지만 나한테는 충분한 보수예요. 그러니 결코 대충 하지 않을 겁니다."

아마 민의 올곧은 눈동자를 똑바로 마주 보면서 나는 말했다.

"그만큼의 대가를 주신다면 내가 가진 힘을 모조리 연회에 쏟아부을 것을 맹세합니다. 이 가격으로 내 실력을 사주시겠어요?"

"당신이 그런 분이라서 우리가 당신의 힘을 원한 거예요."

아마 민은 느긋하게 웃었다.

이 사람이 정말 나와 아이 파와 레이나 루와 동갑일까 의심스러울 만큼 자애 넘치는 미소를 지었다.

"그럼 기바 스무 마리분의 뿔과 엄니로 당신의 힘을———."

"아, 잠깐만요! 한 가지 더 확인할 게 있었어요."

말하면서 나는 옆에 대기시켰던 아이 파의 옆얼굴을 훔쳐본다. 묵묵히 한쪽 무릎을 세우고 앉은 위엄 가득한 존안(尊顔)이시다.

"나는 파가의 아궁이 당번이에요. 따라서 이쪽 일도 결코 소홀히 하고 싶지 않거든요. 그러니…… 앞으로의 닷새간은 시식을 겸한 저녁 식사 자리에 아이 파와 함께 참석하고 싶습니다. 집에서 재워달라고는 하지 않겠지만, 루티무의 식탁에 나와 가장의 자리를 마련해줄 수 있나요?"

"과연. 그것도 당연한 얘기로군요……."

말하면서 아마 민은 살짝 고개를 갸웃거리더니 뺨에 손가락을 대고 "으음" 하고 생각에 잠겼다.

아아, 이런 유형의 갭모에(평소에는 보여주지 않는 모습이나 행동에서 느껴지는 매력)도 존재하는구나 싶어 나는 이상한 느낌을 품고 만다. 물론 얼굴만은 야무진 표정 그대로.

"문제는…… 아마 없을 거예요. 루티무와 루의 관계를 생각하면……."

"네? 갑자기 루가라니요?"

"혼례식 연회는 루가의 촌락에 있는 대광장에서 열리거든요."

헉.

"그리고 연회 당일도 아궁이를 도맡는 것은 루가의 여자들의 역할이에요."

헉헉헉.

"오히려 루티무가와 민가(家)는 다른 준비에 쫓겨서 아궁이 당번을 도울 수가 없거든요. 오늘부터 시작할 요리 연구도 루의 본가에 있는 부엌을 빌리고, 도움 역시 루의 여자들에게 부탁할 생각이었어요."

헉헉헉, 꼴까닥.

"그, 그런데, 루가는 부모 집안 아니에요? 그런 잡일을 부탁해도 괜찮을까요?"

"부모 집안이기 때문이에요. 아이를 돌보는 것은 부모의 역할이잖아요?"

그야 그렇지만.

나로서는 최대한 인연이 깊지 않은 장소에서 이 일에 집중하고 싶었다.

"그러니 저녁 식사를 함께하려면 루가의 가장 돈다 루의 승낙이 필요하지만, 원래 파가와는 인연이 있으니 분명 괜찮을 거예요."

인연인 건 맞는데 악연일지도 모르거든요…….

아니, 가정 요리는 가족의 손으로 직접 만들어야 한다고 큰소리를 친 직후에 이런 전개가 펼쳐지다니 너무한다.

"잡일이라, 글쎄요. 오히려 훌륭한 요리를 만들기 위한 준비 기간이라고 생각하면 다시없는 좋은 기회이지 않을까요? 나는 루가의 여자들이 부럽습니다. 앞으로는 수많은 친족들이 요리의 기초를 배우러 루가를 찾아오게 되겠지요."

그렇구나. 그렇게 생각하면 지바 할머니와 리미 루를 위해서도 좋을 것이다. 레이나 루는 유난히 습득이 빨랐고 티토 민 할머니와 미아 레이 아주머니도 누구에게도 지지 않을 만큼 우수했다. 그녀들이라면 이 닷새 동안 훌륭한 조리 기술을 습득할 수 있을 터이다.

게다가 이런 경우라면 당당하게 피 빼기와 해체 기술을 루가에 전수할 수 있다.

어떤 의미에서는 이것이야말로 내가 가장 바라 마지않던 전개가 아닌가.

하지만 돈다 루와, 지자 루와, 다루무 루, 이 세 분은 어떻게 생각하실지.

그 무시무시한 분들과 닷새 연속의 저녁 식사라—— 생각만 해도 우울하다.

어젯밤의 샤부샤부는 얼마나 즐거웠던가!

'……그런데 이것도 일에 속하는 거니까.'

효율을 생각하면 연회의 아궁이 당번을 도맡는다는 루가의 여자들에게는 직접 가르쳐줘야 하고, 저녁에 연구를 일단락 짓고 파가로 돌아오는 것도 매우 어리석은 짓이다. 이 부분은 일로써 선을 확실하게 긋고 당당히 루가의 식탁에 돌격해야 한다.

게다가 애초에 시식 음식을 제외한 저녁 식사 만들기는 여자들의 역할이고—— 그런 생각을 하다니 아직도 나는 도망갈 궁리를 하고 있다.

'응, 그렇지. 난 최대한 많은 사람들이 요리를 즐길 수 있도록 메뉴를 조절하는 거니까, 요리를 시식할 사람은 돈다 루처럼 융통성 없는 아저씨가 최적이야. 고지식한 지자 루와 나한테 나쁜 인상을 품고 있을 다루무 루도 그렇고―― 그 녀석들을 납득시킬 만한 요리를 만들어내고야 말겠다는 패기쯤은 필요하잖아.'

"저…… 왜 그러세요? 아스타?"

아마 민이 걱정스럽게 몸을 내민다.

"아니에요. 그럼 최종적으로는 루가의 승낙을 얻어야겠지만, 이상의 조건으로―― 내 실력을 사주시겠어요? 대가는 기바 스무 마리분의 엄니와 뿔입니다."

"네. 우리에게 그 힘을 팔아주세요. 파가의 아스타."

아마 민은 빙그레 미소를 짓고――.

거래는 성립되었다.

2

그렇게 내 일은 시작되었다.

첫 번째 일은 피 빼기 강의다.

루가와 루티무가의 남자들에게 피 빼기의 과정을 설명하는 것이다.

남자들은 해가 중천에 솟았을 때는 이미 숲으로 출발하기 때문에 요리 연구보다 먼저 그 일을 해치워야 했다.

'어차피 힘들 게 뻔하니 맨 처음에 혹독한 경험을 해두어야 나중에 편하거든?'이라는 신의 계시다.

언젠가 나도 하늘의 부르심을 받는 날이 오면 그때야말로 신을 후려갈겨줄 생각이다.

여하튼 먼저 의뢰를 해 온 가즈란 루티무가 이끄는 루티무의 남자들뿐만 아니라, 이런 일에 반발할 가능성이 충분한 루의 남자들까지 갑자기 상대해야 한다.

참으로 속이 쓰릴 것 같은 일이다.

"여어, 아스타. 전원이 다 모인 것 같은데?"

그중 나한테는 유일하게 마음의 위안이 되어주는 루도 루 소년이 태평스러운 말투로 그렇게 알려주었다.

내 눈앞에 우뚝 서 있는 것은—— 며칠 전에 봤던 루의 남자들 열일곱 명을 포함한 스무 명쯤 되는 험상궂은 숲가의 사냥꾼들이다.

루가의 집 앞에 펼쳐지는 대광장에서 짐승 냄새를 발산하는 사내들. 젊은 자도 있는가 하면 거의 노인에 가까운 자도 있지만 모두 강건한 사냥꾼들이다.

게다가 숲에 출진하기 직전이기 때문에 하나같이 시퍼렇게 살기를 띠고 있다.

"······우선 내가 인사말부터 하지."

가즈란 루티무가 내 옆으로 나왔다.

"나는 루티무 본가의 장남 가즈란 루티무다. 이미 사정은 통달되었을 터이지만, 금번 닷새 앞둔 나 가즈란 루티무와 아마 민의 혼례식 연회의 사전 준비를 도움받기 위해 여러분을 이 자리에 모셨다. 자식인 루티무의 부탁을 흔쾌히 승낙해준 루 본가의 가장 돈다 루와 그 혈족에게 우선 감사의 말씀을 올리고 싶다."

돈다 루는 집단의 오른쪽 끝에서 팔짱을 낀 채 부동자세로 서 있다.

정말 이 사람치고는 용케 이런 일에 허가를 내렸구나 싶었다.

아니면 역시 자식의 부탁을 거절하지 못하는 부모의 입장이라는 게 있는 걸까.

"나는 혼례식의 아궁이 당번을, 이 파가의 아스타에게 부탁했다. 아스타는 루티무와 인연이 없는 파가에 소속된 인간이기 때문에 대가를 지불하고 하룻밤의 힘을 산 것이다. 어째서 이런 숲가의 관습에 맞지 않는 행동에 나섰는지, 그것은 도저히 간단한 말로는 표현하기 어려운 사정이므로 장황하게 설명하지는 않겠다. 다만, 나는 루티무 본가의 장남이라는 입장에서 이번 결단을 내렸다는 사실만 일러두겠다."

남자들은 웅성거리지도 않는다.

못마땅히 여기는지 어떤지—— 다만 풀리기 직전의 맹수처럼 조용히 두 눈을 번뜩일 뿐이다.

이 중에는 돈다 루의 아우와 그 자식들도 있는 모양이다.

그뿐만 아니라 돈다 루의 아버지의 아우—— 즉 숙부와 그 가족까지 포함되어 있다.

그 생각을 하면 어쩐지 두려운 기분이 들지만, 뒤집어 생각하면 그들은 모두 지바 할머니라는 한 뿌리에서 나온 혈족이자 모두 리미 루 일행의 친척이기도 하다는 뜻이다.

"연회의 사전 준비에 관해 일러두지만—— 아스타는 연회에서 대접할 기바 고기에 그가 태어난 고향에서 얻은 기술을 사용한 특별한 가공이 필요하다고 한다. 그 일은 기바의 생명이 완전히 끊어지기 전에 실행해야 한다고 하니, 그 내용을 지금부터 아스타가 설명하겠다."

드디어 내가 나설 차례다.

나는 고개를 끄덕이고 앞으로 나간다.

"파가의 아스타입니다. 요청에 협력해주셔서 감사합니다. ——곧바로 설명을 시작하겠습니다. 여러분께 부탁할 것은 '피 빼기'라는 작업입니다. 기바를 잡은 다음 숨통을 끊어놓기 전에 전신의 피를 빼는 겁니다. 말하자면 이것뿐이에요. 위치는 가슴과 목의 중간, 약간 가슴 쪽에 가까울 겁니다. 심장 위에 두꺼운 혈관이 있는데요, 그걸 칼로 끊어 피를 빼내는 거죠. 성공하면 피가 대량으로 분출되니 알 수 있을 겁니다. 심장이나 혹은 목 기관을 찢어서 기바를 절명시키지 않도록 조심해야 합니다."

침묵.

부동.

"음…… 중요한 건 이 '절명시키지 않도록'이라는 대목입니다.

예를 들어 머리를 깨거나 해서 기바의 숨통을 끊어놓아도 육체 쪽은 잠시 동안 더 살아 있거든요. 그렇게 심장이 움직이는 사이에 심장 근처의 두꺼운 혈관을 끊으면 신속히 '피 빼기'를 할 수 있다는 말입니다."

"여기, 질문." 루도 루가 손을 들었다.

크나큰 위안을 삼으며 "뭔데요?" 하고 응한다.

"그럼 기바의 목을 베어버리면 안 되는 거야? 난 항상 그 방법으로 숨통을 끊어놓거든. 피는 그렇게만 해도 콸콸 나오잖아."

"그렇게 하면 역시 피가 나오기 전에 절명해버리는 경우가 많은 모양입니다. 운 좋게 호흡 기관을 건드리지 않고 경동맥만 절단하면 좋겠지만, 그렇지 않은 경우에는 근육 속 모세혈관에 피가 남게 되거든요."

"……무슨 소린지 잘 모르겠네. 요컨대 안 된다는 거지? 흐음. 목도 안 되고 심장도 안 된다면 마주치는 순간 바로 죽이기는 어렵겠네."

"맞습니다. 하지만 부디 무리하지는 마세요. 연회에 필요한 고기는 단 몇 마리면 감당할 수 있는 데다 애초에 고기를 가공하기 위해 생명을 연장하는 것 자체가 어처구니없는 일이니까요."

"그런 거에 생명을 연장하는 사람은 아스타, 너밖에 없을걸. ……근데 왜 나한테까지 그런 말투야? 오글거리잖아. 확 걷어찬다?"

"차지 말아주세요. ……나머지는 기바를 가지고 돌아와 털가죽을 벗기고 나서 시작되는 공정이므로, 그 설명은 나중에 다시 하겠습니다. 이상입니다."

루도 루 이외에는 완전한 정숙을 유지한 채 남자들의 대부분은 내게 등을 보였다.

작별 인사도 아무것도 없다. 닷새 전처럼 함성을 지르지도 않는다. 돈다 루와 지자 루를 선두로 열일곱 명의 루가의 남자들은 침묵한 채 광장 밖으로 걸어갔다.

"그럼 이따 봐. 맛있는 음식 해놓고 기다리고 있어, 아스타."

마지막에 나를 돌아본 루도 루의 눈동자에도 짐승 같은 불꽃이 깃들어 있다.

꽤 귀여운 얼굴에 작은 몸집의 소년이 순식간에 사냥꾼의 얼굴을 한다. 그것은 언제 봐도 가슴이 서늘해지는, 그러면서도 기묘하게 마음이 끌리는 순간이었다.

"고맙습니다. 이해하기 쉬운 설명이었습니다."

가즈란 루티무가 웃어 보인다.

남아 있는 사람은 그를 포함해 다섯 명. 모두 루티무의 남자들이다. 루티무의 촌락은 약간 떨어진 곳에 있기 때문에, 나한테 직접 식육 가공을 배울 정예부대를 결성한 모양이다.

"저, 내가 걱정할 일은 아니겠지만, 루가 쪽 사람들은 괜찮은가요? 이 일 때문에 루티무와 루의 관계가 틀어지거나 하진 않을까요?"

"틀어진다? 왜 그렇게 생각하지요? 난 루티무의 인간으로서 루에 협력을 요청했습니다. 가장 돈다 루가 승낙했으니 남자들은 그에 따를 뿐. 어디에도 문제는 발생하지 않습니다."

"하아. 그래도 개개인의 마음속은 모르는 거잖아요?"

"개인의 감정은 개인의 것입니다. 그것과 씨족의 의향은 관계 없지요. 가장의 결단에 따라 가족은 일을 합니다. 그들은 분명 자신들의 일을 완수해내겠지요. 루의 힘은 강대하기 때문에 나는 아무 걱정도 하지 않습니다."

"그런가요……."

"그보다 당신에게 할 말이 있습니다, 아스타."

그렇지 않아도 성실한 가즈란 루티무의 얼굴에 더욱 진지한 표정이 떠오른다.

"오늘 루도 루로부터 파가와 루가의 관계에 대한 상세한 이야기를 처음 들었습니다. 당신들은 원래 식사량이 적어진 지바 루를 구원하기 위해 루가로 초대되었다고 하더군요. 그리고 훌륭하게 지바 루의 영혼을 구원했다고 들었습니다. ……그것은 진실인가요?"

"네, 뭐, 아무튼 내 요리를 기뻐해준 것 같아요."

"그렇군요. 확실히 그날 밤의 지바 루는 듣던 것보다 훨씬 건강해보이더군요. ――고맙습니다, 아스타. 그 건에 관해서는 나도 감사의 말을 전하고 싶습니다."

"네? 어째서요?"

"몰랐나 보군요? 루티무가는 지바 루의 딸이 시집을 오게 되면서 루가와 인연을 얻었습니다. 루의 여섯 씨족 중에서는 가장 오래되었고 인연이 깊은 집안입니다."

그렇구나.

그렇다는 것은── 본가의 후계자인 가즈란 루티무 역시 지바 할머니의 증손이라는 뜻이다.

"네. 지바 루의 딸의 자식이 내 아버지 단 루티무입니다. 내 몸에는 지자 루나 루도 루와 똑같은 농도로 지바 루의 피가 흐르고 있지요."

"그랬군요⋯⋯."

일에 사적인 감정은 금물이다.

하지만── 지바 할머니의 피를 이어받았다는 이 청년의 혼례를 진심으로 축복하고 싶다고 생각하는 정도는 괜찮겠지.

"인연도 은혜도 없는 관계라고 말씀드렸지만, 나는 아스타에게 은혜가 있었던 겁니다. 그런 당신과 이런 식으로 함께하게 되어 진심으로 기쁩니다."

그렇게 말하면서 가즈란 루티무는 망토 안쪽을 뒤적이기 시작했다.

어제보다 더 많은 양의 엄니와 뿔의 목걸이가 다시 내 코앞으로 다가온다.

"아스타, 받아주십시오. 대가의 절반인 기바 열 마리분의 엄니와 뿔입니다. 나머지 절반은 연회가 끝나고 드리겠습니다."

"아뇨, 대가는 모든 일이 끝난 다음에 주셔도 돼요. 어쩌면 내가—— 그래요, 조리 중에 불이나 죽어서 일을 완수하지 못할 가능성도 있으니까요."

언제 원래 세계로 되돌려 보내질지도 모른다고—— 말할 수 없었기에 그런 식으로 허튼소리를 했지만, 가즈란 루티무의 진지한 표정에는 변화가 없었다.

"그렇게 따지면, 나야말로 언제 숲에서 생명을 잃어도 이상할 것 없는 몸입니다. 그렇기에 지금 드리는 겁니다. 이것은 내 의뢰를 받아준 아스타에 대한 신뢰의 증거입니다. 부디 받아주십시오."

허튼소리 한 것을 후회했다.

진실을 밝힐 수 없는 것은 내 사정이며 그런 자신의 사정을 얼버무리기 위해 경솔한 태도를 취하다니, 적어도 이 성실한 청년을 상대로 그래서는 안 되는 것이었다.

"알겠어요. 받겠습니다. ——그 신뢰에 보답할 수 있도록 힘쓰겠습니다."

가즈란 루티무는 싱긋 웃고는 내게 목걸이를 건네주었다.

설령 기바 열 마리분, 즉 엄니와 뿔이 총 40개나 엮인 목걸이라고는 해도 무게는 그리 대단치 않았다—— 하지만 그것은 실제보다 더 묵직한 무게로 내 손에 좌르륵 하고 휘감겨 왔다.

3

해가 중천에 걸려 남자들을 숲으로 보내고 가즈란 루티무와 헤어진 후에는 드디어 조리 연구를 할 차례다.

집 뒤쪽으로 돌아 부엌으로 향하자 그곳에는 두 명의 여자가 기다리고 있었다.

장남 지자 루의 아내 사티 레이 루와 셋째 딸 라라 루였다.

"기다리고 있었어요, 아스타. 오늘은 우리 둘이서 당신을 돕겠습니다."

약간 짧게 친 밝은 갈색 머리에 거무스름한 눈동자. 청초하고 홀쭉한 몸매의 젊은 아내, 사티 레이 루가 온화하게 미소를 짓는다.

"우와, 뭐야, 그 엄니하고 뽈은? ……어디서 훔쳐 왔어?"

새빨간 머리를 머리 꼭대기에 포니테일처럼 묶은 약관 12세의 라라 루는 변함없이 얄미운 말을 내뱉는다.

"이번 일의 품삯을 선금으로 받은 거야. 음, 그럼, 어디에 보관할까나."

"괜찮다면 집에서 보관할게요. 아궁이 속에 떨어뜨리기라도 하면 큰일이잖아요."

사티 레이 루가 내 손에서 목걸이를 받아 들고 부엌을 나간다.

참으로 빈틈없는 행동거지이긴 하지만 그 덕분에 별로 사이가 좋지 않은 소녀와 단둘이 남고 말았다.

아니나 다를까 라라 루는 얄미운 말을 늘어놓는다.

"나 참! 루티무는 가장보다 후계자 쪽이 그래도 정상인줄 알

있는데, 중요한 혼례식 아궁이 당번을 너 따위한테 맡기다니 제정신이 아닌 것 같은데! 이걸로 루티무는 숲가에서 웃음거리가 되겠네. 부모 집안인 루가의 입장에서 보면 큰 민폐라고!"

"그렇구나. 그럼 그 웃음소리가 조금이라도 작아지도록 내 작은 힘이라도 최대한 보태는 수밖에 없겠네."

다섯 살이나 어린 소녀의 독설에 화를 내도 소용이 없기에 나로서는 가볍게 대꾸할 수밖에 없었다.

게다가 루가의 네 자매에게는 약간의 빚도 없지 않기에 그녀가 나를 싫어한다 해도 어쩔 수 없는 노릇이다. ……이 십자가를 평생 짊어져야 하는 걸까.

"아무튼 잘 부탁해. ……그런데 다른 일은 괜찮은 거야? 도와달라고 부탁한 쪽은 나지만 이런 시간부터 한꺼번에 두 명이나 붙여줄 줄은 몰랐거든."

"미아 레이 엄마가 그렇게 정해버렸으니 어쩔 수 없잖아! 나도 네 얼굴 따위 보기 싫었다고!"

험악한 얼굴로 악을 쓰더니 갑자기 눈살을 찌푸리고 내 쪽으로 거침없이 다가온다.

"……그 엄니와 뿔."

"응?"

"여덟 개에서 아홉 개로 늘어났네. 그것도 가즈란 루티무나 아마 민이 축복해줬나 봐?"

"아, 저기…… 말해도 되려나…… 음, 안 되겠다."

"뭐야! 말 안 하면 그날 아침 일을 돈다 아버지한테 일러바칠 거야!"

"그, 그건 몹시 곤란한데. ……이건 네 아버지한테서 받은 거야."

순식간에 라라 루의 선머슴 같은 얼굴에 짜증 섞인 천둥이 내려쳤다.

"그럴 리 없잖아! 그렇게나 널 싫어하던 돈다 아버지가 널 축복할 리 없어! 계속 헛소리하면 진짜로 그 일을 모두한테 폭로할 거야!"

"아, 아니, 사실이란 말이야. 딱히 입 다물기로 한 것도 아니니까 솔직히 말할게. 이건 혼례 전 축하연이 끝난 후 돈다 루에게 받은 축복이야."

그런데도 잠시 동안 분노하던 라라 루의 얼굴에는 차츰 분노보다 경악의 빛이 짙어졌다.

"……너, 진심으로 하는 소리 아니지? 계속 날 속이려 하면 진짜로 돈다 아버지한테 확인한다? 만약 거짓이면 그날 있었던 일을 전부 폭로할 거야."

"아아아. 이제 돈다 루가 진실을 말해주길 기도하는 수밖에 없겠네. 그가 자존심 때문에 거짓말을 하는 속물이 아니기를 그저 빌어야겠어!"

"설마…… 사실이야?"

"응" 하고 끄덕이자 라라 루는 새삼스레 폭발했다.

"뭐야 그게! 믿을 수 없어! 난 돈다 아버지의 마음을 생각해서 축복하지 않았는데, 왜 아버지가 축복을 하는 거야! 내가 바보 같잖아! 제길, 뭐야, 정말!"

"아, 저기, 진정해…… 아버지한테는 아버지의 마음과 생각이 있을 거야, 분명."

"누구더러 아버지래! 기분 나쁘니까 그렇게 부르지 마!"

"미안해. ……하지만 이런 건 개인의 마음 아니야? 돈다 루가 축복하지 않았다고 해서 네가 그걸 따를 필요는 없어."

"그건 또 무슨 말이야! 내 축복은 받을 수 없단 소리야?!"

내가 말을 하면 할수록 소녀는 격분한다.

역시 이 소녀와는 엇나가는 운명인가 싶어 한숨을 쉬고 있자니, 갑자기 코앞으로 손바닥이 다가왔다.

손바닥 위에 다소곳이 놓여 있는 기바의 엄니인지 뿔인지가 한 개.

"……지난번 음식은 엄청나게 맛있었어. 그 전에는 지바 할머니도 구원해줬고. 그러니 라라 루는 파가의 아스타를 축복한다."

이렇게 불쾌함의 끝을 드러내는 표정으로 축복하는 것이 가능할까.

그러나 나는 감사하는 마음으로 그 하얀 축복을 집어 올릴 수 있었다.

"고마워. 정말 기뻐."

"흥!" 라라 루는 요란하게 콧김을 내뿜더니 고개를 홱 돌리고 만다.

분명 나 같은 건 진심으로 못마땅하게 여길 텐데. 그런 상대로부터 자신의 존재를 인정받은 것은 자신을 흠모해주는 상대로부터의 축복 못지않게 기쁘다는 사실을 실감할 수 있었다.

이것으로 루가에서 받은 축복은 열 개.

젖먹이 코타를 제외하면 남은 사람은 지자 루와 다루무 루뿐이다.

그것만은 아무래도 평생 이루어지지 않겠구나, 하고 생각하고 있자 드디어 사티 레이 루가 집에서 돌아왔다.

"오래 기다렸죠? ……어머, 아직 시작하지 않았군요."

"네. 이제 시작하려던 참이에요. 우선 식량 창고에서 채소를 보여주시겠어요?"

"알겠습니다. ……그런데 아이 파는 어디 갔나요? 여기 왔을 때는 같이 있었죠?"

"네. 내가 아직 루가의 위치를 완벽히 기억하지 못해서 아이 파에게 안내받았거든요. 지금쯤 숲에서 기바를 쫓고 있을 거예요."

닷새나 되는 동안 기바 사냥의 일을 게을리할 수 없다. 그 말을 남기고 아이 파는 돌아갔다. 고기는 아직 잔뜩 남아 있으며 엄니와 뿔도 여유가 있다. 그래도 사냥꾼은 힘이 남아 있는 한 기바를 사냥해야 하는 법이다.

숲가의 백성이 사냥을 게을리하면 숲에서 넘쳐난 기바가 서쪽 왕국의 논밭을 습격한다. 그것을 막아내는 것이 숲가의 백성의 역할이라고── 대부분의 백성은 그렇게 생각하고 있으리라. 족장 집안의 사람들은 그 뜻을 까맣게 잊어버린 지 오래건만.

'카뮤아 요슈…… 역시 그 의뭉스러운 아저씨와 다시 만날 기회를 만들어서 제대로 얘기를 들어야겠어.'

나는 연회까지의 닷새 내내 이곳 루의 촌락에서 지내며 요리 연구에 몰두할 예정이지만. 아이 파는 사냥뿐만 아니라 식량 창고 관리와 피코잎 채취 등 집안일도 소화해야 한다. 심지어 저녁 식사는 루의 본가에서 함께 먹은 다음 밤부터 아침까지는 루의 빈집에서 함께 보낼 수 있지만, 그 이후의 아침부터 저녁까지는 완전히 따로 행동하게 된다.

강물 속에 빠진 디가 슨조차 그 후 아이 파에게 보복하려 들지 않았으니 아무리 슨가라도 그리 극악한 짓은 불가능할 터이다. 하지만 도드 슨의 들개 같은 눈빛을 떠올리면── 역시 불안감을 떨칠 수가 없다.

물론 내가 파가에 들어앉아 있다 해도 결국 사냥하러 숲에 들어갈 때는 따로 행동하게 되니 상황적으로 큰 차이는 없으리라.

그래도 역시 언제까지나 이대로 있어서는 안 된다고 생각한다.

"──아스타, 무슨 일인가요?" 사티 레이 루의 목소리에 나는 황급히 현실로 의식을 되돌렸다.

"아무것도 아니에요. 식량 창고로 가지요."

아무튼 지금은 일이다.

이 일로 얻는 보수는 당연히 파가의 공유재산이다. 아이 파를 위해서도 반드시 성공해야 한다.

나는 두 여자와 함께 식량 창고로 들어갔다.

기억대로 채소들이 문 없는 나무 선반에 죽 진열되어 있다.

어제도 역참 마을에서 실컷 구경하고 왔기 때문에 이 녀석들의 모습도 차츰 눈에 익었다.

자── 나와 사이좋게 지내줄 녀석은 누구일까?

"먼저 내 구상을 말씀드릴게요" 하고 채소들을 하나씩 확인하며 내 뒤에 서 있을 터인 그녀들에게 말을 건넸다.

"내가 공략하고 싶은 건 포이탄이에요."

"포이탄…… 말인가요?"

"네. 그 녀석을 어떻게든 지금까지 해온 대로 졸이는 방법으로 맛있게 할 수 없을까. 우선 그 점부터 연구할 생각이에요."

"왜죠? 구운 포이탄은 정말 맛있어요. 고기나 채소가 없어도 포이탄이라면 얼마든지 먹을 수 있을 것 같은데요."

오. 사티 레이 루는 그렇게까지 구운 포이탄에 매료되었단 말인가.

그 기분을 모르는 것은 아니지만 이 연구는 나한테 가장 중요하다.

"그렇지만 연회에는 연세 있는 분들도 많이 오시잖아요? 너무 색다른 요리만 있으면 그분들이 싫어할지도 모르잖아요. 구운 포이탄은 구운 포이탄대로 내놓더라도 노인부터 젊은 사람 할 것 없이 모두 즐길 수 있는 요리법이 달리 없는지, 우선 그걸 찾고 싶은 거예요."

"어머……"라고밖에 사티 레이 루는 말하지 않았다.

그리 질려하는 목소리는 아니었기에 그냥 좋게 받아들이기로 한다.

"결국에는 여러 재료와 조합해나가는 수밖에 없겠지만, 혹시 추천할 만한 식재료 없을까요? 반대로 입맛에 잘 맞지 않았던 식재료도 괜찮아요."

"프라" 하는 퉁명스러운 목소리가 들렸다.

물론 말한 사람은 라라 루였다.

"아…… 그러고 보니 라라 루와 루도 루는 프라를 좋아하지 않는다고 들은 것 같네. 혹시 쓴맛을 싫어해?"

"참 말 많네! 질문에 답했는데 왜 잔소리를 들어야 하는 거냐고!"

"미안, 미안. 기탄없이 의견을 말해주세요."

"……리로. 타라파. 조조. 싫어해."

"그래그래. 리로는 훈제 고기 만들 때 쓰는 향초 말이지? 타라파하고 조조는 어떤 재료야?"

"타라파는 저 붉고 커다란 과실이에요. 조조는 그 아래쪽에 있는 갈색 덩어리고요."

사티 레이 루가 가리킨 쪽을 보니 타라파는 호박처럼 아주 크고 우둘투둘한 토마토 같은 과실이고, 조조는 뱀이 똬리를 틀고 있는 것처럼 생긴 벌집 같은 질감의 과실이었다.

두 가지 모두 겉보기에 인상이 몹시 강해서 기억 속에 남아 있는 채소들이다.

"흠흠. 사티 레이 루는 이 타라파와 조조를 어떻게 생각해요?"

"글쎄요…… 타라파는 무척 셔요. 조조는 냄새가 아주 강하고요. 나는 둘 다 싫어하지는 않지만── 포이탄을 넣지 않은 냄비 쪽이 타라파는 맛있었던 것 같아요."

"호오."

"타라파는 정말 시기 때문에 포이탄이 들어가지 않은 냄비 쪽이 목구멍에 술술 넘어가서 먹기 편할 거예요. 조조는── 포이탄이 있든 없든 상관없이 고기 누린내가 나지 않는 경우라면 다른 냄새까지 없애버려서 맛이 나빠질 거라 생각해요."

"굉장해요! 꽤 구체적인데요!"

"아스타 덕분에 '맛있는 음식'을 알게 되었기 때문이에요. 그전까지는 타라파와 조조의 맛의 차이 같은 건 신경 쓰지 않았으니까요."

사티 레이 루는 방긋 웃는다.

그 옆에서 라라 루는 또다시 발을 동동 구르기라도 할 것 같은 표정이었다.

"뭐야! 이럴 거면 난 필요 없잖아! 사티 레이하고 둘이서 사이좋게 하면 되겠네!"

"라라. 말이 잘 안 나온다고 해서 욱하고 화내면 못써."

사티 레이 루가 시누이의 얇은 어깨에 지그시 손을 얹는다.

"넌 여러모로 감지해내는 힘이 강한 반면 말은 그리 능숙하지 않지. 하지만 난 말은 비교적 잘하는 대신 마음이 크게 움직이는 사람이 아니야. 그런 우리가 서로 협력하면 분명히 혼자 협력하는 것보다 훨씬 더 아스타를 도와줄 수 있다고 생각해."

사티 레이 루는 루의 가족 중에서 가장 인연이 먼 상대였지만── 이 말만 듣고도 나는 이 여성이 그저 온화하고 청초하기만 한 여성이 아니라는 것을 깨달았다.

과연 지자 루의 반려자구나── 하고 생각했더니 조금 무서워진다. 그 지자 루와 이 사티 레이 루 사이에 태어난 코타 루는 도대체 어떤 인물로 자랄까.

"어라? 그러고 보니 코타 루는 남자아이예요? 여자아이예요?"

내가 묻자 두 사람은 눈을 멀뚱멀뚱 떴다.

"그런 건 이름으로 알 수 있잖아. 당연히 남자아이지."

그렇구나. 하긴 분위기로 봐서 아예 모르는 것도 아니지만.

"네. 몸은 좀 작지만 남자아이예요. 우리는 좀처럼 아이가 생기지 않아서, 첫 아이인 코타가 남자아이라는 사실이 얼마나 기쁜지 몰라요."

그렇게 대답하는 사티 레이 루의 얼굴은 정말 기쁘고도 자랑스러워 보였다.

그럼 코타 루가 언젠가 돈다 루로부터 지자 루로 이어질 가장의 자리를 마지막에 이어받겠구나.

어쩐지—— 새삼스레 감회가 깊다.

"……아, 이 조조란 건 냄새가 엄청나네요. 식재료라기보다는 약재 같아요. 이걸 냄비에 넣으면 정말 다른 풍미들이 확 날아가겠어요."

나는 머리를 현실로 전환하기로 한다.

"그렇죠. 만약 앞으로 누린내 없는 기바 고기를 늘 먹게 된다면 더 이상 쓸모가 없어질지도 몰라요. 리로와 조조는 어디까지나 누린내를 없애기 위해 넣은 것이나 마찬가지니까요."

"과연. 그럼 그 두 종류는 일단 후보에서 제외할게요. 이 타라파는 어때요? 내가 살던 나라에도 토마토라는 비슷한 색깔의 채소가 있었는데요, 쓰임새가 아주 많았거든요."

"그렇군요. 확실히 냄새가 좋고 신맛도 싫지 않았지만, 포이탄을 넣는 냄비보다는 넣지 않은 냄비 쪽이 맛있었던 것 같아요."

"아, 그럴지도 모르겠네요……."

밀가루를 물에 갠 것 같은 포이탄 국물에 토마토를 집어넣은 맛을 상상하자 나도 진저리가 났다.

여러모로 쓰임새는 많을지 몰라도 이번에는 나설 차례가 아닌 것 같다.

"그럼 타라파도 일단 제외하고. 반대로 추천할 만한 채소는 없을까요?"

이 질문에 두 사람은 "음" 하고 생각에 잠긴다.

"포이탄을 넣지 않은 냄비라면 몇 가지 떠오르지만 포이탄과 같이 끓이게 되면…….."

"맞아. 그게 맛있다고 생각할 정도면 매일매일 그 녀석을 집어넣었을걸. 결국 어떤 채소를 넣든──."

거기서 라라 루는 말이 막혔다.

"왜 그래?" 사티 레이 루가 상냥하게 묻는다.

"아니…… 딱히 맛이 바뀌는 건 아닌데…… 가장 좋았던 건 있어."

"어머. 어떤 채소?"

"아니, 근데 역시 아무것도 아니야! 왜 좋았는지도 모르겠는걸! 맛도 거의 달라지지 않았었고!"

"왠지 엄청나게 신경 쓰이는데. 괜찮으면 어떤 재료인지 알려줄래?"

내 말투가 너무 성급했는지 라라 루는 말괄량이 소녀답지 않게 다소 불안해하는 표정을 지었다.

하지만 그 가느다란 손끝이 쭈뼛거리며 식량 창고의 가장 안쪽을 가리켜준다.

호오, 이게? 나는 눈을 휘둥그렇게 떴다.

어스레한 식량 창고 한구석에서 주목받기만을 기다리고 있던 그 식재료는── 조조나 타라파에 지지 않을 만큼 강렬한 모습으로 내 마음속에 강한 존재감을 남겼던, 2미터는 족히 되어 보이는 거대한 우엉, 그 이름은 '기고'였다.

4

그로부터 몇 시간이 지나고 중천에 떴던 해가 기울기 시작한 무렵―― 때 아닌 소란의 기미가 부엌으로 갑작스레 찾아왔다.

이리저리 생각하고 있는데 환기를 위해 활짝 열어놓은 입구에서 작은 사람 그림자가 뛰어 들어온다.

"여어! 상태는 어때, 아궁이 당번!"

"우와, 깜짝 놀랐잖아! ……루, 루도 루, 꼴이 그게 뭐야?"

분명히 숲으로 향했던 루도 루였다.

하지만 사냥을 갔던 남자들이 돌아오는 시간은 해 질 녘이 다 될 무렵이고 거기다 루도 루는―― 온몸이 붉은 피투성이가 되어 있었다.

황갈색 머리도, 기바 망토도, 아직은 선이 가는 얼굴도, 팔도, 다리도, 피투성이다.

피투성이 얼굴로 소년은 히쭉 웃었다. 눈동자에는 아직 사냥꾼의 불꽃이 남아 있다.

"이건 전부 기바와 다른 사람의 피야. 내가 다칠 리가 없잖아! 지레짐작으로 걱정하지 말라고, 아궁이 당번."

"다른 사람이라니…… 누구의?"

"분가의 랴다 루. ……가망이 없을지도 몰라. 기바 뿔이 다리에 푹 박혀버렸거든. 설령 살아난다 해도 앞으로 숲에는 나오지 못하겠지."

아마 내 얼굴은 창백했을 것이다.

그런 나를 보고 또다시 루도 루는 짐승처럼 웃는다.

"그러니까 지레짐작으로 걱정하지 말라고 했잖아! 네가 부탁한 일과는 상관없어! 평소에는 떼 지어 다니지 않던 기바 놈들이 한꺼번에 세 마리나 덤벼드는 바람에 랴다 루가 당한 거야. 나도 활이 꺾여서 죽을 것 같기에 목을 쳐서 숨통을 끊어주었지. 그 기바는 순식간에 뒈져서 피 빼기 같은 건 불가능했어."

"그랬구나……"라고밖에 할 말이 없었다.

주위를 보니 함께 쇠 냄비를 끓이고 있던 사티 레이 루와 라라 루는 쥐죽은 듯 조용하게 가족의 모습을 지켜보고 있었다.

루도 루가 무사히 돌아온 것을 기뻐함과 동시에 혈족의 불행을 불쌍히 여기는 듯한── 어쨌든 나와는 각오의 차원이 다른 숲가 인간의 강인함을 느끼게 하는 정적이었다.

루도 루는 피투성이가 된 뺨을 손등으로 훔치며 "흥!" 하고 멋쩍게 웃는다.

"뭐, 그 덕분에 엄니와 뿔은 잔뜩 수확했지만. 랴다 루와 기바를 집으로 옮겨야 해서 다섯 명만 먼저 돌아왔어. ……어쩐지 말이야, 포획 시기인건 맞는데 기바의 수가 너무 많아! 아스타, 파가는 좀 더 북쪽이었지? 그쪽 숲은 요즘 어때?"

드디어 아궁이 당번이 아닌 아스타로 불러주었다.

아마 상당한 흥분 상태였으리라. 짐승의 눈빛을 한 사냥꾼이 차츰 평소의 시건방진 소년의 표정으로 바뀌어간다.

"그, 글쎄. 숲의 상황은 나도 잘 모르지만, 그리고 보니 갑자기 포획 빈도가 높아진 것 같긴 해. 음…… 요 열흘 동안 벌써 네 마리는 잡았을걸."

"뭐?"

"어?"

"파가에는 달리 가족도 친족도 없다고 했지? 그런데 열흘에 네 마리라니 농담이 심하잖아, 아스타."

"으음? 잘못 계산했나? 그날, 루가에서 돌아와서 그 이튿날부터 아궁이를 만들기 시작했으니까── 응, 12일이나 13일 동안일지도 모르겠네. 그동안 네 마리."

"똑같잖아!"

엄청난 기세로 지적을 당하고 말았다.

하지만 집 밖에 아궁이를 만든 다음날부터 연속으로 세 마리를, 그 며칠 후 한 마리 추가라는 계산이므로 착각했을 리가 없다.

"아스타, 진심으로 하는 말이야? 혼자서는 포위가 불가능하니까 녀석이 함정에 걸리기를 기다리거나 오늘처럼 흥분한 녀석과 맞닥뜨리자마자 죽이는 것 말고는 사냥할 방법이 없는데? 그렇게 해서 열흘에 네 마리라니 절대 불가능하다고."

"아니, 열흘이 아니라 12일, 13일간……."

"똑같다고 몇 번을 말해! ……설마 그 녀석 '제물 사냥'이라도 하는 거야?"

소년의 목소리에 전에 없이 무거운 울림이 느껴져서 내 심장이 불규칙하게 뛰었다.

"루, 루도 루, 대체 그 '제물 사냥'이 뭔데? 설마 숲가의 금기 같은 건 아니겠지?"

"아니? 요즘은 아무도 하지 않는 오래된 방법일 뿐이야. 신경 쓰이면 네 가장한테 직접 물어봐."

알겠다. 꼭 물어봐야겠다.

그때 사티 레이 루가 차분한 목소리로 "루도 루" 하고 불렀다.

루도 루는 한쪽 눈썹을 추켜올리고 나서 뒤쪽을 돌아본다.

"어라? 벌써 왔네? 랴다 루는 어떻게 됐어?"

어느새 루도 루가 가로막고 서 있던 입구의 바깥쪽에 여러 명의 남자들이 우뚝 서 있었다.

그중 한 사람, 가장 몸집이 작고 나이도 젊어 보이는 인물이 루도 루의 앞으로 나온다.

"아버지 랴다는 목숨을 건졌다. 하지만 다리근육이 끊어진 것 같다. 앞으로는 두 번 다시 숲에 들어갈 수 없겠지."

"흐음. 그럼 내일부터는 신 루, 네가 가장이라는 말이네?"

"그래. 내가 아버지의 집안을 이어받는다."

그렇게 대답한 사람은 루도 루와 나이 차도 크게 나지 않는——즉 나보다 어려 보이는 소년이었다.

긴 흑갈색 머리와 짙은 갈색 눈동자. 표정은 루도 루보다 어른 스럽지만 체격은 거의 비슷하다.

루도 루는 그 소년의 얼굴을 옆에서 들여다보며 말했다.

"의젓한 표정이네. 너 혼자서 다섯 식구를 먹여 살려야 하잖아. 드디어 벼랑 끝이네, 아냐?"

"문제없어. 앞으로 2년만 더 있으면 남동생이 자라. ……그때까지는 힘을 빌려줘."

"그때까지도, 그 이후에도 우리는 영원히 혈족이야!"

화난 듯 루도 루가 그 어깨를 뿌리친다.

그러자 신 루라고 불린 소년은 입가에 서투른 미소를 지었다.

"아버지 랴다가 목숨을 건진 것은 네 덕분이다, 루도 루. 네가 혈족이라는 사실이 자랑스러워."

"그런 말이 어디 있어! 거추장스럽게 왜 이래!"

"……그보다 파의 가족 아스타여."

"어? 네?"

"기바 한 마리를 이쪽으로 데려왔다. 잡은 세 마리 중 제대로 '피 빼기'를 했다고 생각되는 놈은 지금으로서는 이 한 마리뿐이다. 다음 단계는 아스타의 명령에 따르도록, 돈다 루가 우리에게 일러두었다."

그 순간 루도 루가 펄쩍 뛴다.

"잠깐 기다려! 이런 꼴로 어떻게 일을 하냐고! 냇가에서 몸 좀 씻고 올 테니까 기다리고 있어!"

신 루의 몸을 거칠게 밀어젖히며 나를 돌아본다.

"알겠어? 먼저 시작하면 안 돼! 시작하면 전부 패버린다!"

그러고는 피투성이 소년은 달려갔다.

남겨진 소년과 남자들은 건물 밖에서 가만히 나를 쳐다보고 있다.

"음, 그럼 가죽 벗기기 준비만 부탁드릴게요. 여기를 정리하면 나도 곧바로 갈게요."

"──알겠다."

"그럼 내가 안내할게요." 사티 레이 루가 밖으로 나간다.

그렇게 해서 나와 단둘이 남자, 줄곧 잠자코 있던 라라 루가 "아─아" 하고 숨을 내쉬었다.

"랴다 루까지 기바한테 당하다니. 이제 랴다의 집에는 여자와 아이밖에 남지 않았으니 신 루가 힘들겠네."

"……그 사람들은 라라 루, 너와 어떤 혈연관계에 있는 거야?"

"음? 랴다는 돈다 아버지의 막냇동생이야. 신 외에는 어머니랑 누나, 그리고 쪼끄만 남동생 둘밖에 없으니까 기바를 사냥할 수 있는 남자는 이제 신밖에 안 남은 거지."

어쩐 일인지 표정이 온순하고 말투도 고분고분하다.

신 루라는 소년의 앞날을 진심으로 걱정하는 모습이다.

"어서 딸을 혼인시켜서 사위라도 보든지, 아니면 가족이 통째로 다른 집에 들어가는 편이 현명하지. 열여섯 살에 가장이 돼서 다섯 식구를 지키다니 절대 불가능해.

외지인인 내가 참견할 문제는 아닌 것 같았다.

그래도 루도 루와 라라 루 같은 친족이 곁에 있으니 그 고요한 표정을 한 소년이 가혹한 운명에 짓눌릴 일은 없다── 이렇게 믿고 싶다.

"그럼 난 저쪽에 다녀올게. 시간이 좀 걸릴지도 모르니까 그동안 오늘 저녁에 먹을 포이탄을 미리 구워줄래?"

"……여기 이건 어떻게 해?"

통나무를 짜 만든 작업대 위에서는 두 시간 동안 해낸 연구 성과가 김을 내뿜다가 말다가 하고 있었다.

라라 루가 제안해준 기고를 중심으로 다양한 채소를 조합해서 끓인, 포이탄을 기본으로 한 국물들이다.

솔직히 말해…… 절반 이상은 혐오 음식의 경지에 도달할 뻔한 것들이다.

"응. 너무 심했던 건 더 졸여서 말린 다음 구운 포이탄으로 만들어버리자. 그렇다고 버릴 수는 없으니까."

굽는다고 한들 맛은 바뀌지 않지만 나로서는 아직 고형물인 쪽이 먹기 쉽다.

"너 참 대단하다. 음식을 이렇게 쓰레기처럼 취급하는 사람은 처음 봤어."

"내가 미숙하다는 건 인정하지만 쓰레기 취급은 하지 말아줘! 제대로 내가 다 먹을 테니!"

위험할 듯 한 조합의 음식은 세 명이 각각 두 입에 먹을 만한 크기로 샘플을 만들었건만 설마 남을 줄은 전혀 몰랐다.

내가 기절초풍하는 모습을 보고 라라 루가 시식을 거부한 것이 주요 원인이기 때문에 죄를 나누고 싶다. 이 숲가에 가위바위보라도 유행시켜줄까.

"그래도 라라 루, 네 덕분에 큰 줄기는 완성되었으니 이제 조금만 더 하면 돼. 남은 것도 잘 부탁한다?"

"흥!" 하고 고개를 홱 돌리는 라라 루를 남겨둔 채 나는 식량창고를 끼고 그 옆에 있는 기바 해체실로 향했다.

마침 그곳에서 나온 사티 레이 루에게 인사를 하고 해체실로 들어간다.

"우와…… 대물인데요."

천장 대들보에 90킬로그램급의 기바가 매달려 있었다.

몸길이는 인간 여성의 키만 하다. 활 모양으로 멋지게 솟은 뿔과 엄니를 지닌 수컷 기바다. 털가죽은 벌써 씻어놓았는지 흑갈색 털이 축축하게 젖어 있다.

해체실은 밖에서 엿본 적밖에 없었지만, 벽에 크고 작은 날붙이와 덩굴풀로 엮은 밧줄 등이 걸렸을 뿐인 살풍경한 방이다. 작은 냄비를 끓이기 위한 작은 아궁이가 하나 놓여 있다. 그 밖에 가재도구다운 가재도구는 없다.

그곳에 서 있던 네 명의 남자들이 조용히 나를 마주 쳐다본다.

신 루와 초로의 남자 한 명, 장년의 남자 두 명.

신 루를 제외하고는 모두 기골이 장대한 남자들은 가만히 내 말을 기다리고 있다.

"수고하셨습니다. ……그럼 제일 먼저 가죽을 벗길게요. 곧 루도 루가 돌아올 테니 그러면 고기 해체에 착수하겠습니다."

남자 한 명이 고개를 끄덕이더니 허리에서 날이 두꺼운 소도를 뽑아 든다.

"잠깐. ……가죽 벗기는 일은 내게 맡겨주면 안 될까?"

그렇게 말한 사람은 신 루였다.

"아버지 랴다는 당분간 움직이지 못한다. 그동안 나는 혼자서 가죽 벗기는 일을 해야 하지. 물론 순서는 파악하고 있지만 그게 얼마나 힘든 일인지 이번 기회에 알아두고 싶어."

소도를 뽑아 든 남자가 초로의 남자를 돌아본다.

초로의 남자가 한 번 끄덕이자 남자는 소도를 가죽 칼집에 넣었다.

"고맙다." 이번에는 신 루가 소도를 뽑는다.

"파가의 아스타여. 가죽 벗기기는 그동안 해온 방법대로 하면 될까?"

"음. 최대한 지방이 고기 쪽에 남도록 해주겠어? 털가죽을 상처 입히지 않는 범위에서라도 괜찮으니."

"──알겠다."

기바는 오른쪽 뒷다리에 새끼줄이 묶여 매달려 있다.

그 가랑이부터 목 아래까지를 신 루는 능숙한 칼놀림으로 죽, 죽 절개해나갔다.

이번에는 거기서부터 사지를 향해 길을 만들고 발굽 바로 앞에서 발목에 둥글게 칼집을 넣는다.

순서는 내 방식과 큰 차이가 없다.

칼에 붙은 기름을 녹이기 위한 뜨거운 물도 마련되어 있고, 역시 '가죽 벗기기'라는 똑같은 목적을 위해서라면 다른 문화 출신이더라도 똑같은 결론에 이르는 모양이다.

만일 기바가 이상(異常) 번식을 일으키지 않고 식용육을 위해 사냥되었다면── 분명 마찬가지로 '맛있게 먹는 방법'도 고안되었을 것이다.

한때 고향이었던 남쪽 숲에서는 도마뱀이나 벌레밖에 먹지 않았고, 모르가 숲에서는 엄니와 뿔을 얻기 위함과 동시에 논밭의 안전을 지키기 위해 기바를 사냥해온 숲가의 백성이, 지금, 식용육의 기술을 진화시키려 하고 있다.

그것은 '맛있는 음식을 먹으면 더 행복하다'라는, 이세계인인 나로 비롯된 가치관에 근거한 진화이고── 그렇게 생각하면 어쩐지 등골이 오싹해진다.

그것은 옳은 일이다, 그것은 근사한 일이다, 하고 인정해주는 절대자는 존재하지 않는다. 보잘것없는 견습 요리사에 불과한 나 같은 사람이, 총원 5백 명이 넘는 숲가의 백성의 식문화에 그렇게까지 영향을 주다니 정말 허용되는 일일까?

'……허용되지 않는다면 나를 그 화재 현장 속으로 돌려보내줘.'

그렇지 않으면 나는 역시 이런 식으로 살아갈 수밖에 없다.

자신의 존재를 억누르고 맛있지도 않은 포이탄 국물을 마시며 오로지 향초나 장작을 모으기만 하는 인생이라면── 그것은 내 인생이 아니다. 차라리 그 불길 속에서 타 죽어버리는 편이 훨씬 나을 것이다.

내 요리를 "맛있다"라고, 또 "좋다"라고 말하고 내게 "사라지지 마" 하고 부탁한 아이 파, 내가 이곳 세계에 존재해도 된다고 허락해준 아이 파와 함께 나는 나로서 살아가고 싶다.

그런 생각을 하는 사이, 기바는 서서히 털가죽을 벗고 그 속에서 하얀 육체를 드러내기 시작했다.

역시 어리기는 해도 숲가의 백성이다. 나와는 완력 자체가 달라서 작업 속도가 단연 빠르다.

언제 왔는지 루도 루가 내 옆에서 팔짱을 낀 채 친족의 모습을 지켜보고 있었다.

사지는 거의 다 벗겨냈다.

하지만 지금부터가 본격적이다.

상대는 90킬로그램에 육박한다. 나 같으면 가볍게 두세 시간은 걸릴 작업이다. 숲가 사냥꾼의 완력이라도 결코 편한 작업은 아닐 것이다.

그런데도 누구 하나 참견을 하거나 자리를 뜨지 않고 우리는 그저 말없이 내일부터 가장의 자리를 얻을 소년이 땀범벅이 된 채 기바의 가죽을 벗기는 모습을 지켜보았다.

5

"자. 평소에는 이대로 다리만 떼어낸 후 나머지는 버렸다는 거네요."

발가숭이가 된 기바를 앞에 두고 나는 해체 순서를 설명한다.

"하지만 내 요리에는 몸통 고기도 사용하고 싶으니 지금부터 전신을 해체하겠습니다. 여기서 중요한 것은 내장 적출입니다."

루도 루와 신 루, 그리고 세 명의 남자들은 무서우리만치 진지한 눈빛으로 내 이야기에 귀를 기울였다.

반감이나 적의 같은 것은 느껴지지 않는다. 그 속내까지는 모르겠지만 작업하는 도중에 쓸데없는 감정을 내비치는 사람은 없다는 것을 이해할 수 있었다.

나에 대한 반감은 반감이고 가장이 지시한 일은 일이다. 그것을 혼동하는 사람은 분명 루가에는 없는 것이다. 그렇게 생각할 수밖에 없을 만큼 그들은 모두 진지 그 자체였다.

"기바의 몸속에는 인간과 거의 비슷한 느낌으로 각종 내장이 들어 있습니다. 심장, 폐, 간, 췌장, 신장, 위, 대장, 소장 등등 —— 그중에서 특히 조심히 다루어야 할 것은 대장과 방광, 그리고 간에 붙어 있는 쓸개인데요. 이 부위들에 상처를 내면 쓸개즙이나 배설물 같은 것이 쏟아져서 고기에 악취가 배어버리고 애써 한 피 빼기가 허사가 되고 맙니다."

"……아스타. 난 심장과 위 정도밖에 이름을 모르는데?"

"응. 실제로 보면서 익히는 수밖에 없겠지. 그럼 배를 갈라보겠습니다."

"잠깐. 내가 할게." 루도 루가 벽에 걸린 고기 써는 칼을 손에 들었다.

"그래. 그럼 아랫배부터 가슴까지 부탁해. ……아, 처음에 너무 넓적다리 쪽 말고 배 한가운데부터 시작하는 게 좋겠어. 아랫배 쪽에 대장이 있으니 그걸 건드리지 않게 조심하면서 고기 부분만 갈라줘."

"알겠어." 루도 루가 기바의 배에 천천히 칼끝을 찔러 넣는다.

"그대로 가슴까지 갈라. 아랫배 쪽은 조심조심."

루도 루의 이마에도 땀방울이 송골송골 맺혔다.

창문이 있고 덧문도 활짝 열려 있지만 아궁이에 불을 지피고 있는 탓에 실내 온도가 높다.

피와 기름 냄새가 엄청나서 숨이 막힐 지경이다.

하얀 지방에 둘러싸인 기바의 몸뚱이를 손으로 붙잡아가며 루도 루는 칼끝을 신중히 움직인다.

"옳지, 그렇게 하면 돼. 이번에는 고기와 내장 사이에 있는 횡격막을 잘라볼게. 이 막이야. 이걸 떼어내면 내장을 쉽사리 떼어낼 수 있거든."

루도 루는 고개를 끄덕이고, 갈라낸 배 속에 팔과 칼을 집어넣는다.

동물의 배에 손을 집어넣는다는 행위에 이렇다 할 혐오감은 느끼지 않는 모양이다.

다만 무서우리만치 진지하다.

맛있는 고기를 위해서라기보다는 작업에 대한 강한 의지에서 비롯된 것이라고 생각한다.

"잘랐다. 다음은?"

"좋아. 그럼 적출을 해야지. 아랫배부터 시작하자. 이 부분이 대장인데 이건 쉽게 찢어지지 않으니까 그냥 손으로 잡아서 들어내면 돼. 안쪽에 방광이라는 기관이 있으니까 그걸 건드리지 않도록 조심하고."

"응."

물컹물컹한 대장 덩어리가 질질 끌려나왔다.

도중에 위가 걸렸기에 내가 칼로 떼어낸다.

땅바닥에 펼쳐놓은 털가죽 위에 루도 루가 장 덩어리를 얌전히 놓는다.

그러고 나서 심장, 폐, 간 순으로 순조롭게 떼어내고 마지막에 남은 고환과 방광도 적출한다.

"후. 이 방광은 조금만 잘못해도 찢어질 테니 조심하세요. 작은 자루 같은 게 있으면 그걸로 감싸고 나서 칼을 넣는 편이 좋겠어요."

남자들은 말없이 고개를 끄덕인다.

"그럼 해체 작업으로 옮길게요. 모처럼 매달아놓았으니 먼저 몸통을 반으로 가르죠. ……앗, 아니, 틀렸다. 그 전에 우선 목을 절단합니다."

나보다 뛰어난 가죽 벗기기 기술을 지니고 있는 신 루가 두부(頭

部)부터 깔끔하게 가죽을 벗겨주었던 것이다.

이 경우에도 역시 목을 절단한 다음에 등을 쪼개야 한다.

"목살을 칼로 자른 다음 뼈는 톱으로. 톱은 평소 나무를 자르는 데 사용할 테니 냄비에 끓여서 소독해주세요."

이곳 세계에 어떤 세균과 바이러스가 숨어 있는지는 모르지만. 생고기나 썩은 고기는 기피하고 있으니 이 환경에서 가능한한 위생 면에도 신경 써야 할 것이다.

그렇게 두부를 절단하고 나면 다시 등뼈를 세로로 쪼갠다.

이 작업도 나보다 완력이 우수한 숲가의 백성인 만큼 빠르고도 정확하다.

이제 사지를 절단하고 허리 부근에서 가로로 자른 다음, 골반 등을 빼내면 거의 종료다.

"이제 머리 부분이 남았네요. 목둘레살과 볼살을 도려내고——음, 언젠가는 이 텅에도 도전하고 싶은데."

"텅이 뭐야?"

"혓바닥 말이야. 내가 살던 나라에서는 꽤 인기 부위였거든. 이 내장들도 분명 대부분 맛있게 먹을 수 있을 텐데. 하지만 나는 처리법을 모르는 데다 피코잎으로 얼마나 오래 보존할 수 있을지도 모르니까 지금은 보류하고 있어."

"호오. 내장까지 먹는다고? 뼈와 가죽만 남기고 전부 먹어치우는군."

"아니아니. 표면의 털만 태워서 껍질째 먹는 방법도 있고, 뼈는 푹 고아서 국물을 낼 수도 있어. 그야말로 엄니와 뿔만 제외하고 죄다 조리할 수 있을걸."

"엄니와 뿔까지 먹어치우면 진짜 장난 아닌데."

피와 고기와 내장 냄새로 숨이 턱턱 막히는 방 안에서 루도 루는 유쾌하게 웃는다.

정말 기분 좋은 얼굴로 웃는구나, 하고 생각하며 나는 몇 번째인지 모를 "그럼"을 입에 올렸다.

"일단 이것으로 끝났습니다. 피 빼기가 잘되었는지 여부는 먹어보지 않으면 모르지만, 해체 작업만큼은 완벽했습니다. 고기의 분량으로 봤을 때 앞으로 두세 마리 더 있으면 충분하지만, 예를 들어 이 갈비를 인원수만큼 준비하려면 기바가 몇 마리 더 필요하기 때문에 계속해서 협력을 부탁드립니다."

이번에도 남자들은 말없이 고개를 끄덕인다.

"좋아, 그럼 피코잎 속에 묻어둬야겠다. 그동안 신 루 일행은 뿔과 엄니를 잘라줘요."

"그러지."

"……아스타. 이제 이 고기는 정말 맛있어진 거야?"

"응. 피 빼기만 제대로 되었으면 말이야."

덧문짝에 올린 산더미 같은 고기를 식량 창고로 운반하면서 나는 고개를 끄덕여 보인다.

"오늘 저녁 식사에서 시식해보자. 기대되는데."

"……이 녀석은 피 빼기도 내가 했어." 이번에는 수줍은 미소를 보이는 루도 루였다.

"그랬는데 맛있는 고기가 된다면 굉장하지?"

"그러게. ……그런데 너희는 역시 남매구나."

"엥?"

"방금 그 웃는 얼굴이 리미 루하고 꼭 닮았거든."

그 순간 엄청난 기세로 루도 루의 얼굴이 시뻘겋게 달아올랐다.

"무슨 소리야! 내가 그런 꼬맹이와 닮았을 리 없잖아! 웃기는 소리 하지 말라고! 바보야!"

동요하는 모습은 라라 루와 꼭 닮았다.

꼭 닮은 라라 루가 옆에 위치한 부엌에서 빼꼼히 얼굴을 내민다.

"왜 이리 소란스러워? 아스타, 저녁 식사용 포이탄은 다 구워 놨어."

"아, 정말? 그럼 이거 정리하고 바로 그쪽으로……."

여기까지 말했을 때 새로운 무리가 모습을 드러냈다.

백 킬로그램급의 기바를 짊어진 지자 루와 다루무 루였다.

"아스타. 새로이 세 마리를 잡았지만, 피 빼기에 성공한 것은 이 한 마리뿐이다. 이제 어떻게 하면 되지?"

"어, 아, 그럼, 우선 가죽을 벗겨주세요. 곧바로 그쪽으로 갈게요."

"알겠다."

"잠깐! 아스타, 이쪽은 어떻게 할 건데? 쓰레기 같은 포이탄 국물이 산더미처럼 남아 있다고!"

"쓰레기라고 하지 마! 이쪽이 끝나면 바로 그쪽으로……."

"아스타." 그때 가즈란 루티무까지 나타난다.

우람한 팔에 50킬로그램급의 어린 기바를 안은 채.

"나도 오늘의 목표량을 완수했으니 피 빼기에 성공한 것으로 보이는 기바를 가져왔습니다."

환호성이라도 질러줄까 싶었다.

"알겠습니다! 까짓것, 두 마리를 동시에 해치우죠! 그쪽 해체실을 빌려서 가죽 벗기기 준비를 해주세요!"

"아스타!"

"안다고! 그러니까, 저기, 그, 저녁 식사용 냄비라도 만들고 있어! 고기 요리는 내가 지도할 테니까!"

그리고 마침내 식량 창고로 들어갈 수 있게 되었다.

"……다들 너무 빨리 돌아온 거 아니야? 심지어 하루에 세 마리라니!"

"루티무 쪽은 모르지만, 루가에서는 벌써 여섯 마리를 잡았으니까 두 마리 정도는 성공했지. 우리는 그렇게 무능하지 않다고."

"하루에 여섯 마리는 많지 않아? 이 촌락에 예순 명이나 되는 혈족은 없을 거 아냐?"

"본가와 분가, 합해서 서른여덟 명이야. 하루에 네 마리만 잡으면 아리아와 포이탄 분량은 확보할 수 있지. 뭐, 포획 시기가 지나면 또 당분간은 한가로워지고, 아버지 일행은 아직 숲에 남아 있을걸?"

과연.

어쨌든 이 기세라면 연회 때 사용할 고기는 순식간에 확보할 수 있을 게 틀림없다.

남은 고기는 분가에 나누어줘서 피 빼기를 한 고기가 얼마나 맛있는지 알게 하자. 연회가 끝난 후에도 피 빼기와 해체를 일상생활에서 실천할지 여부는 그들의 자유다.

이것이 분명 가즈란 루티무 일행이 말한 '길을 제시'하는 것이라고 생각한다.

선택하는 것은 본인들이다.

누구도 강요하지 않는다.

"왜 그래? 이런 큰일을 괜히 수락했다고 후회하는 거야, 아스타?"

파가의 세 배는 족히 되어 보이는 고기 저장용 공간에서 검은 피코잎을 헤치며 루도 루가 얼굴을 들이민다.

"아니. 수락하길 잘했다고 생각해. 무지무지 힘들지만 말이야."

그러자 루도 루는 씨익 웃더니 팔꿈치로 내 가슴을 쿡쿡 찔렀다.

"난 무지무지 기뻐. 오늘 저녁식사도 혼례식 연회도 기대하고 있어. 내 기대를 저버리면 안 된다, 아스타?"

"알았어. 힘낼게."

그렇게 해서 내 일의 첫날은 서서히 저물어갔다.

6

그리고—— 밤이다.

이것으로 도합 세 번째를 맞는 루가에서의 저녁 식사였다.

이미 가족들은 자리에 앉아 있고 식사용 그릇도 놓여 있다.

등심과 넓적다리 스테이크에, 어깨살로 국물을 우려낸 아리아와 티노 수프. 산더미처럼 쌓인 구운 포이탄—— 그리고 '포이탄 수프'의 시작품(試作品) 1호다.

마지막에 지바 할머니가 자리에 앉자 나는 "저" 하고 소리를 높였다.

"여기 말석 쪽에 있는 냄비는 연회를 위한 시작품입니다. 루가의 저녁과는 별개로 마음 내키는 분만 맛을 봐주세요. 솔직히 말하면 아직 연구 중인 음식이라 맛도 완성되지 않았거든요."

"…………."

"그런데 맛을 봐주시지 않으면 좀처럼 연구도 진척되지 않으니, 최대한 많은 분들이 맛을 봐주셨으면 해요. 거기다 소감까지 알려주시면 아주 큰 도움이 됩니다."

"……네놈은 무슨 말이 그렇게 많아?"

가장님께서 귀찮다는 듯 말씀하셨다.

"이쪽은 힘을 빌려달라고 루티무에게서 부탁받았단 말이다. ……라라, 그걸 모두에게 나눠줘."

"엇?! 왜 나야?"

"네 녀석도 오늘의 아궁이 당번 아니더냐? 가장 가까이 있으니 네가 담아."

얼굴 가득 불만을 드러내면서도 라라 루가 '포이탄 수프'를 나무 그릇에 척척 담는다.

"……파가의 아궁이 당번."

"네. 왜 그러시죠?"

"네놈은 루티무가의 장남과 약정을 맺었다. 루가는 루티무가의 부탁을 들어주었다. 단지 그렇다는 이야기일 뿐, 루가와 네놈 사이에 뭔가 특별한 관계가 시작된 게 아니란 말이다."

"네. 맞습니다."

"……알면 네놈은 네놈의 일을 하라."

그 말은 분명 쓸데없는 일에 신경 쓰지 말라는 뜻이겠지만, 변함없는 위압감에 약간 짜증이 난다.

아니, 어쩌면 아직 내 마음속에 루가에 대한 조심스러움이나 불편함이 남아 있고 그것을 돈다 루가 꿰뚫어 본 것일까.

그렇게 생각하자 더 짜증이 난다. ……나 자신의 미숙함이.

"……숲의 은혜에 감사하며……" 하고 돈다 루가 귀에 익은 말을 중얼거린다.

"……불을 담당한 미아 레이, 사티 레이, 라라, 아스타에게 예를 표하며 오늘 밤 생명을 얻는……."

그렇게 저녁 식사 겸 시식회는 시작되었다.

나는 그 후 기바 두 마리의 해체에 참여했기 때문에 오늘의 식사도 거의 가족의 손으로 만들었다고 할 수 있다.

지바 할머니를 위한 햄버그도 포함해서 고기 요리를 할 때는 내내 자리를 지키고 지도했지만 실제 작업은 여자들이 직접 하도록 했다.

따라서 내가 처음부터 끝까지 직접 만든 음식은 시작품 1호뿐이다.

제일 먼저 말한 사람은 리미 루였다.

"어라? 이건 한 그릇뿐이야?" 이미 불이 꺼진 말석 쪽의 쇠 냄비를 들여다보며 깜짝 놀란 소리로 말한다.

"그래, 이건 어디까지나 시작품이니까. 한 명당 포이탄 3분의 2 정도 분량이지."

"흐음. 그렇구나." 그다지 아쉬워하는 기색도 없이 빈 나무 그릇을 놓는다.

"맛은 어땠어?"

"어? 으음…… 잘 모르겠어."

그렇구나. 잘 모른다면 할 수 없지.

포이탄 국물은 식으면 더 맛없어진다는 정설이 굳어서인지 가족들은 다들 최대한 빨리 시작품을 먹어치운 모양이었다.

표정을 몰래 관찰해보아도── 티토 민 할머니는 미심쩍은 얼굴, 비나 누나는 무표정, 차녀 레이나 루는 곤혹스러운 표정, 루도 루는 명백히 찡그린 표정── 이래서는 앞날이 몹시 불안해진다.

참고로 앞서 시식한 아궁이 당번 세 명의 소감은 "뭔가 부족해"였다.

나머지 남자들의 속마음을 읽어내는 기술을 나는 갖고 있지 않다.

그런 가운데 모두와 마찬가지로 잠자코 식사를 하던 아이 파가 나무 그릇을 내려놓았다.

시작품을 다 먹은 모양이다.

"아, 아이 파, 그거 맛이 어──."

"맛없어."

어라.

어쩐지 몹시 언짢아 보인다.

나는 내내 부엌에 틀어박혀 있었기 때문에 이것이 낮 이후의 첫 대화였건만. 내가 없는 사이 무슨 일이 있었던 걸까?

"……그래서 이 포이탄 국물은 뭐였던 거니?"

한 시간쯤 지나자 이제 슬슬 과반수의 인원이 식사를 마쳤을까 싶을 무렵에 이렇게 질문한 사람은 티토 민 할머니였다.

"네. 예전보다 먹기 쉬운 포이탄 수프를 연구하고 있는데요. 이번에는 기고와 티노와 소금밖에 넣지 않았습니다."

"기고가 들어 있었구나. 전혀 몰랐는걸."

기고의 정체는 지금으로서는 아직 모른다.

다만 내가 느끼기에 가장 가까운 것은 '참마'였다.

끓이면 녹아내려서 점성이 높은 기고 국물이 완성된다. 그대로 먹으면 풍미는 풍부하지만 맛다운 맛은 없다. 그리고 갈지 않았기 때문에 약간의 섬유가 남아 있다.

포이탄과 같이 넣고 끓이면 그 점성이 가루 같은 맛을 상쇄해 주어서인지 제법 마시기가 부드러워진다.

그다음은 여러 종류의 채소와 조합해보고 가장 무난했던 티노를 선택한 후 돌소금으로 간을 맞춘 단계다.

아직은 어디까지나 기초 단계이지만—— 각자의 소감은 다음과 같다.

"흐음…… 못 먹을 건 아니네." 티토 민 할머니.

"싫지는 않지만." 미아 레이 아주머니.

"음식 같지는 않네요." 사티 레이 루.

"잘 모르겠는걸." 비나 루.

"마시기 편해요." 레이나 루.

"만들다 만 느낌." 라라 루.

"……역시 잘 모르겠어." 리미 루.

아니, 뭐, 기초 단계이니까 만들다 만 건 맞지만. 역시 맛있지도 않고 맛없지도 않은 요리라는 소감은 생각해내기 어려운 모양이었다.

역참 마을에서 먹은 고기만두도, 그러고 보니 나는 "보통"이라고밖에 할 말이 없었다.

"왜 이런 걸 먹어야 하는지 모르겠네. 시시한 것 좀 만들지 마. 내가 얼마나 기대했는데."

루도 루는 가장 불만스러운 얼굴로 그렇게 내뱉었다.

하지만 그러고 나서 곧바로 이번에는 씨익 하고 넉살 좋게 웃

는다.

"그 대신 이쪽 구운 포이탄은 엄청나게 맛있었어. 나도 모르게 세 장이나 먹었다니까."

"아, 응! 맛있었어! 폭신폭신하고 쫄깃쫄깃해서 리미도 잔뜩 먹었어!"

심심한지 여기저기 돌아다니던 리미 루가 루도 루 옆에서 동감을 표시한다.

"아, 그쪽에도 기고를 섞어봤거든. 연구 중인 실패작을 구워서 먹어봤더니 식감이 썩 좋아졌더라고."

그러고 보니 오코노미야키에 참마를 섞으면 폭신해진다는 이야기를 들은 것도 같다. 어쨌든 반가운 오산이었다── 하지만 내 주요 과제는 어디까지나 국물로서의 포이탄이다.

그 이후는 구운 포이탄과 고기 요리에 대한 칭찬의 말이 오가더니 아무래도 시작품에 대한 의견 교환은 벌써 끝난 모습이었다.

참고로 현재 아이 파는 지바 할머니의 식사를 돕고 있다. 그 전까지 지바 할머니 곁에 있던 미아 레이 루와 지바 할머니가 식사를 마치면 저녁 식사도 종료다.

"시작품이긴 해도 정말 맛없는 음식을 드시게 해서 죄송합니다. 앞으로도 변함없이 협조해주시면 감사하겠습니다."

마무리를 지을 생각으로 내가 그렇게 말하자 그때까지 침묵을 지키고 있던 지자 루가 "아스타" 하고 내 이름을 불렀다.

"협조에 관해서는 루티무와 가장 돈다 사이에 이야기가 오갔으니 당신이 필요 이상으로 신경 쓸 필요는 없다. 다만…… 조금 전 포이탄 국물에 관해서 나도 의견을 말해도 되겠는가?"

"네, 물론이에요."

"나는 맛의 좋고 나쁨은 잘 모른다. 하나 이런 것을 먹을 바에는 그동안의 포이탄 국물을 먹는 편이 오히려 낫다고 생각했다. ……구운 포이탄이나 그 밖의 음식에 관해서는 결코 그렇게 생각하지 않지만."

"그렇군요……."

아무래도 반응이 나쁘다.

나는 길을 잘못 든 것일까?

그대로 거실에는 침묵이 내려앉고, 드디어 식사를 마친 지바 할머니 곁에서 아이 파가 일어나려 할 때—— 그 목소리가 울렸다.

"……왜 고기가 들어 있지 않지?"

돈다 루였다.

나는 놀란 나머지 잠시 멈칫하고 나서 대답한다.

"이, 이건 어디까지나 시작품이거든요. 고기와의 궁합도 염두에 두고 있지만, 우선 기본을 굳혀야겠다는 생각에 일부러 넣지 않은 겁니다."

"이런 어중간한 음식을 먹고, 우리가 듣기 좋은 말이라도 내놓을 줄 알았더냐?"

특별히 나를 책망하는 말투는 아니지만 늘 그렇듯 언짢은 목소리다.

"우리는 냄비 속에서 모든 것을 끓인다. 그게 가장 간단하거든. 고기를 구워 먹을 때도 채소와 같이 고기를 끓이지. 고기만 먹을 때도 있지만, 채소만 들어간 국물을 먹는 것은 말도 안 된다. ……이런 음식을 두 번 다시 우리에게 먹이지 마라."

돈다 루는 느릿느릿 일어났다.

"저녁 식사는 끝났군. ……나는 잔다."

해산의 신호다.

아궁이 당번은 식기를 정리하고 다른 가족은 각자의 방으로 들어간다. 정말이지 어정쩡한 기분으로 나도 식기를 포개고 있는데, 아이 파가 돈다 루 못지않게 언짢아 보이는 표정으로 돌아왔다.

그러고 나서 "지바 할머니가 부른다"라고만 내뱉고 바닥에 놓여 있던 털가죽 망토를 홱 주워서 곧장 집에서 나가버린다.

아이 파는 오늘 밤 아궁이 당번은 아니지만, 하룻밤 숙식을 제공받은 은혜는 발생하지 않는 걸까? 그게 아니면 손님 취급을 받는 경우에는 오히려 살림살이에 손을 대는 것이 실례에 해당하는 걸까? 아무튼 일전의 빈집으로 돌아가면 왜 그렇게 심기가 불편했는지 물어봐야겠다고 생각하며 나는 지바 할머니의 방으로 향했다.

"아스타, 오늘도 맛있는 음식을 해주어 고맙구나…… 네가 만드는 음식은 정말 맛있단다……."

"아니에요. 오늘의 햄버그는 미아 레이 루가 만든 거예요. 게다가 그 고기를 해체한 사람은 루도 루고요. 나도 내내 지시는 내렸지만 진짜 손가락 하나 까닥하지 않았어요."

"그러니? ……미아 레이는 그런 말은 한 마디도 하지 않던데……."

"분명히 부끄러워서 그랬겠지요."

혹은 자신의 공을 자랑하는 성격이 아닐지도 모른다.

어쨌든 그 아주머니답다.

"그러니 내일부터는 쭉 괜찮을 겁니다. 맛있는 것 많이 드시고 오래오래 사세요, 지바 루."

"기쁘구나. ……참으로 기쁘구나, 아스타……."

마른 나뭇가지처럼 앙상하고 따뜻한 지바 할머니의 손이 내 손을 잡았다.

그 곁에서는 지바 할머니를 침소로 모셔 온 것으로 보이는 레이나 루가 눈물을 글썽인다.

"네가 루가에 빛을 가져다주었단다. 나뿐만 아니라 모두에게 이토록 큰 삶의 기쁨을 안겨주었지. ……축복의 엄니와 뿔이 열 개로 늘어났구나. 그중 하나는 분명 돈다일 테지……?"

"……네." 내가 고개를 끄덕이자 레이나 루가 진심으로 깜짝 놀란 듯 눈을 동그랗게 뜬다.

"저 외고집인 돈다마저 네 힘을 인정할 수밖에 없었던 게로구나…… 넌 정말 훌륭한 사람이란다, 아스타……."

"그렇지 않아요. 난 지금도 반 사람 몫밖에 못하는 미숙한 사람이에요."

그 순간 지바 할머니는 갑자기 앙상한 등을 떨기 시작했다.

"왜 그러세요? 괴로우세요?" 레이나 루는 황급히 그 등을 감쌌지만—— 내게는 할머니가 웃고 있는 것으로밖에 보이지 않았다.

"……그걸 정하는 것은 아스타, 네가 아니라 분명 주변 사람들일 테지. ……암, 넌 네 생각대로 살면 된단다. 지금 그대로 괜찮단다, 아스타……."

"고맙습니다." 나는 머리를 숙였다.

과대평가는 마음이 불편하지만 지바 할머니 같은 사람에게 그런 말을 들었더니, 역시 가슴이 뜨거워진다.

"……그리고 돈다가 했던 얘기 말이다……."

"네?"

"모든 재료를 같이 넣고 끓이는 기바 냄비는 우리에게 생명의 상징이었단다…… 레이나처럼 젊은 아가씨는 모르겠지만, 기바의 고기와, 기바의 엄니와 뿔로 얻은 은혜를 모조리 녹여 넣은 전골을 먹는 행위가 우리에게는 생명을 얻는 행위 그 자체였지. ……그러니 기바 고기가 들어 있지 않은 국물은 아무래도 부족한 느낌일 수밖에 없지 않겠니……?"

"……네."

"그러니 만약 아스타가 우리처럼 옛날 사람을 위해 맛있는 국물을 만들어주려 한다면…… 그 점을 잘 생각하면 도움이 될지도 모르겠구나……."

"네. 고맙――습니다."

뭔가 머리 한구석에서 꿈틀거리는 것이 있었다.

고기. 역시 고기구나.

부드러워서 마시기 편한 국물은 어쩌면 숲가의 백성들은 원하지 않을지도 모른다.

그보다는 어쨌든 고기. 고기가 있어야 진정한 기바 전골.

고기와 채소가 조화를 이룬 기바 전골.

그 근간을 뒤로 미룬다면―― 나머지 나흘 동안 도저히 찾아내지 못할지도 모른다.

"……그럼, 아스타……."

"네. 안녕히 주무세요, 지바 루."

나는 지바 할머니와 레이나 루에게 인사를 하고 다시 뒷정리를 시작했다.

'고기――고기, 고기, 고기라…….'

모처럼 오랜만에 채소로 눈을 돌렸건만 또다시 기바 고기로 되돌아왔다.

하지만 기바 고기는 노력한 보람이 있는 식재료다. 식재료로써의 저력이 엄청난 까닭에 쓰임새도 많은 것이다.

'……그건 그렇고 설마 돈다 루의 말에서 힌트를 얻을 줄이야.'

분하면서도 유쾌한 참으로 복잡한 기분이다.

그러나 결국 마지막까지 침묵을 지킨 사람은 차남 다루무 루 뿐이었으니 실속 있는 시식회였다고 생각한다. 이 상태로 얼마 안 남은 날들도 전력을 다해 달리자. 그렇게 아주 조금 들뜬 기분으로 뒷정리를 마치고 나는 루의 본가를 뒤로 했다.

빌려 온 촛대에 불을 밝히고 쥐 죽은 듯 조용한 밤의 광장을 홀로 걷는다.

'그러고 보니 아이 파는 지바 할머니의 침소에도 들르지 않고 가버렸네.'

그런 생각을 하는 사이 아이 파가 기다리는 빈집에 도착했다.

그런데 덧문을 열자 방 안은 깜깜했다.

"어? 아이 파, 없나?"

손에 든 촛대로 방 안을 비춘다.

아이 파는 있었다.

평소처럼 창가 쪽 벽 앞에 누워 이쪽에 등을 보이고 있다.

혹시 몸 상태가 안 좋은 건가? 저 생명력의 덩어리 같은 아이 파가?

나는 맹렬히 걱정이 되어서 빗장을 거는 것도 제쳐놓고 아이 파의 곁으로 달려갔다.

"아이 파…… 자는 거야?"

대답은 없다.

그런데 우아한 곡선을 뽐내는 등이 거의 움직이지 않는다.

내 경험칙(經驗則)에 따르면 잠들어 있는 사람은 호흡이 더 커지는 법인데 어떻게 된 걸까.

아무튼 나는 불안하고 또 불안해서 참을 수 없었기에 약간의 망설임은 있었지만 일단 아이 파를 깨우기로 했다.

"저기, 아이 파——." 훤히 드러난 어깨에 손을 댄다.

그 순간 엄청난 반응속도로 날아든 손바닥이 내 손등을 가차없이 때렸다.

"아얏! 일어나 있었어? 그럼 대답 좀 하지!"

"……자고 있어."

"아니, 일어났잖아! 저기, 대체 무슨 일이야? 어디 몸이라도 안 좋아?"

어쨌든 나는 아이 파의 목소리를 들었기 때문에 반은 안도할 수 있었다.

그러고 보니 티셔츠가 등에 달라붙을 만큼 구슬땀을 흘리고 있다. 생각보다 훨씬 더 초조했던 모양이다. 아이 파가 이렇게까지 평소와 다른 행동을 보인 적이 없었기 때문에 어찌 보면 당연한 일이다.

그랬는데 만약 시답잖은 일로 토라져 있을 뿐이라면 나도 가만히 안 있겠다는 심경으로 아이 파의 머리맡에 앉았다.

"야. 아픈 거 아니면 일어나서 나 좀 봐. 너 오늘 정말 이상하다니까. 대체 무슨 일이 있었던 거야?"

"……잔다고 말했을 텐데."

"아니, 일어나 있잖아! 너 말이야, 적당히 안 하면 나도 화낸다?"

"……화내?"

어라.

아이 파의 가죽 채찍처럼 탄력 있고 우아하며 여성스러운 곡선을 뽐내는 뒷모습에서 분노의 오라(aura) 같은 게 보이는 건 기분 탓일까.

아니, 물론 기분 탓이겠지. "휘오오오오……"라는 효과음이 들려올 것 같은 분노의 파동이 느껴지지만, 만화도 아니고 그럴 리가 없다.

"……네가, 나한테, 화를 낸다고 말한 건가? 지금?"

으아악.

천천히 상반신을 일으키는 부드러운 몸짓이 마치 야생 표범 같다.

이미 머리를 풀고 있기에 어깨와 등에 흘러내리는 긴 머리카락이 요염하다.

뭐라 말할 수 없을 만큼 무섭다.

"……화가 난 사람은 나다."

파랗게 빛나는 눈동자가 둥근 어깨 너머로 흘끗 나를 본다.

다행이다. 아슬아슬하게 사냥꾼의 안광이 아니다.

하지만 엄청나게 화가 난 상태다.

"왜, 왜 그렇게 화가 났는데? 오늘은 쭉 따로 행동했잖아? 낮에 헤어질 때까지는 별로 화나지 않았잖아?"

그게 아니면 혹시 저녁 무렵에 아이 파가 돌아와서 집에 들어가기 전에 부엌을 엿보기라도 한 걸까, 하고 이리저리 생각해본다.

그렇다고 해도 아이 파의 분노를 살 만한 실수는 무엇 하나 저지르지 않았다.

내 옆에는 세 명의 여자가 있었지만 이렇다 할 해프닝도 없었다. 나중에 참여한 미아 레이 아주머니와는 평소와 같은 느낌이었고, 사티 레이 루와 라라 루와도 적당히 잘 어울렸다고 할 만한 인상이다.

"그래, 역시 난 켕기는 구석이 하나도 없어! 화가 났다면 그 이유를 말해봐!"

"…………."

"응? 뭐라고?"

"……햄버그."

"햄버그? 햄버그가 어쨌는데?"

"……오늘의 저녁 식사는 햄버그라고 했잖아."

뭐?

자세히 보니 아이 파의 입술이 어린아이처럼 삐죽거렸다.

엄청나게 화난 눈초리로, 아이 파는 어린아이처럼 입술을 삐죽이 내밀고 있었던 것이다.

"자, 잠깐! 그런 약속을 했다고? 오늘은 아침부터 아마 민이 찾아와서……."

"……어제 돌아오는 길에 했어."

아.

생각나고 말았다.

역참 마을에서 돌아오는 길. 물가를 지나 조금만 더 가면 그리운 우리 집이 나올 무렵에 "내일은 햄버그로 하자"라고 말했다. 내 입으로 말했다.

그야 이렇게 어린아이처럼 토라진 얼굴로 나를 졸라댔으니까.

"그, 그랬지. 미안! 연구에 너무 몰두하는 바람에 싹 잊고 있었어. 오늘은 남자들한테 해체 순서도 설명하고 여러모로 바빴단 말이야!"

"……약정을 어기는 바보와는 할 말 없어."

그렇게 아이 파는 또다시 벌렁 눕고 말았다.

"약정이라니! 너무 거창하잖아! 야, 그런 일로 그렇게까지 토라지지 마! ……아얏!"

어깨에 손을 올렸더니 또 때린다.

"저기! 미안하다니까! 내일! 내일은 기필코! 이번에는 절대로 잊지 않을게! 아이 파! 아이 파 씨!"

그런 느낌으로.

혼례식 연회를 향한 일의 첫날은 지극히 평온하게 끝을 고했다.

막간 ~예기치 못한 재회~

그로부터 연회를 앞둔 나흘간은 눈 깜짝할 사이에 지나가버렸다.

새로운 메뉴 개발에 힘쓰는 한편으로 남자들에게는 피 빼기와 해체 기술을, 여자들에게는 조리 기술을 습득시키고 거기다 연회 당일 작업 순서까지 구상해야 한다. 이루 다 표현할 수 없을 만큼 다망한 나날이었다.

그래도 숲가의 백성은 남자들도 여자들도 부지런하고 빨리 익혔다. 요령이 좋다거나 능력이 뛰어나다는 이야기가 아니라 아무튼 다들 성실했다. 그것은 분명 '일'에 대한 자세, 더 나아가서는 '집안'에 대한 강한 소속감이 요인일 것이다.

어쨌든 그들은 부지런히 일했다. 집안을 위해, 살기 위해 불평불만도 없이 일한다. 기계 같은 무기질적인 인상이 아니라 그들은 숨 쉬듯 자연스럽게 그러면서도 기쁨과 괴로움을 제대로 품으며, 일이라는 대상을 완수하는 듯한 느낌을 받았다.

'살다'라는 것과 '일하다'라는 것이 직결되어 있는 숲가에 사는 수렵민족에게서만 볼 수 있는 우직함이었을까.

어쨌든 그것은 나한테는 매우 바람직한 환경이며, 또한 그들이 최선의 파트너로까지 생각되었다.

주목할 점은 역시 여자들의 존재다.

사전 준비를 하는 이틀째부터 루의 본가뿐만 아니라 분가 쪽에서도 내게 몇 명씩 보내준 것이다.

하지만 그녀들은 몹시 바쁜 몸이다. 남자들은 사냥을 해야 하므로, 연회를 위해 누각과 간이식 아궁이를 설치하거나 그에 필요한 목재와 석재를 채취하는 일은 대체로 여자들의 몫으로 정해져 있었다.

그런 험한 일을 하는 틈틈이 정체 모를 요리까지 습득해야 하므로 그녀들의 고생도 이만저만이 아니었을 것이다. 간단히 말해, 관례대로 기바 전골이나 고기구이만 마련하기로 했다면 식사 준비는 식재료와 장작의 확보만으로 충분했을 테니, 속으로는 쓸데없이 일거리를 늘려놨다고 생각하는 자도 적지 않을 터이다.

하지만 그녀들에게 스테이크와 햄버그를 시식하게 했더니 놀라움과 기쁨의 감정을 드러내고 이후에는 더욱 흔쾌히 일을 도와주게 되었다.

매일 두세 마리는 피 빼기와 해체에 성공한 기바 고기를 손에 넣은 덕분에 연회에 사용할 분량은 곧바로 확보할 수 있었다. 그 후에는 다섯 군데의 분가에 고기를 분배했는데 그때도 그녀들은 눈물이라도 흘릴 것처럼 기뻐했다.

루의 본가에서도 생각한 것이지만, 역시 남자들보다 여자들이 더 '맛있는 요리'에 대한 관심이 높았다.

하긴, 이상할 것 없는 이야기다. 자신의 일이 가족에게 더 깊은 기쁨과 안식을 가져다준다면 틀림없이 행복할 테니. 그런 생각을 공유하게 된 것만으로도 나는 이 일을 수락한 보람을 느꼈다. 나라는 이방인이 관여함으로써 숲가의 식문화에 나쁜 영향을 줄지도 모른다── 그런 불안과 공포까지 뛰어넘는 충족감을 나는 확실히 얻을 수 있었다.

내 길과 가즈란 루티무의 길은 아마 일치할 것이다.

더 깊은 기쁨을 얻음으로써 가족들 간의 유대가 더욱 깊어지면 좋겠다── 이렇게 말한 나의 적잖이 부끄러운 말을 그는 자신의 혼례 자리를 이용해서 체현할 작정이다, 분명.

남자들이 기바를 사냥하고 피 빼기를 하고 가죽을 벗겨 해체한다.

여자들이 장작을 모으고 향초를 모으고 아궁이에 불을 지펴 고기를 조리한다.

어느 한쪽이 빠져도 맛있는 요리는 완성되지 않는다.

가족이 힘을 합침으로써 그것은 비로소 이루어진다.

그렇게 해서 얻은 깊은 기쁨을 백여 명의 혈족들과 공유하고, 더 끈끈한 유대감, 더 강한 힘을 얻고 싶다고 청년은 생각한 것이다.

그 기대에 보답하기 위해 나는 온 힘을 다해 일했다.

이 가혹한 환경에서 한 사람이라도 더 많은 사람에게, 조금이라도 더 큰 기쁨을 줄 수 있도록 나는 맡은 일을 완수해야겠다고 굳게 다짐했다.

그런 가운데 작은 해프닝이 발생한 것은 연회의 이틀 전——
내가 루의 촌락에 머무른 지 사흘째 되는 날의 오후였다.

◇

"아, 아, 아스타! 큰일이야, 큰일! 잠깐 이쪽으로 와봐! 남자들
이, 큰일 났어!"

그 소동을 내게 알려준 사람은 리미 루였다.

그날도 나는 아침부터 부엌에 틀어박혀서 해가 중천에 걸렸을
무렵에는 햄버그 만드는 법을 여자들에게 가르치는 일에 힘썼다.

"남자들이 왜? 사냥은 이제부터 아냐?"

부엌에는 다섯 명의 여자들이 대기하고 있었다. 레이나 루와
티토 민 루, 나머지는 분가의 여자들이다.

그런 가운데 뛰어 들어온 리미 루는 거의 울 것 같은 표정이
었다.

"이상한 사람이 왔는데! 남자들하고 일촉즉발이야! 다루무 오
빠가 칼을 빼들었다구! 아무튼 큰일 났어!"

내 가슴속에도 긴장이 흐른다.

"이상한 사람이라니? 설마 슨가의 남자야?"

"아니야! 돌의 도시의 사람이야!"

"……뭐?"

"아이 파처럼 아름다운 머리의 남자! 그 사람이 파가는 어디

냐고 물었대!"

나는 깜짝 놀라 멈춰 선다.

금갈색의 머리를 한 돌의 도시의 사람—— 틀림없이 카뮤아 요슈다. 그 외에는 생각할 수 없다.

하지만 왜 그 남자가 숲가에?

"——죄송해요. 잠깐 다녀올게요. 티토 민 루, 아는 데까지만 이라도 좋으니 나 대신 설명해주겠어요?"

"그야 괜찮지만, 넌——."

"가면 위험해요, 아스타!"

레이나 루가 나를 붙잡았다.

리미 루보다 더 울 것 같은 얼굴이다.

나는 잠시 호흡을 가다듬고 나서 레이나의 부드러운 어깨를 가만히 떼어놓는다.

"괜찮아. 위험한 행동은 하지 않아. 걱정 말고 기다리고 있어."

나는 리미 루와 함께 부엌을 뛰쳐나갔다.

집 옆쪽을 달려 나가 대광장에 도착하자 곧바로 그 광경이 보였다.

광장 출구는 사람들로 북적였다.

숲으로 출발할 시각이었던 것이다. 랴다 루의 퇴진에 따라 열 여섯 명으로 감소한 루의 남자들이 그곳에 무리 지어 있었다.

그리고—— 그 강인한 남자들 틈에서 확실히 낯익은 긴 망토 의 색상이 보였다.

"잠깐── 잠깐만요!"

달리면서 나는 소리쳤다.

그러나 돌아보는 이는 없다.

다만 한층 높은 위치에 있는 돈다 루의 얼굴이 곁눈질로 흘끗 이쪽을 본 것 같았다.

"……떠나라! 이곳은 돌의 인간이 올 만한 곳이 아니다!"

이윽고 귀에 익은 목소리가 들린다.

루 본가의 차남 다루무 루다.

다루무 루가 만도를 위로 치켜들고 남자와 대치하고 있었다.

그 남자──.

키만 따진다면 돈다 루와 거의 맞먹지만 몸집은 비쩍 말랐고 마른 몸을 긴 가죽 망토로 감싼, 노인 같기도 하고 아이 같기도 한 신비로운 눈빛을 지닌 남자── 카뮤아 요슈가 표연히 그곳에 서 있었다.

"……여어. 드디어 만났군, 파가의 아스타."

코끝에 닥친 만도의 칼끝을 쳐다보며 그는 여전히 능청스러운 목소리로 말했다.

다루무 루가 한 발자국만 더 다가오면 머리가 깨질 만한 거리다.

그럼에도 불구하고 카뮤아 요슈는 긴 망토 앞섶을 풀지도 않은 채 느긋하게 웃고 있었다.

"자네 집을 물었을 뿐인데 이렇게 되었네. 하나 만나서 다행이군. 음, 나흘 만인가?"

"닥쳐! 너와 이야기하고 있는 사람은 나다!"

다루무 루가 으르렁거린다.

그 눈동자는 불꽃처럼 타오르고 야생 늑대를 연상시키는 얼굴도 격정으로 일그러졌다. 마치 살기의 덩어리 같다.

나는 빙 둘러선 남자들을 우회해서, 대치 중인 두 사람을 바로 옆에서 볼 수 있는 위치에 걸음을 멈추었다.

그 순간 리미 루가 내 왼팔에 매달렸다.

이런 곳까지 따라오다니. 나는 몸을 비스듬히 해서 그 작은 몸을 조금이나마 가려준다.

"아스타, 자네가 말 좀 해주지 않겠나? 결코 이쪽을 해칠 생각은 없다. 나는 단지 《수호자》로서의 일을 미리 조사할 겸 자네들을 만나러 왔을 뿐이네."

"당신은 좀 가만히 있어요! 일이 복잡해질 것 같으니!"

나는 몹시 혼란스러운 와중에도 다루무 루 본인에게 말을 거는 어리석은 짓을 피해, 돈다 루의 거대한 몸을 올려다보았다.

"돈다 루! 그는 나와 안면이 있는 사이입니다! 나흘 전쯤에 역참 마을에 물건을 사러 갔을 때 알게 되었습니다! 선인인지 악인인지는 아직 모르지만—— 적어도 난폭한 사람은 아닐 겁니다!"

"이봐, 이봐. 나처럼 선량한 사람을 붙잡아놓고——."

"됐으니까 당신은 좀 가만히 있으라고요!"

돈다 루는 곁눈질로 내 모습을 쏘아보며 다루무 루의 옆으로 나아갔다.

"도시의 주민. 네놈은 아까 숲가의 마을에 일로 찾아왔다고 말했지."

"네, 네. 이번에 제노스를 떠나는 상단을 동쪽 왕국의 영토까지 수호하는 일이 있지요. 그때 이 마을을 통과할 예정입니다."

아직 평소의 박력을 드러내지 않은 돈다 루이긴 하지만, 그를 상대로 이렇게 나오다니.

키는 비슷할지언정 두께와 너비는 확연히 차이 난다. 마치 큰 곰과 사마귀가 대치하고 있는 것 같았다.

"그런 별난 사람을 보는 것은 약 10년만이군. 10년 전 그 녀석들은 도중에 기바에게 습격당해서 전원이 뒈졌다던데."

"네. 굶주린 기바는 여행자의 식량마저 덮친다고 하더군요. ……뭐, 진짜로 기바에게 습격당했는지 여부는 불명입니다만."

돈다 루의 눈이 가늘어진다.

표정과 태도에 변화는 없지만, 눈꺼풀이 내려간 만큼 시력의 밀도가 높아진 기분이 들었다.

그때 "어이, 바보, 뭐 하는 거야? 너희들" 하고 갑자기 뒤에서 누군가 내 머리를 쿡 찌른다.

뒤돌아보니 루도 루가 반쯤 사냥꾼의 눈빛을 하고 우리 팔을 잡아당겼다.

"좀 더 물러나. 칼을 뽑아 든 사람한테 너무 가까이 가지 마. ……그런데 너 진짜 뭐 하는 거야, 꼬맹이 리미!"

"시, 시끄럽다니까!"

카뮤아 요슈의 볼이 문득 누그러진 것은 그들의 대화가 들렸기 때문일까?

그 결과 다루무 루는 한층 흉악한 표정을 짓고 돈다 루는 눈을 더 가늘게 떴다.

"……도시의 주민에 관련된 일은 일체 족장 집안인 슨가에서 관리할 터이다. 어째서 네놈은 안내하는 인간도 없이 이런 곳을 혼자 돌아다니는 거지?"

"허어. 안내해주겠다는 제의는 분명히 받았지요. 아니, 아니, 그저 미리 훑어보는 것이니 오늘은 혼자서도 괜찮습니다, 하고 대꾸했더니 마음대로 하라며 흔쾌히 승낙하더군요. 슨가 쪽에서 연락은 없었습니까?"

돈다 루는 아주 잠시 눈에 격정의 불꽃을 태우고, 아마도 이 자리에 없는 누군가를 향해 "제기랄" 하고 내뱉었다.

"그래서 파가에는 무슨 용건이지? 네놈들은 무슨 관계냐?"

이것은 나한테 하는 말이다.

결단의 때가 왔다.

무난하게 이야기를 날조하든가 큰마음 먹고 진실을 고백하든가── 아이 파에게 올바른 길은 어느 쪽이지?

"……아스타, 자네 편한 대로 이야기해도 좋네" 하고 카뮤아 요슈가 소곤소곤 말을 건다.

물론 주위에도 다 들린다.

이제 정말 다루무 루에게 찔려 죽는 편이 이야기가 빠르겠군, 빌어먹을 놈, 하고 생각하며 나는 결단했다.

"……역참 마을에서 아이 파와 슨가의 사람 사이에 다툼이 있었습니다. 그래서 위병에게 붙들려갈 뻔한 것을 이 카뮤아 요슈라는 사람이 잘 수습해준 겁니다."

그 순간── 이번에야말로 돈다 루의 눈에 푸른 불꽃이 폭렬했다.

그래도 표정은 변함없이 "그 슨가의 남자의 이름은?" 하고 나직하게 묻는다.

"도드 슨이라고 했습니다. 키는 그리 크지 않지만 체격이 좋은, 각진 얼굴을 한 젊은 남자예요."

"도드 슨── 본가의 차남이군."

돈다 루의 짐승 같은 눈동자가 내게서 카뮤아 요슈로 이동한다.

그 순간 카뮤아 요슈는 빙긋이 웃었다.

"그윽하다고 해야 할지, 설명이 좀 부족하지 않은가? 아스타. 그래가지고는 아이 파와 도드 슨이라는 사람 중 어느 쪽에 죄가 있는지도 전혀 모르지 않나. ……그러니까 말이지요, 도드 슨이라는 사람은 대낮부터 만취한 상태에서 역참 마을 사람에게 칼을 휘두른 겁니다. 그것을 완력으로 멈춘 사람이 아이 파였다, 라는 게 진실입니다. 험담을 늘어놓은 마을 사람에게도 죄는 있지만, 칼은 안 됩니다. 그건 제노스의 법에서도 금지된 행위이니까요."

"…………."

"그런데 그 녀석이 슨가의 사람이라는 특권을 이용해서 죄는 아이 파에게 있다고 위병을 속이려 했지요. 그때 처음부터 끝까지 사태를 지켜보고 있던 내가 위병에게 증언을 해서 일이 무사히 끝난 겁니다. 즉 이렇게 된 일입니다."

"……그래서 네놈은 파가에 무슨 용건이 있다는 거지?"

"아니, 아이 파도 아스타도 참 기분 좋은 사람들이라, 그저 한 번 더 만나서 대화를 해보고 싶었던 것뿐입니다. ……아! 아스타가 몸을 던져 탈라를 구한 얘기를 깜빡했군! 탈라도 자네를 보고 싶어 하던데, 아스타?"

이제 됐으니까 제발 입 다물고 있어달라고 화를 내고 싶을 지경이다.

뭐 하나 틀린 말은 하지 않았건만, 이 남자의 입에서 나오면 죄다 경솔한 느낌이 든다.

"……이 애송이는 할 일이 있다. 네놈 같은 남자와 이야기하고 있을 여유는 없어."

"아, 그렇군요. 안타깝습니다."

"돌아가."

"그래야지요. 그럼 오늘은 단념하겠습니다. ……날을 다시 잡아서 파가를 방문해도 될까요?"

"……돌의 도시의 주민은 함부로 숲가에 발을 들여놓지 말라, 라는 규정이 있을 터이다."

"그렇군요. 다음에는 더 그럴싸한 일이라도 꾸며내도록 하지요."

"네놈……!" 하고 이를 드러낸 사람은 다루무 루다.

이렇게 대화가 오가는 동안에도 그의 만도는 줄곧 카뮤아 요슈의 코끝에 들이닥친 상태였다.

그러나 카뮤아 요슈는 시치미를 떼고 나한테 웃어 보인다.

"아스타. 자네 일은 언제쯤 끝나지?"

"모, 모레가 지나면 끝나는데요, 하지만──."

"그럼 사흘 후에 다시 오도록 하지요."

카뮤아 요슈의 신비로운 보라색 눈동자가 돈다 루를 응시한다.

"나는 서쪽의 백성 《수호자》 카뮤아 요슈라고 합니다. 숲가의 사냥꾼이여, 당신의 이름을 여쭈어도 되겠습니까?"

"……루 본가의 가장, 돈다 루다."

"루가. 돈다 루. 감사합니다. 당신과도 언젠가 술잔을 기울이고 싶군요."

쓰윽 하고 카뮤아 요슈가 물러났다.

황급히 뒤따르려 하는 다루무 루의 어깨에 돈다 루의 두꺼운 손이 놓인다.

"그럼 안녕히."

그렇게 카뮤아 요슈는 떠났다.

나뿐만 아니라 루가의 남자들의 가슴에도 큰 파문을 남기며.

제4장 ★★★ 루티무의 축하연(상)

1

날이 밝았다.

마침내 오늘이 시작되고야 말았다.

가즈란 루티무와 아마 민의 혼례식 연회―― 나의 첫 일의 날이 시작된 것이다.

"오…… 뭐야, 벌써 일어났어?"

루의 촌락의 빈집에서 눈을 뜨자, 아이 파는 벌써 거실 한가운데에 떡 하니 책상다리를 하고 앉아 양손으로 금갈색의 긴 머리를 땋던 중이었다.

"……너야말로 벌써 깬 건가? 일을 시작하기에는 아직 이르다. 더 자둬."

"아니, 일단 깨면 다시 못 자. 피로도 싹 다 풀린 것 같고."

말하면서 기지개를 쭉 켠다.

좋은 아침이다.

기분도 더없이 상쾌하다.

"연회는 밤중까지 이어진다. 낮부터 연회가 끝날 때까지 제대로 쉬지도 못할 테니 좀 더 자둬."

어라라? 웬일로 이렇게 상냥하지?

189

중대한 임무를 맡아버린 날 염려해주는 걸까?

눈을 뜨자마자 아이 파 덕분에 몹시 흐뭇한 기분이 들었다.

"괜찮아. 여기까지 오는 닷새간에 비하면 아무것도 아니야. 이제 내가 만든 길을 더듬어가기만 하면 돼. ……그걸 해내는 게 힘들겠지만."

"그럼 힘을 비축해둬. 더 자."

으응?

어쩐지 너무 배려하는 것 같은 기분이 들었다.

"그러고 보니 오늘은 아이 파도 날 돕는 일에 전념하는 거지? 그쪽도 내가 일어나지 않으면 할 일이 없을 텐데?"

"…………."

"이렇게 아침 일찍부터 대체 어디 가려고?"

"……일하기 전에 루가의 물가에서 목욕할 생각이었어."

들고양이 같은 눈초리로 나를 쏘아본다.

"그러니 넌 자고 있어."

"저 말이야…… 이제 뜻밖의 사고가 일어날 리도 없잖아? 내가 그런 실수를 몇 번이고 되풀이할 만한 남자로 보여?"

"…………."

"보여?! 이거 유감스럽네! ……알겠어. 이번에 또 용서할 수 없는 금기를 어기게 되면 관례대로 내 눈알을 바치면 될 거 아냐."

"……네 눈알 따위 필요 없어."

그럼 혼인을 해야겠네요? 라는 말실수도 하지 않은 채 나는 아이 파와 함께 집을 나섰다.

그러고 보니 아이 파는 오늘 아침을 마지막으로 루의 촌락을 나가 내일 아침까지 자신의 집에서 지낼 계획이었다. "파의 사람인 내가 루티무의 연회에 참석할 자격은 없으니"라나 뭐라나.

그래서 "무슨 그런 어이없는 말을 해!" 하고 나는 아이 파를 요리 조수로 임명하여 이 자리에 남게 할 궁리를 한 것이었다.

지바 할머니와 리미 루까지 참석하는 연회가 벌어지는 마당에 아이 파만 혼자 오도카니 직접 만든 기바 전골을 먹고 있다니, 상상만 해도 견딜 수가 없지 않은가.

가즈란 루티무에게 그 이야기를 했더니 그는 "아스타가 원하는 대로" 하고 흔쾌히 승낙해주었다. 아니, 처음부터 그럴 예정 아니었던가? 하고 약간 의아해하는 듯한 인상까지 받았다. 역시 혈족이 아닌 인간에게 혼례식의 아궁이를 맡길 계획을 하는 혁신파 가즈란 루티무보다 아이 파 쪽이 훨씬 더 완고하고 융통성이 없는 성향이었다는 얘기다.

처음에는 꺼려하던 아이 파이지만 내가 열심히 "파가의 아궁이 당번의 일을 오늘도 완수하게 해줘" 하고 사정하자 결국에는 승낙해주었다.

그런 연유로 우리는 지금 이렇게 어깨를 나란히 하고 루의 집으로 향하는 모습을 체현할 수 있었다.

연회 준비가 완벽하게 갖추어진 대광장의 모습을 바라보며 우리는 느긋하게 걸어간다.

광장에는 총 열 개의 아궁이가 설치되어 있었다.

흰 돌을 쌓아올렸을 뿐인 간이식 아궁이다.

이렇게 지어진 아궁이는 여기저기로 열이 빠져나가기 때문에 내가 습득한 불 조절을 만족스럽게 구분해서 사용할 수가 없다. 따라서 요리는 전부 사전에 각 집의 부엌에서 만들고, 이 간이식 아궁이는 보온을 위해서만 사용하기로 했다.

루의 본가 앞에는 신랑과 신부가 앉을 거대한 누각이, 광장 중앙에는 예식의 불을 피우기 위한 통나무가 각각 쌓아올려져 있다. 이것은 전부 루가의 여자들이 며칠 동안 완성한 것이었다.

학교 운동장의 절반쯤 되는 공간이지만 이곳에 백여 명이나 되는 사람들이 몰려든다면 필시 북적일 것이다.

상상만 해도 두근두근한다.

그리고 한껏 긴장된다.

그만큼의 인원이 내 요리를 먹는 것이다.

자랑스럽고── 그리고 두렵다.

순식간에 이상하리만치 심장박동이 빨라졌지만 옆에서 걷는 아이 파의 옆얼굴을 바라보니 스르르 마음이 차분해졌다.

아이 파의 표정은 평소와 똑같다.

"으음…… 좀 오글거리는 말해도 될까?"

"단호히 거절한다."

"이렇게 아이 파하고 아침부터 쭉 함께할 수 있다는 건 역시 마음이 무지무지 차분해지는 일이야."

"······그래서 물가까지도 따라가고 싶다는 소린가?"

"아니야! 이제 그만 그 생각에서 벗어나!"

아이 파는 아이 파답지 않은 몸짓으로 어깨를 움츠렸다.

"이 닷새 동안이 특별했던 거다. 어차피 내일부터는 원래 생활로 돌아가잖아."

"응. 그건 또 그거대로 무지무지 반가워."

나를 노려보는 아이 파의 얼굴에 희미하게 핏기가 올라온다.

실은 나도 상당히 쑥스러웠지만 어쩐지 이긴 기분이다.

"한데, 내일은 카뮤아 요슈라는 남자가 우리 집을 찾아온다지?"

"아, 그러게. ······그런데 혼자서 숲가에 들어오다니 그 아저씨는 도대체 어떤 정신 상태인지 몰라. 조금만 삐끗하면 다루무 루한테 베일 상황이었잖아, 진짜."

"············."

"음?"

"다루무 루의 실력으로는 그 남자를 베지 못해."

아침부터 이야기가 위험한 방향으로 흘러가고 말았다.

이러저러해서 높이 2미터는 되어 보이는 거대한 누각을 돌아서 루의 본가에 도착하자, 손도끼를 손에 든 티토 민 할머니가 마침 현관에서 나오던 참이었다.

"어머, 꽤 빨리 왔구나, 아이 파와 아스타. 손녀딸들은 모두 물가에 있단다. 아이 파도 다녀오지 그러니."

아이 파의 시선이 내 볼을 힘차게 찌른다.

절대로 또 절대로 접근하지 않습니다! 하고 주장하고 싶지만 티토 민 할머니가 있는 자리에서는 그것도 불가능한 이야기였다.

"아스타는 부엌이지? 나도 뒤쪽에 갈 참이니 안내해줄게."

"고맙습니다. 아침부터 장작을 패시는군요. ……죄송해요, 아궁이 불을 활활 지피는 바람에."

"아닌 게 아니라, 이런 엄청난 기세로 장작이 줄어드는 건 처음이란다. 패고 또 패도 따라잡을 수가 있어야지."

"정말 죄송해요."

"농담이란다. 모든 것은 맛있는 요리를 위해서잖니."

방긋, 이라기보다는 푸근, 이라고 할까, 아무튼 그런 미소였다.

내 아버지는 본가와 사이가 나빴고 어머니는 일찍 부모를 여의었기 때문에, 내게는 할머니와 할아버지의 기억이 없다.

늘 밝고 상냥한 데다 매우 침착하고 조용한 위엄까지 겸비한 티토 민 할머니는 정말 멋진 할머니라고 생각한다.

지바 할머니의 아들과 티토 민 할머니 사이에 돈다 루가 태어나고, 돈다 루와 미아 레이 아주머니 사이에 일곱 남매가 태어나고, 장남 지자 루와 사티 레이 루 사이에 코타 루가 태어나고 —— 그렇게 맥맥이 루의 피는 이어진다.

'나머지 여섯 명의 혼례가 열린다면 오늘처럼 축하연 아궁이 당번을 맡아보고 싶네.'

하긴, 돈다 루가 가장인 데다 지자 루가 후계자인 이상 그런 망상이 이루어질 리 없겠지만. 그런 망상을 품을 정도로 나는 이 닷새 동안 루가의 사람들에게 강한 애정을 품게 되었다.

"그럼 물가를 빌리겠다." 마지막에 나를 한 번 노려보고 나서 아이 파는 녹음이 짙은 골목길 너머로 가버렸다.

일종의 귀띔도, 어떤 장치도 정말 아무것도 아니라, 여자들이 돌아올 때까지 물가에는 절대로 접근하지 않겠습니다, 하고 나는 마음속으로 맹세하기로 한다.

그런 내 상념을 알지 못한 채 티토 민 할머니는 "자, 마음껏 사용하려무나" 하고 부엌, 식량 창고, 해체실 문을 조금씩 열어주었다.

좀 번거로운 습관이지만, 아침 일찍은 이렇게 그 집안의 사람이 문을 열어주어야만 한다. 바깥에서는 잠그거나 여는 장치가 존재하지 않는 숲가의 마을 특유의 습관이다.

자──.

연회 개시는 저녁 무렵이다.

따라서 그때까지 모든 조리를 끝내야 하지만, 이 시간부터 해두어야 할 작업은 딱 하나밖에 없다. 이날을 위해 완성한 새 메뉴, '기바 고기와 타라파 스튜'의 밑 준비다.

포이탄을 액상 그대로 맛있게 먹으려면 어떻게 해야 할까?

내가 내놓은 답이 바로 이것이다.

최종적으로 내 파트너가 되어준 것은 참마 같은 '기고'가 아니라 토마토 같은 '타라파'였던 것이다.

이 녀석은 다른 요리에 비해 조리하는 데 시간이 꽤 걸리기 때문에 일찍 시작하는 것이 가장 좋다. 완성해놓으면 나머지는 연회 때 데우기만 하면 될 뿐만 아니라 미리 만들어놓기에도 가장 적합한 메뉴다.

우선 식량 창고에서 어제 따로 구분해둔 아리아 자루를 옮겨 온 다음, 전부 잘게 썬다.

물론 향미 채소로 사용하는 것이지만 이 단계부터 양이 보통이 아니다. 여하튼 상대는 백 명이기 때문에 아리아의 수는 50개다.

나무 그릇에 한 그릇씩이라도 좋으니 연회장에 있는 전원이 먹었으면 좋겠다. 그렇게 생각했더니 이 메뉴는 쇠 냄비에 가득 네 개의 냄비를 만들어야 한다는 사실이 판명되었다.

그런 까닭에 양파 같은 아리아를 마냥 썬다. 썰고 또 썰고 마구 썬다. 이 녀석이 진짜 양파였다면 벌써 폭풍 눈물을 흘렸을 것이다. 하지만 아리아는 눈이 따갑지 않기 때문에 마냥 썬다.

십여 분 후 모조리 썰고 나서야 알아차렸다.

쇠 냄비가 없다!

그렇구나. 여자들이 목욕을 하는 김에 어제의 저녁 식사 그릇을 정리하고 있다.

맞아, 그랬지, 그런데 지금 내가 물가로 향한다면 분명 정신 상태를 의심받을 것이다. 하지만 젖은 머리의 레이나 루가 갓 씻은 쇠 냄비를 황급히 가져와준 덕분에 그런 비극은 일어나지

않았다.

"미, 미안해요! 아스타가 벌써 요리를 시작했다는 말을 듣고 급한 대로 하나만 씻어 왔어요!"

"고마워, 레이나 루. 마침 필요했는데."

한창 목욕하던 중에 왔는지 평상시에는 땋아서 늘어뜨리는 긴 흑발을 풀어서 늘어뜨린 레이나 루가 어쩐지 다른 사람처럼 보여서 깜짝 놀랐다.

거기다 어머니들처럼 한 장짜리의 긴 옷으로 몸을 감싸고 있는 것이 신선하다.

"아, 미, 미안해요! 이런 망측한 차림으로……."

얼굴을 붉히는 레이나 루이지만, 노출 수위는 오히려 낮아졌다.

"저…… 다 씻고 나면 나머지 냄비도 바로 가져올 테니……."

"걱정 마. 물가에는 절대로 안 갈 테니까."

레이나 루는 후우 하고 안도의 한숨을 내쉬더니 "그럼 실례할게요" 하고 달려간다.

그렇게까지 걱정하다니, 조금 상처 입은 마음으로 나는 아궁이에 불을 지피고 쇠 냄비를 데워 기바의 지방을 떨어뜨린 후 잘게 썬 아리아를 투입한다.

과연 50개 분량은 많기 때문에 다섯 번에 나눠서 볶기로 했다.

반투명한 황색이 될 때까지 꼼꼼하게 익히고, 마지막에는 향을 내기 위해 과실주도 붓고, 알코올이 증발할 때쯤 나무 그릇에 떠 담는다.

이 작업을 다섯 번 반복하면 다음은 고기 차례다.

넓적다리와 어깨 부위를 15킬로그램씩, 합계 30킬로그램. 이 또한 어마어마한 양이다. 이것을 전부 한입 크기로 깍둑썰기 한다.

고기를 다 썰었을 무렵 새로운 쇠 냄비가 아장아장 걸어왔다.

리미 루다.

"오래 기다렸지! 나머지 두 개는 언니들이 가져올 거야!"

"그래. 고마워."

리미 루는 목욕을 제대로 마친 모양이다. 적갈색 머리는 착 가라앉았지만 옷은 평상시 차림새다.

"벌써 스튜 준비를 하는 거야? 리미도 도울래!"

"아. 그래? 그럼 타라파를 가져와줄래? 어제 새로 여덟 개를 사달라고 부탁해놨거든."

"타라파 말이지? 알겠습니다! ……에헤헤."

"응? 왜?"

"아니. 아스타가 제대로 된 사람이라 다행이다 싶어서."

그 말을 남긴 채 쪼르르 식량 창고로 달려가는 리미 루.

으음?

그건 아침 일찍부터 미리미리 일을 하고 있는 것을 가리키는 말일까?

그랬으면 좋겠다고 생각하면서 나는 기바 고기를 굽는 작업에 착수했다.

표면이 노릇하게 구워지면 그것으로 충분하다. 쇠 냄비의 크기를 활용해서 계속 구워나가고 다 구워지면 나무 접시에 담아 놓는다.

말로 하면 간단하지만 분량은 30킬로그램이다. 부엌은 순식간에 고기와 기름의 강력한 냄새로 가득 찼다.

아무튼 다음은 향미가 아닌 건더기용 아리아다. 이쪽도 양은 50개인데 쐐기 모양으로 마냥 썬다.

그사이 부지런히 일하는 리미 루 덕분에 옆 작업대는 여덟 개의 타라파로 채워졌다.

타라파는 호박 크기만 한 토마토 같은 채소다.

생긴 것도 울퉁불퉁해서 호박과 비슷하다.

그런데 색깔이나 맛은 토마토와 거의 똑같다.

일단은 전력 외 통고를 받았던 이 채소에 최종적으로는 국물 맛을 맡기게 되었다.

"아리아, 굉장하다! 리미도 썰까?"

"아, 그 전에 티노와 찻치를 가져다줬으면 하는데. 자루에 들어 있는 거 전부."

"알겠어!"

아침부터 활기차고 착하며 사랑스러움 가득한 리미 루다. 이런 아이가 딸이나 여동생이었다면 정말 눈에 넣어도 안 아플 것이다.

그렇게 생각하고 있자니, 다른 자매들과 아이 파가 쇠 냄비와 식기를 들고 돌아왔다.

그럭저럭 눈알을 도려내지 않고 넘어갈 수 있었다.

"자, 가져왔어! ……나 참, 네가 요리를 시작한다는 말을 들었을 땐 두근두근했다니까" 하고 라라 루가 내 귀에 대고 속삭였다.

역시 그래서 레이나 루를 파견한 거였구나, 하고 나는 어정쩡하게 웃어 보인다.

"……오늘은 오지 않았더라……?" 비나 누나도 내 귀에 대고 속삭였다.

진짜로 갔다면 얼굴이 홍당무가 되었을 거면서 대체 무슨 말을 하는 건지, 이 누나는.

"우리는 미아 레이 어머니 일행의 일을 교대해야 하거든. 그 일이 끝나면 도우러 올게."

"고마워, 라라 루."

"……이제부터 미아 레이 어머니 일행이 목욕을 하거든. 무슨 말인지 알지?"

알고 있습니다요, 진심으로.

아니, 정말 날 뭐로 보는 건지.

그때 "아이고, 무거워" 하고 리미 루가 돌아왔다.

약간 커다란 양상추 정도의 질량인 티노가 여섯 개 정도 들어 있는 자루인데, 쇠 냄비도 나르는 리미 루에게는 그리 부담이 될 만한 무게일 리가 없다. 자루가 빵빵하게 부풀어 올라 리미 루의 조그마한 몸으로는 들기 어렵겠지만.

이보다 더 사랑스러울 수는 없다.

"아스타, 기다렸지! 이제 찻치만 가져오면 되네?"

"내가 가져오지. 리미 루는 써는 걸 도와주는 게 어때?"

"응!"

아이 파는 재빨리 식량 창고로 향하고 리미 루는 벽에 걸려 있던 채소용 조리칼을 집어 든다.

이처럼 정말 성실한 숲가의 백성이다.

한 번 순서를 파악하면 놀라우리만치 순조롭게 작업을 진행한다.

"그럼 리미 루에게 티노를 맡겨볼까. 크기는 알지?"

"응, 한입 사이즈! 사이즈의 뜻은 모르겠지만!"

리미 루는 즐거운 표정으로 조리칼을 휘두른다.

연장자인 세 명은 식기를 정리하더니 문 밖으로 사라지고, 그와 교대로 아이 파가 찻치 자루를 메고 돌아왔다.

"찻치란 이거 맞지? 난 뭘 하면 되지?"

"아, 그럼 그거 껍질을 벗겨줘. 손으로 쉽게 벗겨지거든."

찻치란 노란 껍질을 지닌 귤 같은 과실이다.

그러나 껍질을 까면 속에서 미끈미끈한 하얀 구체가 튀어나온다.

따라서 아이 파가 아무렇지도 않게 힘을 주자, 역시 하얀 알맹이가 미끈미끈하게 튀어나왔다.

"앗" 하고 외마디 비명을 지른 후 아이 파가 내 다리를 걷어찬다.

"왜 날 차는 건데!"

"······시끄러워."

"아하하" 하고 리미 루가 웃는다.

어느새 나와 아이 파와 리미 루의 삼인조다.

마냥 마음이 온화하기 때문에 억울하게 다리를 맞은 것은 불문에 부쳐주겠다.

"다 깠으면 점액이 없어질 때까지 물로 씻어줘."

찻치는 식량 창고에서 발견한 새 멤버다.

생긴 것은 아무리 봐도 감귤류이지만 알맹이는 감자와 흡사하다. 감자를 쏙 빼닮은 포이탄을 제쳐놓고 맛도 식감도 똑같다.

아이 파가 씻어준 찻치를 우선 두 개로 쪼갠 다음, 한 면이 3센티미터가 되도록 한입 크기로 썬다.

이것으로 드디어 밑 준비가 끝났다.

잘게 썰어서 향미용으로 볶은 아리아 쉰 개.

쐐기 모양으로 썬 아리아가 마찬가지로 쉰 개.

한입 크기로 썬 찻치 서른 개.

마찬가지로 한입 크기의 티노 여섯 개.

표면을 구운 기바 고기의 넓적다리와 어깨살이 합계 30킬로그램.

그리고 거대 토마토 같은 타라파 여덟 개.

얄미운 포이탄에 손을 대기까지 우선은 이 녀석들을 조리해야 한다.

반대로 말하면 이만큼의 식재료를 꺼내지 않으면 포이탄을 공략할 수 없다는 이야기다.

'지금의 나한테는 이게 최선이야.'

물에 녹인 밀가루처럼 걸쭉하고 마시기 불편한 포이탄 국물.

어째서 포이탄은 이렇게도 성가신 걸까?

나는 그 답을 적은 조미료 때문에 싱거워지는 간에 있다고 가정해보았다.

숲가에서는 돌소금과 피코잎, 그리고 기껏해야 과실주 정도밖에 조미료가 될 만한 것이 없다. 따라서 간은 아무리 해도 싱거워지기 마련이다. 고기와 채소에서 양질의 국물이 나오지만 그것만으로는 좀처럼 포이탄의 독특한 맛과 느낌을 중화하기가 어려웠다.

그러다 나는 스튜의 존재에 생각이 미쳤다.

스튜는 밀가루 때문에 걸쭉해지는 성질을 이용한 요리다.

그러나 숲가에서 구할 수 있는 식재료로 비프스튜나 크림스튜를 만들어내기는 당연히 어렵다.

그때―― 타라파라는 채소의 강한 맛에 주목한 것이다.

타라파는 내가 아는 토마토보다 더 신맛이 강했지만, 향미 채소로 쓰이는 아리아, 와인과 비슷한 과실주, 검은 후추와 비슷한 피코잎을 사용하면 이탈리아풍 토마토소스 같은 맛은 낼 수 있다. 그것을 기본 맛으로 하고 나는 독자적인 스튜를 만들기로 결심했다.

말하자면 이것은 《츠루미야》에서도 인기 메뉴였던 '비프스튜'와 '토마토 조림을 곁들인 햄버그'의 레시피를 조합한 오리지널 요리다.

"좋아. 두 사람 모두 나머지 아궁이에도 불을 지펴줘. 너무 과하지 않은 센 불로."

그렇게 말하면서 나는 벌써 따뜻하게 데워진 쇠 냄비에 재료를 4분의 1씩 가늠해 집어넣는다.

양파 대신인 아리아. 양배추 대신인 티노. 감자 대신인 찻치. 이상의 세 종류다.

아리아가 숨이 죽으면 기바 고기를 투입하고 여기에 과실주도 한 병 통째로 부어주었더니 달콤한 향기가 부엌을 가득 메웠다.

보글보글 한 번 끓인 다음 거품을 걷어내고 국자로 물을 듬뿍 부어준다.

기준은 쇠 냄비의 8할 정도.

물을 부은 다음에는 아궁이 불을 약한 불로 조절한다.

물이 절반으로 졸여질 때까지 두 시간이나 끓여야 한다.

부용(bouillon, 육류, 생선, 채소 등을 넣고 맑게 우려낸 프랑스식 육수) 같은 것이 없기 때문에 재료에서 충분히 국물을 우려낼 작정이었다.

같은 순서로 세 개의 냄비를 공략하다가 마지막 냄비에서 손이 멈춘다.

"아. 리미 루, 이 과실주는 다른 요리에 쓸 거야. 미안하지만 다른 과실주와 교환해줄래?"

"응? 어라? 그러고 보니 병 모양이 약간 다르네."

그것은 지난번에 카뮤아 요슈로부터 받은 과실주였다.

뭔가 쓰임새가 없을까 싶어서 사흘 전쯤에 아이 파에게 부탁해 집에서 가져왔지만, 이 녀석이 나설 차례는 아직 한참 멀었다.

리미 루가 새로 가져다준 과실주를 부어넣고 마지막 냄비까지 마무리하자 드디어 일단락되었다.

저마다 땀을 닦아내며 우리는 입구 근처까지 가서 몸을 잠시 식히기로 했다.

거품을 걷어내고 장작도 일정 간격으로 보충해주어야 하기 때문에 너무 떨어진 곳에 있으면 안 된다.

"굉장하다. 포이탄하고 타라파까지 사용했네. 리미는 이렇게 여러 채소를 한꺼번에 넣은 기바 전골은 본 적이 없어!"

"그런 것 같네. 오늘은 축하의 날이니만큼 특별하게 먹는 거지."

다양한 식재료를 섞어 끓인, 생명의 상징이라고 할 만한 기바 고기와 채소 전골.

그중에서도 아리아와 포이탄은 건강하게 살기 위한 필수 음식으로 여겨졌다.

그것은 분명 저렴한 가격 때문에 정착된 습관에 불과하겠지만 —— 80년이나 이어져 내려온 습관을 무리하게 부정할 필요는 없다. 먹기 불편한 재료라면 먹기 편하게 조리하면 된다.

그래서 나는 포이탄을 끓이는 게 아니라 바짝 졸인 끝에 구워서 먹는 방법을 고안했지만. 포이탄하면 끓인 국물이라는 형태로밖에 먹은 적 없는 사람들에게는 고형의 포이탄이 어쩌면 이형의 존재로 보일지도 모른다.

그 사람들을 위해 고민하고—— 지바 할머니와 돈다 루의 '모든 것을 넣고 끓이는 생명의 상징'이라는 말에서 깨달음을 얻어 도달한 것이 '기바 고기와 타라파 스튜'였다.

지금은 비프스튜의 요령으로 고기와 채소를 뭉근히 끓이고 있다.

그다음에는 타라파를 졸여서 기본 맛이 되는 타라파 소스를 만들어낸다.

여기에 포이탄을 집어넣고 스튜의 모양을 갖춘다.

원래는 밀가루를 버터로 볶아서 브라운 루를 만들고 싶었지만 잘되지 않았다. 애초에 버터와 비슷한 재료가 존재하지 않은 데다 가루 상태로 만든 포이탄을 기바 기름으로 볶았더니, 부지지 눌어붙기만 하고 아무것도 되지 않았다.

그런데 생 포이탄을 넣기만 해도 걸쭉함이 생긴다.

또 그 편이 '모든 것을 넣고 끓이는 생명의 상징'이라는 개념에도 들어맞는다.

그래도 너무 안이한 방식은 아닐까, 하는 생각도 들었지만 결과적으로는 잘되었다. 포이탄의 양만 실수하지 않으면 실로 스튜다운 질감을 얻을 수 있었던 것이다.

닷새라는 한정된 시간 속에서 내가 있는 힘을 다 낸 결과가 바로 이것이다.

이것은 이른바 전채 요리다.

그다음에 이어지는 햄버그와 등갈비와 구운 포이탄이라는 이 형의 요리를 먹기 전에, 먼저 스튜로 한 명이라도 더 많은 사람들의 마음을 누그러뜨리고 싶은 생각에서 준비한 메뉴였다.

결과는 신만이 아신다.

"비싼 채소를 듬뿍 사용해서 호화로운 요리를 만들다니, 나도 평소에는 이렇게 만들지 않지만. 뭐, 경사스러운 자리니까 기꺼이 그렇게 한 거야."

"좋은 것 같아! 엄청나게 맛있었거든! ……어쩌면 리미는 아스타가 가르쳐준 요리 중에서 이 스튜가 가장 좋을지도 모르겠네."

"그렇구나. 그럼 언니들이 시집 갈 때 만들어줘."

"엥? 아스타가 만들어주는 거 아니었어?!"

'쾅쾅'이라는 글자가 보이리만치 충격을 받은 리미 루였다.

"아니, 그야 루가는 나한테 혼례식 아궁이를 맡길 리가 없잖아? 돈다 아버지의 기질을 생각해봐."

"에잉! 괜찮아! 왜냐하면……." 여기서 리미 루는 이 천진난만한 소녀에게는 드물게 장난꾸러기 같은 표정을 지었다.

"……그저께 스튜를 먹었을 때 돈다 아버지의 얼굴, 못 봤어? 무헉, 이라고 말했잖아. 무헉, 이라고."

"말했지. 난 냄비를 뒤집어엎는 줄 알았어."

"아니야! 그건 말이야, 너무 맛있어서 깜짝 놀랐을 때 나는 소리야! 엉겁결에 '맛있다!'라고 말해버릴 뻔했을 거야, 분명해."

"그런가. 상상이 잘 안 되네."

"틀림없다니까! 리미는 알 수 있어! ……그러니 리미가 시집갈 때는 꼭 만들어줘야 해?"

나는 그만 말문이 막혔다.

슬쩍 곁눈질로 살피자—— 아이 파는 조용히 홀홀 타오르는 아궁이 쪽을 응시하고 있다.

기대로 빛나는 얼굴로 나를 올려다보는 리미 루의 자그마한 머리에 손을 얹고, 나는 말했다.

"그렇구나. ……그때는 꼭 내가 만들어주고 싶어."

그날까지 내가 이곳 세계에 있을 수 있다면.

2

이따금 장작을 추가하면서 셋이서 도란도란 이야기를 나누고 있자, 드디어 라라 루와 비나 루가 돌아왔다.

"여어, 쇠 냄비가 도착했어."

두 사람은 그 말처럼 손에 쇠 냄비를 하나씩 들고 있었다.

루의 분가에서 빌려 온 것이다.

일곱 채의 집 가운데 부엌이 가장 큰 곳은 역시 이 본가였기에 이곳을 본거지로 삼기로 했다. 그러나 가장 중요한 쇠 냄비가 네 개뿐인 데다 그 냄비들은 일찌감치 스튜를 만드는 데 쓰였기 때문에, 분가의 쇠 냄비와 일손을 어느 정도 이곳 본가에 집결시키기로 한 것이다.

지금까지는 교대로 도와주었던 분가의 여자들도 오늘만큼은 총출동해서 도와주기로 예정되어 있다. 아니, 현시점에서 이미 포이탄을 바짝 졸이는 작업과 채소를 잘라서 나누는 작업이 분가에서도 시작되었을 터이다.

어느 집에서 무슨 요리를 조리하는가. 그것을 위해서는 이 집에 얼마큼의 냄비와 몇 명의 일손을 모아야 하는가. 완성 예정 시각부터 역산하여 작업 시간을 짜는 과정이 나에게는 가장 골치 아팠다.

"이 냄비는 뭐에 쓴다고 했지? 스튜용 타라파였나?"

"그렇지. 모처럼 일손이 있으니 그것도 해치울까나. 이게 끝나면 낮까지는 제법 편해질 거야."

끓이기 담당은 아이 파와 리미 루에게 맡기고, 나는 라라 루 일행과 밖에 있는 아궁이에서 토마토소스가 아닌 타라파 소스를 마무리하기로 했다.

이쪽도 양은 무시무시하지만 조리 방법은 간단하다.

맨 처음에 볶아놓은 잘게 썬 아리아와, 큼직하게 썬 타라파를 과실주와 함께 졸이고, 마지막에 소금과 피코잎으로 간을 맞출 뿐이다.

욕심 같아서는 마늘과 바질이 있었으면 하지만 소스로는 합

격일 것이다. 스튜 형태로 만들어내는 것은 상당한 품과 시간이 들지만, 이대로 고기에 뿌리거나 채소와 끓이는 등 여러모로 응용해주었으면 한다.

"신기하네. 그렇게 시었던 타라파가 이렇게 하는 것만으로 굉장히 먹기 편해졌어."

부글부글 끓어오르는 새빨간 타라파가 눌어붙지 않도록 휘젓개를 저으면서 라라 루가 중얼거린다.

"아리아와 과실주의 단맛 덕분이지. 더 빨리 생각해냈어야 했는데."

이 닷새 동안 라라 루가 나를 대하는 태도는 상당히 부드러워졌다.

입이 험한 것은 성격이겠지만 흥분하는 일이 없으면 제법 솔직하고 귀여운 여자아이다.

"아, 그러고 보니 라라 루는 타라파를 싫어했나?"

"응. 그런데 이제 좋아졌어."

이 상태다.

이 소녀에게 상당한 기세로 미움을 받았었지, 하고 생각하던 나는 이런 아무렇지도 않은 대화만으로 마음이 따뜻해진다.

그런데—— 그때 불온한 눈길을 뺨 언저리에 느끼고, 나는 그쪽을 돌아보았다.

몹시 쓸쓸한 표정을 띠고 있던 레이나 루가 갑자기 눈을 피한다.

……뭐지? 이런 장면에서 차가운 시선을 보내오는 건 아이 파

의 전매특허일 텐데.

"뭐야, 벌써 시작한 거야? 덥다, 더워. ──어이, 아스타, 목욕이라도 하러 가자. 여자들은 다들 끝났잖아?"

"아니, 난 나중에 할게. 이걸 완성해내면 일단락되거든."

"아궁이 두 개에 사람이 세 명이나 달라붙을 필요는 없잖아? 아니면 너희들, 아직도 아스타가 없으면 아무것도 못하는 거야? 남자들은 벌써 다들 기바를 해체할 수 있게 되었거든?"

"참 시끄럽네! 목욕이든 뭐든 하고 오든가. 아스타 따위 필요 없어!"

이 상황에서 왜 내가 상처를 받아야 할까.

"그래요. 냄비는 우리가 보고 있을 테니 다녀와요." 레이나 루가 눈가에 약간 쓸쓸한 그늘을 드리우며 미소 짓는다.

"알겠어. 그럼 같이 다녀오지. ……어머니 일행은 진짜 목욕을 다 마친 거지?"

"미혼이 아니면 데릴사위로 못 들어오는데?"

"아니, 그러니까……."

"아버지와 지자 형한테 살해당할 뿐이라고."

"그러니까! 확인하고 있잖아!"

"아, 저, 사티 레이 일행은 이미 목욕을 마치고 돌아왔으니 우리가 이쪽에 와 있는 거예요……."

홍조 띤 얼굴로 레이나 루가 머뭇머뭇 말한다.

안 되겠다. 이 멤버라면 아마 레이나 루가 가장 불리한 제비를 뽑게 될 것이다. 냉큼 물가로 가야겠다.

실내에 있는 아이 파 일행에게도 한마디 일러두고 나서 루도
루와 함께 건물을 떠난다.

"그런데 목욕하러 같이 가자니 웬일이야? 루도 루."

"으음. 좀 물어볼 게 있어서."

두 발을 아무렇게나 차듯 걸으며 엷은 색의 눈동자로 나를 바
라본다.

"그 일, 물어봤어?"

"그 일이라니?"

"'제물 사냥'."

"아."

아뿔싸.

까맣게 잊고 있었다.

이 멍청이!

물론 다망한 나날이긴 했지만 그런 것이 변명거리가 될 수는
없다.

아이 파는 혼자의 몸으로 사냥을 하고 있을 터인데 기바의 포
획량이 너무 많다. 루도 루는 내게 '제물 사냥'을 하는 건 아닌가
하고 귀띔을 해주었고── 게다가 '제물 사냥'의 내용을 알고 싶
으면 아이 파에게 직접 물어보라는 말까지 해주었다.

어째서 이런 중요한 일을 잊어버렸을까. 자신의 아둔함에 한
숨이 나온다.

그러나 실제로는 아직 그것이 얼마나 중요한 사항인지 나는 모른다. 다만 '제물 사냥'이라는 불길한 울림과, 그 말을 입에 올렸을 때의 루도 루의 심각해 보이는 표정에 덩달아 불안해졌을 뿐이다.

이렇게 된 이상 불안을 부추긴 장본인에게 캐물을 수밖에 없다.

"미안. 까맣게 잊고 있었어. ……있지, 그 '제물 사냥'이 도대체 뭐야?"

"안 물어봤으면 됐어. 궁금하면 가장한테 물어."

"아니, 그런데 그건 다른 사람이 들어도 되는 얘기야? 오늘은 하루 종일 내 곁에는 누군가 있을 것 같은 상황이거든."

"여자라면 괜찮을걸? 어차피 들어도 무슨 뜻인지 모를 테니까. ……단 아버지의 귀에는 들어가지 않게 하는 게 좋겠네."

"그럼 못 물어보잖아. 리미 루한테 입막음 같은 건 하기 싫어."

또다시 곁눈질로 나를 본다.

몹시 귀찮다는 듯한 표정이다.

"어쩔 수 없지. ……'제물 사냥'이란 기바를 끌어들이는 열매를 이용한 옛날 사냥 방식이야. 그 열매를 깨뜨리면 기바가 아주 좋아하는 냄새가 퍼져서 기바가 다가오지. 그냥 그뿐이야."

"흐음? 내용에 비하면 무시무시한 이름이네?"

"……그 냄새를 맡으면 기바가 어마어마하게 흉포해지는 모양이야. 보통 그 녀석들은 멀리서 사람 그림자를 발견하면 도망가지만, 그 냄새가 묻은 사람이라면 기뻐 날뛰면서 돌격한대."

"아…….."

"자신의 생명을 제물로 바칠 수밖에 없는 사냥 방식이라서 '제물 사냥'. 그렇게 사냥했다가는 목숨이 몇 개 있어도 모자랄 판이니 지금은 아마 아무도 안 할걸."

"…………."

"그러니 분명 아이 파 녀석도 안 하겠지. 그런데도 엄청난 수의 기바를 잡아들이고 있는데. 어떻게 하면 혼자서 그렇게 많이 포획할 수 있는지 살짝 물어보고 싶다니까."

"……그, 기바를 끌어들이는 열매라는 건……."

"웅?"

"달콤한, 꽃 같은 향기가 나는 건가?"

루도 루가 눈뿐만 아니라 얼굴을 돌려 이쪽을 보았다.

그 눈이 미심쩍다는 듯 가늘어졌다.

"몰라. 난 기바를 끌어들이는 열매 따위 본 적 없으니까."

"그렇구나……."

아이 파에게서만 느껴본 달콤한 꽃 같은 냄새.

어쩌면 그게 기바를 끌어들이는 열매의 냄새라고 한다면…….

"뭐, 아버지는 생명을 소홀히 하는 녀석을 질색하니까 기바 끌어들이는 열매를 사용하는 사냥꾼이 있다면, 아마 호의적이진 않겠지."

"……음."

215

"그런데 난 존경스러워. 그렇게까지 해서 기바를 사냥하려는 녀석이 있다면 훌륭하다고 생각해. 어리석긴 하지만 멋있기도 해. 존경스러워."

"…………."

"아스타" 하고 갑자기 내 멱살을 움켜쥔다.

약간 선이 가는 소년의 얼굴이 눈앞에 다가온다.

"그러니 너도 존경해. 그런 사냥꾼이 있다면 걱정하지 말고 존경하라고."

"…………알겠어."

루도 루는 깨끗하게 손을 놓고 또다시 건들건들 걷기 시작한다.

나는 한숨을 억지로 참고 머리에 두른 수건째 머리를 쥐어뜯었다.

그 무렵이 되어서야 드디어 루가의 물가라는 표시인 덧문이 보인다.

"아, 오늘도 덥겠구나"라나 뭐라면서 루도 루는 덧문 너머로 들어섰다.

나는 부엌에서 기다리는 아이 파를 생각하며 루도 루를 따라 발을 내딛──.

그리고 꺄, 하고 소리 지를 뻔했다.

"어? 있었네, 지자 형, 다루무 형."

있었다, 지자 형과 다루무 형이.

어떤 의미에서는 돈다 루보다 대하기 어려운 루 본가의 장남과 차남이.

루도 루는 아랑곳없이 입고 있던 것을 훌렁훌렁 벗더니, 마지막에 목걸이만을 소중하게 좌르륵 놓았다.

그곳은 수심이 무릎 정도밖에 차지 않는 작은 개울이었다.

주변은 바위 밭이다. 뒤쪽은 꽤 높은 절벽인데 그 꼭대기에는 숲의 그림자가 보인다.

개울에 두 명의 사냥꾼이 들어앉아서 손바닥과 작은 천으로 갈색의 알몸을 한창 씻고 계시는 중이었다.

"앗, 차가워!" 하고 그곳에 뛰어든 루도 루가 신나서 소리를 지른다.

신나지 않는다.

신이 날 수가 없다, 나는.

지자 루는 흘끗 내 쪽을 보고 나서 다시 묵묵히 몸을 씻기 시작했다.

다루무 루는 한순간 두 눈을 번뜩이더니 역시 묵묵히 몸을 씻기 시작한다.

이 상황에서 어떻게 신이 나겠는가.

하지만 이대로 도망칠 수도 없는 노릇이라, 나도 입고 있던 것에 손을 댈 수밖에 없었다.

조끼를 벗고 티셔츠도 벗고 모든 것을 벗고 나서 마지막에 목걸이를 놓는다.

그렇게 두 분의 뒤쪽 하류에 가만히 허리를 숙였다.

"왜 그렇게 무서운 표정을 하고 있어! 다루무 형! 오늘은 경사스러운 연회라고!"

루도 루가 물속에 있던 오른발을 번쩍 올렸다.

그러자 튀어 오른 물보라가 쏴아, 하고 다루무 루의 머리에 쏟아진다.

으아아아아, 하고 나는 졸도할 것만 같았다.

다루무 루는 한순간 기능 정지한 후에 다시 아무 일도 없었다는 듯 몸을 씻기 시작한다. 내 자리에서는 표정을 살필 수 없는 것이 또 무섭다.

그건 그렇고—— 정말이지 무슨 몸이 이럴까, 숲가의 남자란 녀석들은.

나 역시 최근 한 달간은 몸을 혹사했기 때문에 지방이 빠진 만큼 근육이 붙어서 날렵해졌는데도 몸무게가 늘어나는, 인생 최고의 근육질 몸매로 변신을 이룩했다고 생각했건만, 그들과 비교하면 비실비실하고 마른 개나 다름없다.

우선 골격부터 다르다. 어깨 폭은 넓고 가슴은 두꺼운 데다 팔다리와 목이 시원하게 쭉 뻗었다.

그리고 상당히 날렵한데도 등 근육이 엄청나다.

균형 잡힌 체형이기에 옷을 입고 있으면 스마트해 보일 정도인데다 필요한 근육만 잘 발달되어 있어서 군살이 전혀 없다. 아이파에게서 느껴지는 것과 마찬가지로 기능미 넘치는 유선(流線)의

집합체인 것이다.

자세히 보면 손목이 두껍고 손이 크다. 손가락이 길 뿐만 아니라 손바닥 자체가 크고 두껍다. 악수라도 한다면 내 손은 간단히 으스러질 것 같다.

그리고── 아이 파와 마찬가지로 갈색의 피부에는 무수히 많은 흰 흉터가 빛나고 있다.

기바한테 찔리면 생명이 위험할 테니, 그 흉터는 밀림이나 바위 밭을 이동할 때 자연스레 입은 상처가 대부분일 것이다.

이것이 숲가의 사냥꾼이다.

"뭘 그렇게 멍하니 있어? 오늘은 일생일대의 큰일을 치르는 날인데?"

그 말과 함께 엄청난 물보라가 쏟아졌다.

루도 루가 내 눈앞으로 다이빙한 것이다.

"깨끗이 씻어두라고! 안 그래도 경사스러운 루티무의 연회이니까!"

"아, 알고 있어. ……넌 아침부터 기운이 넘치는구나, 루도 루."

"응? 으후후후후. 그야 당연하지! 이렇게 매일 맛있는 밥을 먹고 있으니 당연히 기운이 나지! 지금이라면 한 손만으로 기바를 들어 올릴 수 있을 것 같아!"

정말 즐겁게 웃는 루도 루였다.

이런 표정을 하면 여자아이처럼 귀엽다.

그의 몸도 야생동물처럼 잘 단련되어 있지만, 적어도 키는 나보다 작고 형님들만큼 골격도 튼튼하지 않다. 힘겨루기로는 당해내지 못할 테지만 어쩐지 안심이 된다.

"이제 루의 본가 여자들은 걱정 없어. 닷새간의 저녁 식사를 만들 때 난 거의 손도 대지 않았고 햄버그 만드는 법도 여러 번 복습했으니 내일부터도 쭉 맛있는 요리를 만들어줄 거야."

"…………."

"응? 왜?"

"아스타는 말이지, 툭하면 바로 '내가 없어도'라고 말하네. 그럴 때면 정말 화가 나."

"어? 아니, 하지만 난 루가의 아궁이 당번을 쉽게 맡을 수 있는 입장이 아니니까. 여자들끼리 맛있는 요리를 만들 수 있다는 건 반가운 일 아냐?"

"그건 아는데! 그런 얘기가 아니잖아?!"

철써덕, 철써덕, 하고 수면을 강하게 때린다.

어쩐지 정말 어린아이 같다.

"아스타" 하고 그때 처음으로 지자 루가 입을 열었다.

"마침 잘됐군. 오늘 안으로 당신에게 해두고 싶은 이야기가 있었거든."

"네. 뭔데요?"

"……당신은 내일, 그 카뮤아 요슈라는 돌의 도시의 남자와 만나는가?"

우람한 육체를 비스듬히 이쪽으로 향하고 지자 루가 실처럼 가느다란 눈으로 나를 본다.

"네. 그쪽에서 찾아올 테니 만나게 되겠지요."

"그렇군. ……숲가는 출입이 금지되어 있는 땅은 아니다. 함부로 발을 들여놓지 말라는 약정은 제노스의 영주와 맺어졌지만, 그것은 오히려 돌의 주민을 위험에 노출되지 않게 하기 위한 약정이었다. 따라서 그 남자가 다시 찾아오더라도 우리에게 그것을 방해할 권리는 없다는 뜻이다."

"……네."

"한데 난 돌의 주민이 숲가에 간섭하는 것을 좋게 보지 않는다. 슨가의 인간을 보면 알 수 있듯이 도시의 문화는 숲가에 타락밖에 가져다주지 않았기 때문이다."

"…………."

"아스타. 당신에게서 느껴지는 것은 돌의 인간의 분위기다. 당신은 돌의 도시에서 살아야 한다—— 이런 내 생각은 어딘가 잘못되었는가?"

지자 루가 이렇게까지 정면으로 내 처우에 대해 이야기한 것은 이번이 처음이었다.

숲가의 관습에 어긋나는 가즈란 루티무의 행동을 지자 루는 어떻게 받아들였을까. 솔직히 말해 돈다 루보다 더 못마땅하게 생각지는 않았을까—— 이런 생각은 물론 나도 가지고 있었다.

"잘못되었는지는 모릅니다. 하지만—— 난 역참 마을보다 숲가의 마을을 더 좋아합니다."

따라서 나는 그런 식으로 대답할 수밖에 없었다.

"그렇구나" 하고 지자 루는 일어난다.

"가즈란 루티무는 나에게도 소중한 친족이다. 그의 혼례식이 무사히 끝나기를 나는 누구보다도 강하게 바라고 있다."

그 말을 남긴 채 지자 루는 덧문에 걸어두었던 천으로 몸을 닦고 옷을 입고 나갔다.

"……아스타는 저럴 때의 지자 형하고 제대로 대화하는구나. 난 흉내도 못 내겠는데."

루도 루가 부루퉁한 말투로 말했다.

"응. 난 아직 저 사람의 무서움을 잘 모르나 봐. 굉장한 박력이긴 하지만 어떻게 무서워해야 할지 모른다고나 할까."

"뭐야 그게? 난 아버지보다 지자 형이 더 무서울 지경인데. ……저, 다루무 형, 왜 형들은 아스타를 싫어해? 맛있는 음식도 만들어주고, 가끔은 이해가 안 갈 때도 있긴 하지만, 평범하게 좋은 녀석이잖아?"

그 말은 가슴에 몹시 사무치지만, 내게는 다루무 루를 그렇게 허물없이 대할 수 있는 루도 루가 더 굉장하다는 생각이 든다. 하긴, 형제라면 이게 당연할지도 모르지만.

예상대로 다루무 루는 아무 말도 없이 내 쪽을 거들떠도 안 보고 지자 루와 마찬가지로 일어나 가버렸다.

"으음. 진짜 미움받고 있네, 아스타는."

"응. 알고는 있어."

"그런데 다루무 형의 경우에는 아스타를 무서워하는 것처럼 보이기도 해."

"뭐? 그건 아니지! 저 사람은 내가 아무리 발버둥 쳐봐야 절대로 못 이긴다고!"

"남자들 중에서 아스타한테 질 녀석은 없어. ……만약 완력 싸움이라면 말이지."

그렇게 루도 루는 물속에서 책상다리를 하고 나를 향해 돌아앉았다.

"신기하네. 아스타는 이렇게 비실비실 약해 보이는데도 아무도 무서워하지 않는단 말이야. 지난번 혼례 전 축하연 때도 우리 아버지보다 강해 보일 정도였으니."

"아하하. 그거 영광이네."

"손."

"응?"

"손 보여줘."

"손?" 나는 오른 손바닥을 내밀어본다.

내 손에 루도 루의 손바닥이 착 포개어졌다.

"아유, 쪼그매. 여자 같네."

콰쾅! 하고 리미 루처럼 의성어가 튀어나온 것 같았다.

나보다 몸집이 작을 터인 루도 루는, 나보다 훨씬 커다란 손가락과 손바닥을 지니고 있었다.

어쩌면 1년 후쯤에는 루도 루가 날 내려다볼지도 모르겠다.

그렇게 생각했더니 몹시 슬퍼지고 말았다.

그래도—— 숲가에서 1년 후를 맞이할 수 있다면 정말 행복한 일이겠지만.

3

그로부터 아무 일 없이 두 시간 정도가 흘러 네 개의 냄비도 무사히 익었다.

수분도 문제없이 절반 정도 증발했다.

여기에 타라파 소스를 넣는다.

과실주로 살짝 불그스름해졌을 뿐인 냄비가, 타라파 소스를 넣자 단숨에 새빨갛게 물든다.

아리아로 완화되었기는 해도 여전히 신맛이 강한 타라파의 향기가 부엌에 확 퍼졌다.

"좋아. 포이탄도 넣어야지. 절대로 수량을 틀리면 안 된다?"

포이탄은 냄비 하나당 열 개. 그 이상 넣어버리면 가루 같은 맛이 강해져서 텁텁해진다.

감자처럼 생긴 포이탄에 칼집을 넣어 한 개씩 투입한다.

이런 약한 불에서도 포이탄은 쉽게 뭉크러지고 녹아버린다.

신기한 식재료다.

밀가루와 비슷하지만, 멧돼지 고기와 기바 고기, 양파와 아리아, 토마토와 타라파 정도로 서로 비슷한 것은 아니다.

즉—— 이곳 세계에 오지 않으면 맛보지 못했을 식재료다.

비슷한 것이 없기 때문에 조리법을 찾으려 고생하고, 고생했기 때문에 왠지 애착이 간다.

그런 생각을 하는 사이, 열 개의 포이탄은 흔적도 없이 녹아버렸다.

토마토색이었던 색채가 분홍과 주황의 중간 정도 색채로 변해 간다.

그것을 공들여 휘저으면서 마지막에 또 돌소금과 피코잎으로 간을 맞추고——.

이것으로 드디어 완성이다.

두 시간에 걸쳐서 끓였기 때문에 찻치는 속까지 파근파근하다.

티노와 아리아도 부드러워서 씹을 필요조차 없을 정도로 스르르 입속에서 부서진다.

그리고 기바 고기다.

한입 크기로 토막 냈어도 전혀 질기지 않다.

어깨살은 입속에서 부스스 무너지고, 넓적다리 고기는 기분 좋은 식감만이 남아 있다.

그런 다양한 맛이, 약간 신맛이 강한 타라파에 감싸이고 서로 어우러져—— 뭐라 형언할 수 없는 감칠맛을 퍼뜨린다.

과연 품과 시간을 들인 보람이 있어서, 지금 기준으로 내 마음속에서도 기바 요리의 최고봉이라고 할 만한 요리일지도 모른다.

하지만 이것은 가정 요리가 아니다. 연회를 위한 호화로운 요리다.

연회가 있으면 이런 호화로운 요리를 먹을 수도 있다.

혼례식 연회가 한결 기쁨으로 넘치게 된다.

그리고 호화를 누리기 위한 동전이 필요하다면 더욱 열의를 가지고 사냥꾼 일에 임하지 않을까—— 이것이 바로 내 머릿속 콘셉트였다.

가즈란 루티무와 그 친촉들에게 전해졌으면 좋겠다고 생각한다.

"좋아. 조금만 더 끓이고 불을 끄자. 각자 눌어붙지 않도록 잘 저어주세요."

네 개의 아궁이에 나, 아이 파, 레이나 루, 라라 루가 서 있다.

자리를 얻지 못한 리미 루가 지그시 나를 올려다본다.

말은 없지만 커다란 눈망울이 반짝반짝 빛난다.

"……맛." "볼래!"

말이 다 끝나기도 전에 대답이 나왔다.

맛보기용 나무 숟가락으로 스튜를 조금만 뜬 다음 내려다보니 사랑스러운 소녀가 입을 벌리고 기다리고 있다.

아, 처음 만난 날 밤이 떠오르는구나, 회상에 젖으며 그 입에 나무 숟가락을 넣어주었다.

"맛……있다……."

얼굴이 흐물흐물하다.

그러더니 또다시 뚫어지게 나를 쳐다본다.

그러고 보니 그날 밤도 두 입쯤 달라고 졸랐었다.

분명 리미 루는 세 입째를 요구할 만큼 욕심이 많지는 않을 것이다. 그렇게 생각하며 이번에는 넓적다리 고기와 찻치 조각을 얹은 것을 후후 불고 있는데 "이봐!" 하고 뒤에서 누군가 내 머리를 때렸다.

"꼬맹이 리미의 응석 좀 받아주지 마! 연회의 분량이 부족해지잖아!"

"그렇게 많이 안 먹는걸! 라라 언니는 선머슴……" "자아" 하고 크게 벌린 입에 나무 숟가락을 집어넣는다.

리미 루는 나무 숟가락을 입에 문 채 황홀한 표정을 짓고, 라라 루는 눈썹을 추켜올린다.

"뭐야! 비겁하게! 나도 아까부터 계속 참고 있었단 말이야!"

"어? 참았어? 맛보기라면 얼마든지 해도 되는데. 아궁이 당번의 특권이니까."

"그런 건 진작 말했어야지! 꼬맹이 리미, 그거 내놔! 숟가락!"

"아? 어떻게 할까나."

이 정도 다툼이라면 귀엽지 싶어 흐뭇한 기분으로 지켜보고 있는데, 누가 내 티셔츠 자락을 쭉쭉 잡아당겼다.

옆자리 냄비 속을 정성껏 휘젓고 있던 레이나 루가 머뭇머뭇 나를 보고 있다.

"……아니, 자 먹어요."

레이나 루의 얼굴이 활짝 빛났다.

어쩐지 지극히 훈훈한 가정이다.

그러나 이렇게 느긋하게 보낼 수 있는 시간도 지금뿐이다. 오후가 지나면 이 땅도 전쟁터로 변하기 때문에 지금 정도는 사이 좋은 자매와 평온하게 보내도 천벌은 받지 않을 것이다.

"……오전에 할 일은 이것으로 끝인가?"

오랜만에 아이 파가 입을 열었다.

"그래" 하고 대답하니 한 번 끄덕이고 나서 리미 루에게 손짓한다.

"그럼 난 일단 집으로 돌아간다. 리미 루, 교대해주겠어?"

"응! 그런데 집에는 뭐 하러 돌아가는 거야?"

"식량 창고의 고기를 섞어야 해. 하루라도 거르면 피코잎이 상하니까."

그렇구나. 그쪽의 휘젓는 작업도 있었다.

"기다려. 이것만 끝나면 나도 짬이 나니까 같이 가자."

"왜지?" 아이 파는 고개를 갸웃거린다.

"고기를 섞기만 할 뿐이니 혼자서도 충분하다. 넌 쉬고 있어."

그 말을 남긴 채 아이 파는 냉큼 부엌을 나가버렸다.

"으음…… 아이 파는 우리가 싫은가?"

그 말을 꺼낸 사람은 라라 루다.

"그렇지 않아." 내가 그 말을 부정해 보인다.

"딱히 싫어하는 것처럼 보이진 않아. 아이 파는 그저 사람과 친해지는 데 시간이 걸릴 뿐이라고 생각해."

"그런데 난 아이 파가 리미나 지바 할머니 외의 사람과 제대로 대화하는 걸 본 적이 없는데도? 싫어하는 게 아니라면 관심이 없는 거네."

다소 토라진 표정이다.

어쩌면 라라 루는 아이 파와 친해지고 싶은 게 아닐까 생각한다.

"뭐, 그래도…… 2년 전 혼사 얘기는 라라 루 일행도 알고 있지? 그 탓에 돈다 루와는 미묘한 관계가 되어버렸으니, 아무래도 루가의 사람들과는 거리를 두는 습관이 몸에 배어버린 거 아닐까."

"그런데 넌 우리한테도 자연스럽게 대하잖아."

"그야 내가 바보니까."

"응, 그건 알아."

알고 있었구나.

"하지만 이제 와서 돈다 아버지도 혼사 얘기는 꺼내지 않잖아. 그리고 리미와 지바 할머니하고 사이좋게 지낼 정도면 우리를 피할 이유는 없지 않아? 그러니까 역시 우리한테 관심이 없는 거야."

"아니, 그러니까── 친해지는 데 시간이 걸리는 성격이라서 그래."

"너희는 시간이 걸렸어? ……아니, 친해?"

"으음, 어려운 질문이네!"

사이가 좋고 나쁨을 떠나서 나는 그 정도로 아이 파를 대하기가 어려웠던 기억은 없다. 비교적 이른 단계부터 서로 거리낌 없이 말을 주고받았던 것 같다.

그러나 지금은 당연하다는 듯 함께 살고 있지만, 처음에는 내가 문제를 일으키면 아이 파가 책임을 져야 하니 당분간은 나를 거두어들인다는 그런 이야기였을 터이다.

그럼에도 불구하고 나는 아이 파를 만난 지 일주일이 지났을 무렵에는 돈다 루의 코를 납작하게 해주고 싶다는 말을 입에 올렸다. 그것은 아이 파의 입장에서는 폐가 되는 행위였을 텐데도 —— 아이 파는 나와 같은 정도 혹은 나보다 더 돈다 루에게 적개심을 품고 내 요리가 폄하된 것을 분하게 생각해주었다.

아이 파는 보기와는 달리 감정의 진폭이 크기 때문에 나는 특별히 그것을 이상하게 생각하지 않았는데, 그러고 보니 불특정 다수의 앞에서는 거의 감정다운 감정을 드러내지 않는 아이 파이기도 하다.

그리고 아이 파는—— 내게 "사라지지 마"라고 말해주었다.

'으음…… 이거 안 되겠는데.'

나와 아이 파의 관계성 따위 타인에게는 설명할 방도가 없어 보인다.

그리고 아이 파가 없는 곳에서 그런 이야기를 하는 것은 아이 파에 대한 배신 행위라고밖에 생각되지 않는다.

그런 까닭에 나는 라라 루에게 "미안. 역시 잘 모르겠어" 하고 머리를 숙였다.

라라 루는 "쳇" 하고 혀를 차더니 대각선 뒤쪽 아궁이에 서 있는 언니 쪽으로 시선을 옮긴다.

"레이나 언니는 어떻게 생각해? 레이나 언니도 나처럼 아이 파와는 거의 말해본 적도 없잖아?"

그런 질문을 받아도 난처할 거라고 생각했지만, 레이나 루의 대답은 뜻밖일 정도로 빨랐다.

심지어 그 대답은 "난 지금도 아이 파가 루가로 시집오면 좋겠다고 생각해"였다.

"왜?" 하고 뜻밖이라는 듯 반문하는 라라 루에게 미소 짓더니 흘끗 내 쪽을 본다.

"그야 리미와 지바 할머니가 이렇게나 좋아하니까, 아이 파는 분명 멋진 사람일 거란 생각이 들고…… 게다가 그렇게 하면 파가의 사람도 루가의 친족이 될 수 있잖아?"

으음…… 나는 또다시 내심 당황하고 만다.

속마음을 밝혀준 것은 기쁘지만, 나이 차이가 나는 리미 루와 라라 루와 달리 동갑인 레이나 루는 역시 좀 대하기 까다로운 것 같다.

적어도 그다지 순순히 "고마워"라고는 대답할 수 없는 내용이었다.

"리미는 어느 쪽이든 상관없는데."

아이 파로부터 넘겨받은 휘젓개로 열심히 냄비 속을 휘저으면서 밝은 목소리로 리미 루가 말했다.

"가족이나 친족이 아니더라도 아이 파와 아스타는 정말 좋은 걸! 조금만 집이 가까웠으면 더 좋았을 텐데!"

이러니 내가 리미 루를 좋아하는 것이다.

언제까지나 이대로 아이 파의 곁에서 미소를 보여주었으면 좋겠다.

"친해질 상대라면 언젠가 자연스럽게 친해질 거야."

라라 루에 대한 무난한 권유로 나는 이 대화를 중단하기로 했다.

4

전투는 시작되었다.

드디어 해가 뉘엿뉘엿 기울기 시작한 것이다.

"그럼 어제 설명한 방법대로 티토 민 루의 조(組)는 고기를 썰어 나누기, 레이나 루의 조는 아리아를 잘게 썰기, 미아 레이 루의 조는 포이탄 굽기 작업을 부탁합니다."

루의 본가에 열한 명의 여자가 집결했다.

이곳 루의 촌락에서 사는 여자들의 약 절반이다.

그 열한 명을 세 조로 나누어 각각의 일에 임하도록 한다.

티토 민 할머니와 비나 루를 포함한 다섯 명은 스테이크와 햄버그용 고기를 썰어 나누기.

레이나 루와 리미 루를 포함한 네 명은 햄버그용 아리아를 잘게 썰기.

미아 레이 루와 라라 루는 바깥 아궁이에서 오로지 포이탄만 굽는다.

사티 레이 루는 그녀처럼 아기가 있는 분가로 가고 그곳에서 교대로 아기를 돌보며 역시 포이탄을 굽고 있을 터이다.

아무튼 백 명분이다.

게다가 남자들은 여자들의 갑절은 먹는 자가 많다.

따라서 단순 계산으로 150명분의 고기와 포이탄을 굽기로 했다.

스튜로도 웬만한 양은 소비하고 있지만 고기의 경우에는 어떻게 분배될지 모르고. 포이탄은 1인당 반 개만큼도 사용하지 않았다.

그리고 이처럼 큰 연회에서는 다 먹지 못할 만큼의 음식을 제공하는 것이 통례라고 들었기 때문에 이번에는 스튜에 사용된 분량은 계산하지 않기로 했다.

평소에는 청빈함을 고수하는 숲가의 백성에게도 역시 연회는 특별한 것이다.

그렇다면 이쪽도 마구마구 구울 뿐이다.

그런 까닭에 150명분이니까——.

고기는 1인분을 5백 그램으로 계산해서 75킬로그램분.

포이탄은 두 개로 계산해서 3백 개.

그 만큼의 양을 마구 구워내기로 결정했다.

그리고 본가에 이어 규모가 큰 두 군데 분가에는 조촐한 새 메뉴 '채소볶음' 담당을 부탁해두었다.

이쪽도 스튜에 쓰인 아리아를 계산하지 않기로 했기 때문에 1인분에 세 개씩이므로 무려 450개나 되는 아리아를 소비해야 한다.

끓이거나 볶거나 하면 부피가 줄어드는 아리아이기는 하지만, 역시 아리아 하나만으로는 젓가락이 가지 않을 것이다.

따라서 볶음 요리에 적합해 보이는 양배추와 비슷한 티노와, 피망과 비슷한 프라도 각각 넉넉히 사용해서 채소볶음을 만들어 스테이크와 햄버그에 곁들이기로 한 것이다.

하지만 채소볶음으로도 한 사람당 아리아 세 개는 많은 데다 국물이 스튜 하나만 있어서는 아무래도 불안했기에, 마찬가지로 세 종류의 채소와 기바 고기를 넣고 끓인 수프도 제공하기로 했다. 아리아 한 개, 혹은 조금 더 많은 양을 수프에 사용했다.

물론 그 수프에도 기바 고기는 들어 있기 때문에 고기 요리와 스튜와 합하면 120킬로그램 이상의 고기를 사용했을 터이다.

단순 계산으로 이 정도라면 여자들은 한 사람당 8백 그램, 남자들은 1.6킬로그램의 고기를 먹게 되기 때문에 과연 충분하다고——생각하고 싶다.

어쨌든 전체 메뉴는 이렇다.

- 기바 고기 스테이크(넓적다리, 등심, 등갈비)
- 기바 고기 햄버그
- 각종 채소를 넉넉히 사용한 타라파와 기바 고기 스튜
- 기고를 섞은 구운 포이탄
- 세 가지 채소볶음
- 세 가지 채소와 기바 고기 수프

혼례식 연회의 아궁이 당번을 맡은 나의 최종적인 결론이 바로 이것이었다.

제법 묵직한 메뉴로 구성되는 바람에 기바의 냉 샤부샤부라도 추가할까 생각했지만. 어쩐지 사냥꾼의 연회에는 어울리지 않는 것 같았고, 루티무가의 사람들에게 의논했더니 "차가운 것보다는 뜨거운 것이 좋다"라는 의견도 받았기 때문에 이대로 가기로 했다.

그리고 여담이지만, 갈비는 뼈를 발라서 제공하는 게 좋겠느냐고 의논했더니 단 루티무가 "절대로 안 된다!" 하고 강력하게 부정하고 나섰다.

"뼈를 잡고 뜯어먹어야 맛있지 않느냐!" 하고.

그날 밤의 단 루티무처럼 흥분하는 사람이 있으면 큰일이라고 생각했지만, "남으면 전부 내가 먹겠다!"라는 말씀까지 하셨기에 쓸데없는 걱정이었던 모양이다.

그런데 이 닷새 동안 루가의 촌락에서는 이미 기바의 몸통은 버리기 아까운 고기라는 인식이 뿌리내리기 시작했다. 조리 연구와 요리 연습에 참여한 분가의 여자들이 남은 고기를 기꺼이 가지고 돌아가, 그것을 집에서 가족에게 대접하고 남자들의 고정관념을 깨부수는 데 성공한 것이다.

물론 혁신파의 대표인 가즈란 루티무도 자신이 잡은 기바로 똑같은 행위에 힘쓰고 있을 테니 루티무가 쪽도 걱정은 없다.

그리고 아이 파는 '몸통 고기 따위는 문토의 먹이'라는 개념이 없었기 때문에, 그것은 루와 루티무처럼 힘을 지닌 씨족 특유의 의식이라는 것을 짐작할 수 있었다.

일곱 씨족의 인원은 백여 명인데, 루와 루티무 못지않은 규모를 지닌 씨족은 레이 정도이고, 규모 차이가 꽤 나는 씨족은 민과 마무, 더 작은 규모의 릴린과 무파, 이렇게 구성되어 있다. 이들 씨족 역시 몸통 고기를 먹는 데는 별 문제가 없을 것이라는 이야기였다.

"레이가(家)의 녀석들이 먹지 않는다면 내가 먹겠다!"

단 루티무는 큰소리로 외쳤다.

요컨대 한 사람당 한 개로는 부족하다는 뜻이리라.

결과적으로 등갈비는 150개 정도 마련하게 되었다. 의뢰인의 아버님에 대한 작은 성의에서다.

뭐, 그런 연유로── 해가 지고 루의 촌락은 어느덧 전쟁터로 변하고 말았다.

◇

"아스타! 아리아 잘게 썰기, 다 했어!"

"오, 빨리 했네! 그럼 이번에는 고기를 다져서 민스를 만들어줘!"

"민스! 알겠어!"

어머니와 언니들에게 지지 않을 칼놀림으로 리미 루가 고기를 다진다.

이번에 햄버그는 2백 그램 크기로 정했다.

스테이크와 함께 먹는다면 그 정도도 충분한 크기이며 게다가 햄버그는 남자들이 꺼려할 위험이 있다. 지금으로서는 시식은 루의 본가에서만 했지만 그 시점에서 네 명 중 두 명은 부정적인 의견을 보였기 때문에, 남자들의 과반수에게 거부당할 각오가 필요하다.

그래서 나는 새로이 먹는 방식을 고안했다.

만약 부드러운 햄버그가 마음에 들지 않는 사람은 수프에 담가서 다진 고기로 되돌려서 먹으라고 제안할 계획이다.

이것도 연구의 성과다.

연구 이틀째 되던 날, 아이 파와의 약속을 지키기 위해 저녁 식사에 햄버그를 제공할 결심을 굳힌 나이지만, 남자들과 여자들로 메뉴를 나누는 것은 역시 마음이 내키지 않았다.

연구는 연구. 저녁 식사는 저녁 식사. 저녁 식사 때 역시 가족은 동일한 음식을 먹어야 한다고 생각한다.

그때 고안한 것이 수프 햄버그다.

수프에 햄버그를 집어넣을지는 자유다. 집어넣는다면 수프 속에서 햄버그를 짓이겨 드시라고 설명했다.

아무리 질긴 고기를 좋아한들 그것은 고기 하나만 먹을 때뿐이되 기바 전골에서는 센 불로 팔팔 끓여서 흐물흐물해진 고기를 먹었던 그들이다.

고육지책이라고 한다면 그뿐이지만, 본가의 남자들로부터도 별다른 불만의 목소리는 없었다.

또 실제로 먹어보니 구운 햄버그의 고소함이 수프에 보태어져 제법 깊은 풍미를 자아냈다.

그런 까닭에 연회에서도 이 방식을 권유하기로 했다.

햄버그를 그대로 먹고 싶은 사람을 위해 과실주 소스는 나중에 붓는 형태로 마련해둔다. 연회에서도 그것은 마찬가지다.

이렇게 해서 나의 메뉴는 루가의 저녁 식사를 통해 서서히 완성되었다.

그럼, 이야기를 되돌리자.

파가에서는 햄버그 반죽을 만들 때 아리아를 잘게 썬 것을 듬뿍 섞었던 나이지만, 루의 촌락에서는 쇠 냄비가 여러 개 있기 때문에 햄버그 반죽 말고도 아리아를 사용할 데가 있다. 그래서 2백 그램의 햄버그당 아리아는 4분의 1개로 줄이기로 했다. 《츠

루미야》에서의 비율은 원래 그 정도였다.

2백 그램의 햄버그를 백 인분, 굽기에 실패할 것을 대비해서 20개 정도 더 넉넉하게 만들 예정이기 때문에, 잘게 썬 아리아는 30개만큼이 필요하다.

"아리아는 이쪽에서 볶아놓을게요. 아이 파, 아궁이 하나에 불을 지펴줘."

아이 파는 고개를 끄덕이고, 가까운 아궁이에 라나잎으로 불을 붙이기 시작했다.

여자들이 집결하고 나서 완전히 존재가 희미해진 아이 파이지만, 실제로는 보이지 않는 곳에서 부엌일을 든든히 받쳐주고 있다. 아이 파는 나한테서 지도를 받은 루의 여자들만큼 조리칼을 능숙하게 다루지 못하기 때문에, 그녀의 역할은 이런 잡일이나 재료를 옮기는 일이 대부분이었다.

방대한 양의 식재료를 식량 창고에서 나르거나, 밑 준비가 끝난 것을 다시 그쪽으로 되돌려놓거나, 무거운 쇠 냄비를 이동하거나, 물독에 물을 보충하거나—— 이렇게 재미없고 힘든 역할을 아이 파가 혼자 담당해주었다.

"고마워. 네 덕분에 큰 도움이 되고 있어."

내가 슬쩍 귀엣말을 하자 아이 파는 고개를 갸웃거리며 마찬가지로 입을 내 귀에 가까이 댔다.

"루티무의 연회에서 나오는 요리는 역시 친족의 손으로 만들어야 한다고 생각한다. 그렇다면 내게는 이런 역할이야말로 적합할 테지."

나도 약간 고개를 갸웃하고, 다시 한 번 귀엣말을 한다.

"그럴지도 모르지만, 나도 친족은 아닌데?"

아이 파도 다시 한 번 고개를 갸웃하고 내 귀에 입을 가까이 댄다.

"넌 대가를 받고 일을 하고 있을 뿐이잖아. 내 입장과 혼동하지 마."

이것을 반복하고 있었더니 열심히 고기를 굽고 있던 리미 루에게 "무슨 얘기를 그렇게 소곤소곤하는 거야?" 하고 지적당했다.

"아니, 비밀 작전 회의."

"뭐! 비겁해! 리미도 회의할래!"

"농담이야, 잡담했어. 모두에게 방해가 되지 않도록 작은 소리로 말했을 뿐이야."

그러고는 리미 루에게 웃어 보이려 하는데── 그 옆에서 지그시 나를 쳐다보고 있던 레이나 루와 눈이 마주쳤다.

아무래도 본격적으로 레이나 루가 이상한 것 같다.

아이 파와 잠깐 비밀 이야기를 했을 뿐인데 이렇게 안타까운 눈길로 나를 쳐다볼 이유는 없다. 데워진 쇠 냄비에 기름을 두르고 잘게 썬 아리아를 투입하면서, 나는 조금 암울한 기분이 든다.

레이나 루는 나무랄 데가 없는 소녀다. 겉과 속이 똑같고 순진하며 선량한 데다 습득력도 뛰어나다. 심지어 외모까지 훌륭하다. 이렇게 매력적이고 뛰어난 소녀가 내게 호의 이상의 감정을 가지는 것은 솔직히 말해 비나 루의 미인계보다 더 괴롭다.

나는 이곳 세계에서 연인을 구할 생각이 없고, 그래도 누군가에게 마음을 빼앗기는 결과가 되더라도── 그 상대는 레이나 루도 비나 루도 아니다. 절대로.

"……과실주는 안 넣나?" 하는 아이 파의 목소리에 정신이 들었다.

"으악, 그렇지! 아이 파, 미안한데──."

내 코앞에 과실주 병을 들이민다.

"네가 요리에서 실패할 것 같은 모습을, 처음 봤군."

어느새 노릇노릇해진 아리아에 황급히 과실주를 끼얹는 내 귀에 아이 파의 웃음을 머금은 목소리가 슬며시 들려온다.

도대체 어떤 얼굴을 하고 그런 목소리를 내는 거야! 하고 나는 그 표정을 확인하려 했지만, "아이 파, 추가 포이탄 부탁해!" 하고 외치는 라라 루의 목소리에 아이 파는 내 시야에서 사라졌다.

'제길! 꼴사납게!' 나는 다 볶은 아리아를 수제 주걱으로 나무 접시에 옮겨 담는다.

그러고 나서 문득 고개를 들자──.

레이나 루가 고기를 꼼꼼히 다지면서 내 얼굴을 여전히 애처로운 표정으로 바라보고 있었다.

제5장 ★★★ 루티무의 축하연(하)

1

서서히 해가 서쪽으로 기울어간다.

이제 두 시간도 채 지나지 않아 세상은 땅거미에 휩싸일 것이다.

그 해가 서쪽 숲에 닿을 무렵을 기준으로 신랑과 신부가 루의 촌락에 오고 연회가 열리도록 되어 있다.

지금쯤은 친족의 집을 한 군데씩 돌며 축복을 하나씩 받고 있을 터이다.

그리고 축복을 마친 친족부터 순서대로 루의 촌락에 찾아온다.

이미 대광장에는 서른 명에 가까운 친족이 모여 있었다.

다만 다섯 살 미만의 아이는 연회에 참석할 자격이 주어지지 않는 모양으로, 가엾게도 루의 영유아들과 같은 분가의 집에 모여 여자들이 교대로 아이들을 보살피고 있다.

그리고 남자들의 모습은 불과 몇 명의 노인들이나 열세 살 미만의 소년들밖에 보이지 않는다.

사냥꾼들은 이런 날에도 숲에 들어가 있다.

연회의 날에 불행을 일으키지 않도록 무리하지 않고 일찌감치 돌아올 예정이건만, 그래도 루티무와 민을 제외한 다섯 씨족의 남자들은 사냥꾼의 임무를 다하고 있는 것이다.

그날에 사냥한 기바의 뿔과 엄니를 선물할 수 있다면, 그것이 최고의 축복이라고 한다.

청렴하고 그리고 용맹스러운, 그것이 숲가의 백성이었다.

◇

"좋아── 준비는 완벽해."

7할의 조리를 마치고 나는 이마의 땀을 닦는다.

포이탄은 다 구웠다.

세 가지 채소볶음도 마무리 지었다.

스튜도, 수프도 완성했다.

햄버그용 과실주 소스는 빈 과실주 병에 다시 채워 넣었다.

나머지는 고기를 구워내는 것뿐이다.

루 본가의 부엌에는 방대한 양의 햄버그와 스테이크의 일부가 죽 나열되어 있다.

아궁이는 전부 여섯 개 있지만, 센 불과 약한 불을 구분하기 위해 동시에 세 조씩만 구울 수 있다.

그나마 쇠 냄비가 큰 덕분에 한 번에 다섯 개씩 조리할 수 있다.

따라서 동시에 구워지는 고기는 열다섯 개.

슬슬 때가 온 것 같다.

"그럼 구이 작업을 시작하겠습니다."

내 신호에 따라 햄버그를 냄비에 투입하자 고기와 기름이 구워지는 참을 수 없는 냄새가 부엌을 가득 채운다.

가장 까다로운 햄버그 구이 작업을 담당한 사람은 나와 레이나 루와 미아 레이 루였다.

본가의 나머지 여자들은 분가로 흩어져 그쪽에서 스테이크를 굽고 있다.

분가에서 손이 빈 여자들은 쇠 냄비의 운반 담당으로써 본가로 나와 있다.

내 곁에서 그리기 나무 막대를 쥐고 있는 사람은 신 루 소년의 어머님과 누님이었다.

"좋아. 그럼 부탁합니다."

양옆에서 냄비 손잡이에 그리기 막대를 끼우고 두 사람은 약한 불 아궁이로 이동한다.

붉은 육즙이 올라오면 패티를 뒤집고 다시 센 불 아궁이로 돌려놓은 다음, 과실주를 붓고 뚜껑을 덮는다.

뚜껑을 닫기 전에 뿜어져 나온 향기가 부엌에 퍼진다.

뒤쪽 아궁이를 사용하고 있는 미아 레이 루도, 바깥 아궁이를 사용하고 있는 레이나 루도 순조로워 보인다.

"……당신을 돕게 되어 영광입니다, 아스타."

누군가 조심스러운 목소리로 내 이름을 불렀다.

신 루의 누나, 실라 루였다.

숲가의 백성치고는 선이 가늘고 약간 허무한 분위기를 지닌 아가씨다. 나이는 나보다 조금 많아 보인다.

"아버지 랴다가 사냥꾼의 힘을 잃고 동생 신이 열여섯의 젊은 나이로 가장 자리를 물려받게 되어 우리는 망연자실하고 있었습니다……. 그런데 당신이 가르쳐준 음식을 먹었더니 무척 행복한 기분이 들고, 살아야겠다는 생각이 강해졌습니다. 당신에게는 정말 감사하고 있습니다."

"과분한 말씀을 해주셔서 송구스럽습니다. 하지만 당신의 칼 놀림도 레이나 루 못지않을 만큼 훌륭했어요."

뚜껑을 열어 구워진 상태를 확인하고 나서 나는 그쪽을 향해 웃어 보인다.

"앞으로도 맛있는 요리를 만들어서 모두의 마음을 채워주세요. 그건 당신들만 할 수 있는 일입니다. ……이제 슬슬 약한 불로 옮겨주세요."

"네."

또다시 모녀가 협력하여 냄비를 이동해준다.

이제 잘 구워지면 첫 번째 부대는 완성이다.

"아스타, 당신은 신비로운 사람이군요. 동생 신도 말했지만, 당신은 아궁이 당번인데도 때로는 사냥꾼처럼 용맹스럽게 보일 때가 있습니다."

"또 과찬의 말씀을. 난 그렇게까지 대단한 사람이 아니에요."

"아뇨, 정말입니다. 이렇게 불꽃을 자유자재로 조절하고, 그렇게 질기고 누린내 났던 기바 고기를 이토록 맛있는 요리로 변하게 하다니…… 정말 동쪽 왕국의 마법사 같습니다."

"요리사라는 건 그런 거니까요. 마법사까지 등장할 필요 없이 분명 도시에는 나보다 우수한 요리사가 얼마든지 있을 거예요. ……됐다, 완성입니다."

다 구워진 햄버그를 작업대 위의 고무나무잎처럼 생긴 나뭇잎 위에 늘어놓는다.

냄비에 붙은 불순물을 나무 주걱으로 긁어낸 다음, 센 불로 되돌려놓고 새 기름을 떨어뜨려 다시 다섯 장의 패티를 올려놓는다.

그사이 아이 파는 다 구워진 햄버그 위에도 고무나무잎처럼 생긴 나뭇잎을 깔고, 받침용 납작한 돌을 좌우에 올려놓고 나서 길쭉한 널빤지를 그 위에 포개었다.

그렇게 해서 완성품을 차곡차곡 쌓아올린다.

"아, 아이 파. 그러고 보니 그 잎은 무슨 나무 잎이야? 이렇게 자주 쓰고 있는데 난 아직도 정식 명칭을 모르거든."

"고누모키."

"어?"

"이건 고누모키잎이다."

아, 그렇군요.

그냥 고무나무잎처럼 생긴 나뭇잎으로 부르지 뭐, 하고 나는 쓴웃음을 짓는다.

사람의 양손바닥보다 더 큼직하고 냄새도 없고 표면이 반들반들한 그 잎은, 이렇게 많은 양의 고기를 구울 때 없어서는 안 될 접시 대용품이었다.

손님이 지참하는 것은 자신이 사용할 나무 접시와 쇠꼬챙이뿐이다. 따라서 나는 널빤지를 쟁반 대신으로 하고, 고무나무잎처럼 생긴 잎을 접시 대신 사용하기로 했다. 이 널빤지 제작과 수백 장에 이르는 고무나무잎처럼 생긴 잎의 채취도 여자들에게는 상당히 부담되는 작업이었을 터이다.

그런데 여자들의 얼굴은 모두 밝다.

이 요리들로 가족과 친족이 얼마나 놀랄지, 얼마나 기뻐해줄지, 기대에 얼굴을 빛내고 있다.

요리장은 나였지만 이것은 모두 다 같이 만들어낸 요리다.

정말 이것으로 일족의 유대감이 더 끈끈해졌으면 좋겠다.

다 같이 기쁨을 나누었으면 좋겠다.

가즈란 루티무와 아마 민의 혼례식이 최고의 형태로 이루어졌으면 좋겠다.

"아스타! 이쪽에서 맡은 햄버그는 끝났어! 이제 스테이크를 시작할 거야!"

"네! 부탁합니다!"

"다녀왔습니다! 아스타, 다른 집도 지금은 순조로워."

"고마워, 리미 루. 이제 슬슬 스튜에 불을 넣도록 전달해줄래?"

"알겠습니다!"

작업은 순조롭게 진행되고 있다.

그 후 쇠 냄비를 이동할 때 그만 실수를 저질러 다섯 장의 스테이크를 망쳤다는 보고가 들어왔지만. 그 분가의 여자들은 곧바로 새로운 고기를 직접 나눠 자르고 소금과 피코를 뿌려 날아갈 듯한 기세로 돌아갔다.

"큰일이야, 큰일! 이번에는 비나 언니가 아리아 수프를 뒤엎어버렸어!"

"뭐?! 다들 화상은 안 입었어?!"

"괜찮아! 그런데 비나 언니가 울 것 같아! 아니, 울었어!"

"울 필요 없어! 스튜 이외에는 돌이킬 수 있어! 어차피 긴 시간 동안 열리는 연회이니까, 천천히 침착하게 지금껏 해온 대로 다시 만들어달라고 전해줘! ……아, 지금 그 집에 수프를 제대로 만들 수 있는 사람은 있었나?"

"몰라! 없으면 리미가 돕고 올게!"

"좋아, 부탁한다!"

이 정도 해프닝은 예상했던 범위다.

이럭저럭하는 동안 루의 본가에서도 모든 고기가 구워졌다.

그 후는 달구어진 쇠 냄비에 물을 붓고 뚜껑을 덮은 다음, 그 위에 최대한 요리를 쌓아둔다. 큰 효과는 기대하지 않지만 최소한의 보온 대책이다.

"좋아, 이제 여기는 오케이다. 난 다른 집을 둘러보고 올게요."

"알겠어요. 그럼 레이나 일행은 옷을 갈아입고 오렴. 여긴 우리가 보고 있을게."

미아 레이 아주머니가 그렇게 말하자, 레이나 루와 실라 루를 필두로 하는 젊은 여자들이 "네" 하고 대답한 뒤 부엌을 나갔다.

내 표정을 알아차리고 아주머니는 생긋 웃는다.

"연회잖니. 미혼 여자들에게는 조촐하지만 화려한 무대이기도 하단다. 이런 자리에서 새로운 혼사가 결정되는 일도 많고."

"아…… 그렇군요."

그렇다면 일 외에 비나 루나 레이나 루에게 가까이 가지 않는 편이 무난할 것이다.

다만 한 사람, 미혼 여자인데도 부엌에 남아 우뚝 서 있는 아이 파를 보니, "난 파가의 인간이다" 하고 무서운 얼굴로 나를 쏘아본다.

잘 모르겠지만 일단 아이 파는 몸치장을 하지 않는 모양이다.

안심이 되면서도 안타까운 듯한, 복잡한 심경이다.

"그럼 다녀올게요. 별 문제없으면 금방 돌아올게요."

나는 아이 파와 함께 부엌을 나섰다.

어느덧 태양은 서쪽 숲에 닿아 있다. 상당히 아슬아슬한 타이밍이었던 모양이다.

"이제 절반은 끝났나."

사람 그림자가 많아진 대광장의 광경을 곁눈질하며, 나는 가까운 분가의 집으로 발걸음을 향한다.

"절반? 이미 모든 일은 끝난 거 아니었나?"

"조리는 종료. 하지만 손님 곁에 요리를 전달하는 것까지가

일이야. 마지막 스테이크와 햄버그가 신부의 입까지 도달하면
비로소 종료인 거지."

분가의 상황에도 이상은 없었다.

어떤 집에서는 채소볶음이 산더미처럼 쌓여 있는가 하면 어떤
집에서는 구운 포이탄이, 또 어떤 집에서는 스테이크가 산더미
처럼 쌓여 있었다. 또 다른 집에서는 본가에서 옮겨 온 스튜를
다시 데우고 있었다.

그리고 마지막 한 곳에 도착해보니, 그곳에서는 리미 루가 혼
자 열심히 수프의 거품을 걷어내고 있었다.

"리미 루, 수고가 많네. 과연, 이게 비나 누나의 눈물의 원흉
이구나."

그 옆의 아궁이가 흥건히 젖어 있으며 여기저기 아리아와 고
기 조각이 흩어져 있었다.

"그런데 다른 사람들은 어디 갔어?"

"모두 옷 갈아입으러 가버렸어. 다들 미혼 여자들이었거든."

"아, 그렇구나. 리미 루는? 옷 안 갈아입어?"

"아니! 이거 끝나면 나도 갈아입으러 갈 거야."

그렇구나. 리미 루가 예쁘게 차려입은 모습만큼은 꼭 보고
싶다.

"그럼 내가 할게. 슬슬 신부 일행도 도착할 때가 됐으니까, 어
서 갈아입고 와. 아, 그다음엔 본가에서 미아 레이 아주머니 일
행을 도와줄래?"

"알겠어! 고마워! ······어라? 아이 파는 옷 안 갈아입어?"

"난 파가의 사람이다. 친족도 아닌 루티무의 축하연에서 몸치장을 하는 것은 당치도 않아."

"그런가. 아이 파의 연회복도 보고 싶었는데. 그럼 이따 봐!"

피융, 하고 리미 루가 부엌 밖으로 뛰쳐나간다.

그때 마침 신 루가 나타났다. 그리고 보니 이곳은 신 루의 집이었다.

"여어. 어서 와, 신 루. 무사해서 다행이야."

"아. ······그쪽도 문제없었나?"

"괜찮아. 네 누나와 어머니가 아주 잘 일해준 덕분에."

빈말하지 않고 나는 그렇게 말했다.

그 두 사람은 상당히 솜씨가 좋았기에, 일부러 이 자택에 남기지 않고 본가에서 햄버그 만들기를 돕도록 했다. 쇠 냄비의 이동뿐만 아니라 고기 다지기와 패티 만들기 작업에서 그 실력은 유감없이 발휘되었다.

거기다── 나는 이 과묵하고 무뚝뚝하고 서툴러 보이는 소년도 몹시 마음에 들었다. 정반대의 기질을 지닌 루도 루와의 경쟁은 보고 있으면 마음이 온화해졌다.

"······당신이 파가의 아이 파인가?"

신 루의 약간 찢어진 눈이 아이 파를 본다.

그리고 보니 이 두 사람은 지금 첫 대면인 것이다.

"나는 이 집의 가장으로 신 루라고 한다. 무례인 줄 알지만 당신에게 한 가지 묻고 싶은 게 있다.”

어? 나는 두 사람의 모습을 번갈아본다.

둘 다 무표정이라 시각 정보에서는 아무것도 얻지 못했다.

하지만 둘 다 조용한 분위기로, 이렇다 할 불안감은 느껴지지 않았다.

“아이 파, 당신은——” 하고 신 루가 계속 말하려 한 순간.

“신. 돌아왔구나?” 하는 실라 루의 목소리가 들려왔다.

“어머…….”

부엌에 들어오더니, 멈춘다.

“당신들도 있었군요. 어서 오세요, 아이 파와 아스타.”

조금 전에 막 헤어졌던 실라 루였지만, 그녀는 벌써 연회복인지 뭔지로 갈아입은 상태였다.

호오…… 하고 나는 살짝 감탄하고 만다.

약간 허무해서 겉보기에는 강한 인상이 없었던 실라 루라도, 어쩐지 딴사람처럼 아름다워졌다.

남동생과 똑같은 흑갈색의 긴 머리를 풀어서 등에 늘어뜨리고 있다.

머리에는 작은 꽃과 나무 열매를 여러 개 꽂고 그 위에는 반투명한 베일 같은 것을 쓰고 있다.

그 베일이 오렌지색으로 물들기 시작한 노을빛을 받아서 반짝반짝 비단색으로 빛나고 있다. 이 세계에도 이런 섬유가 있구나 싶어 나는 깜짝 놀랄 정도였다.

가슴 가리개와 허리 가리개도 아까와는 다를지도 모른다. 거기까지 상세한 기억은 없지만, 소용돌이무늬가 자잘하게 들어가 있고 색상도 조금 화려해진 것 같다.

그리고 허리 가리개에서 발목까지, 이쪽은·약간 보랏빛이 감돌지만 역시 반투명하고 너풀거리는 천을 길게 늘어뜨리고 있으며, 목과 손목과 발목에는 해충을 막는 그리기 열매뿐만 아니라 알록달록한 목공과 금속 세공의 장식품을 차고 있어서——실라 루는 무척 아름다웠다.

"아, 이게 다시 만들어낸 수프인가요? 괜찮다면 이제 내가 불당번을 맡겠습니다."

"그래요? 그럼 부탁할게요. ……저, 의상이 타지 않도록 조심하고요."

"네. 알고 있습니다."

빙그레 미소 짓는 그 얼굴도 매우 상냥하고 매력적이다.

신 루 쪽을 돌아보니 소년은 조용한 얼굴인 채 고개를 끄덕였다.

"그쪽은 아직 한창 작업 중이었군. 미안하다. 그럼 나중에 한가할 때 다시."

"그렇군. 그럼 이만."

아이 파가 아무런 미련도 없이 부엌을 나가버렸기 때문에 나도 두 사람에게 인사를 하고 따라가는 수밖에 없었다.

"저기, 신 루는 너한테 무슨 용건이었을까?"

"몰라." 아이 파는 쌀쌀맞다.

"저 사람은 루 분가의 남자 아닌가? 그런 사람이 왜 내게 말을 거는지 짚이는 데가 없군."

"그렇구나."

하긴, 저 신 루라면 뭔가 못된 일을 꾸밀 것 같지는 않다. 좀 걸리는 것은 있었지만 나 역시 아직 한창 작업 중이다.

그렇게 우리가 광장으로 발을 들여놓자——.

그 순간 환호성이 터졌다.

신랑과 신부가 도착한 것이다.

서른 명 정도의 한 집단이 느릿한 발걸음으로 광장에 들어온다. 루티무가와 민가의 사람들이다.

그 선두에 선 사람은 처음 보는 노인이었다.

루티무의 장로일까. 머리는 대머리에, 흰 턱수염을 가슴팍까지 늘어뜨리고 상당한 노령이라는 것을 짐작할 수 있지만, 등은 꼿꼿하고 발걸음도 힘차며 사냥꾼의 복장을 몸에 두르고 있다.

그 좌우로는 작은 어린아이가 두 명.

한 명은 남자아이고 한 명은 여자아이. 둘 다 리미 루보다 어려 보인다.

남자아이는 이렇게 작은데도 사냥꾼을 흉내 낸 옷차림을 하고 자랑스럽게 가슴을 내밀고 있다.

여자아이는 아까 실라 루처럼 투명한 베일을 늘어뜨리고 생글생글 활기차게 웃고 있다.

그런 두 아이의 작은 손에는 꽃과 나무 열매로 엮은 평평한 바구니가 들려 있고, 그곳에는 기바의 하얀 엄니와 뿔이 산더미처럼 쌓여 있다. 친족으로부터 받은 축복이리라. 아직 축복을 내리지 않고 있던 남자들이 조용히 다가와 선두의 노인에게 한마디 건네고 나서 엄니와 뿔을 그 바구니에 포개어간다.

그리고 역시 사냥꾼의 모습을 한 남자와 얇은 옷가지를 걸친 여자 사이에 보호받는 것처럼—— 오늘의 주역들이 입장했다.

가즈란 루티무와 아마 민이다.

가즈란 루티무는 당연하게도 사냥꾼의 모습을 하고 있었다.

다만 결정적으로 다른 점은 그의 강건한 육체를 감싼, 기바의 털가죽 망토였다.

기바의 털가죽임에 틀림없다—— 왜냐하면 그 망토에는 기바의 머리 부분까지 남아 있었기 때문이다.

가즈란 루티무의 늠름한 오른쪽 어깨를 덥석 물듯이 기바의 머리가 남아 있다. 엄니와 뿔이 우뚝 솟아올라 마치 살아 있는 것 같은 얼굴이다.

그 망토에 오른쪽 반신은 가려지고 왼쪽만 드러나 있는데 거기에서 크고 작은 칼이 엿보인다.

그것도 연회를 위한 특별 맞춤일 것이다. 가죽 칼집마다 가죽 끈이 꿰어 있거나 낙인이 찍혀 있고 군데군데 아름다운 색을 띤 돌까지 박혀 있다.

그리고 갈색의 머리에는 풀로 엮어 만든 에메랄드그린의 초관(草冠)을 썼을 뿐이지만, 그럼에도 루티무의 후계자는 평소보다 한층 씩씩하고 용맹스럽게 보였다.

그 옆을 조용히 걷는 신부는 역시 비단색 베일을 쓰고 있다.

그러나 실라 루나 주위 여자들과는 달리 이중 삼중으로 베일을 쓰고 있는데, 그것이 남편이 될 인물과 똑같은 초관으로 고정되어 있다.

베일 자락이 얼굴 쪽까지 흘러내려 신부의 표정까지 비단색의 빛 너머로 희미해졌지만, 그래도 신부가 행복하게 웃고 있다는 것만은 확인할 수 있었다.

그뿐만 아니라 그녀는 어깨와 허리에 반투명한 숄을 늘어뜨리고 있는데, 갈색 피부가 온통 너풀거리는 빛에 감싸여 있었다.

그 안에 입은 가슴 가리개와 허리 가리개에는 역시 알록달록한 문양이 소용돌이치고, 목과 손발에 감긴 장식품도 눈부시게 화려했지만—— 그 비단색의 반짝임만으로 그녀는 누구보다도 특별하고 아름다웠다.

두 사람을 축복하는 환호성이 끊임없이 광장의 공기를 떨게 하는 가운데 그것을 압도할 만한 어마어마하게 큰 웃음소리가 울려 퍼진다.

신랑의 아버지, 단 루티무다.

남자들의 선두에 서서 걷는 대머리의 거대한 남자가 뜻 모를 웃음소리를 내고 있다.

뜻은 모르지만—— 얼마나 즐거울까.

얼마나 행복할까.

자신의 아들이 이렇게 훌륭하게 자라 이토록 아름다운 신부를 얻었다는 것이 기쁘고 또 기뻐서 견딜 수가 없을 것이다.

북통배가 크게 흔들리고 볼살도 부르르 흔들린다.

그것을 본 주위 아이들이 웃음소리를 낸다.

그것을 본 단 루티무가 한층 더 어마어마하게 큰 웃음소리를 낸다.

여기서는 잘 보이지 않지만, 그 커다란 눈에는 희미하게 반짝이는 것이 있는 듯한 기분이 들었다.

"아스타" 하고 가볍게 팔을 잡아당긴다.

뒤돌아보니 아이 파가 말없이 나를 바라보고 있었다.

나는 고개를 끄덕이고 주먹을 쥔다.

"그래. 드디어 후반전이구나."

연회가——시작된다.

2

"스튜를 광장으로 옮겨주세요! 뜨거우니 천천히 서두르지 마시고요!"

그 이후는 와자지껄한 북새통이었다.

주역인 두 사람은 본가의 정면에 세워진 누각 위로 안내받고, 단 루티무가 연회의 개시를 알리는 인사를 시작한 것 같았지만, 어느새 그 말을 듣고 있을 여유도 없다. 인사말이 끝남과 동시에 요리를 먹을 수 있도록 상을 차려야 하기 때문이다.

먼저 스튜부터 시작한다.

원형으로 설치된 열 개의 간이식 아궁이에 네 개의 쇠 냄비를 최대한 균등하게 배치하고, 약한 불로 불을 지핀다.

그리고 나머지 여섯 개의 아궁이에는 보온용 물 냄비를 올려놓고 지나치게 센 불이 되지 않을 정도로 불을 지핀다. 테이블 대신 커다란 널빤지를 놓고 그 위에 스테이크와 채소볶음을 차린다. 스테이크는 우선 무난하게 넓적다리와 등심이다.

모든 아궁이에 루가의 여자들이 대기하고 일단 배식하는 데 집중하기로 한다. 미안하지만 그녀들은 식사를 교대로 즐겨야 한다. 그 사실에 언짢은 표정을 한 여자는 적어도 내가 보기에는 한 명도 없었다.

스테이크가 놓인 곳에서 대기 중인 여자는 손에 구운 포이탄을 잔뜩 들고, 고기를 받으러 온 사람에게 함께 건넨다.

"이건 포이탄이에요" 하는 말과 함께.

스튜 아궁이에서 대기 중인 여자는 물론 스튜를 떠주는 역할이다. "이 국물은 한 사람당 한 그릇이에요" 하는 말과 함께.

냄비에서 끓거나 굽거나 한 것을 아무 때고 먹고 싶은 만큼 먹는다. 그것이 지금까지의 연회였기에 이런 방법을 취했는데, 어쩌면 답답할까?

하지만 나는 그저 누린내 없는 고기를 굽거나 끓이기만 해서는 부족하다고 생각했다. 더 큰 기쁨을 가져다주고 싶었다. 그래서 맛있는 요리가 답답함을 날려 보내기를 바랄 뿐이다.

나는 이제 이곳저곳을 뛰어다니며 지시를 내리고 또 내리는 것이 맡은 역할이었기 때문에 이후에는 어떤 여자가 어디에 있는지도 알지 못하게 되었다. 단 한 사람, 내 곁에서 나를 도와준 아이 파도 티토 민 할머니의 부름에 어디론가 가버렸다.

"그럼 연회를 개시한다——!"

단 루티무의 어마어마하게 큰 목소리가 누각 쪽에서 들려왔다.

"루티무가의 가즈란 루티무, 민가의 아마 민에게 축복을!"

"축복을!" 백여 명의 친족이 따라 말하고, 광장의 중앙에 쌓아 올린 장작의 탑에 의식의 불이 켜졌다.

광장을 둘러싼 모양으로 세워진 대좌에도 횃불 같은 것이 밝혀지면서 땅거미를 흩뜨린다.

그 성대한 오렌지색 불빛을 받으며 사람들은 손에 손마다 그릇과 쇠꼬챙이를 들었다.

"실컷 먹고 마시게나! 오늘을 위해 애써준 루가의 여인들에게도 축복을!"

우렁찬 목소리를 너무 많이 내서인지 단 루티무의 목소리가 거칠게 갈라지고 말았다.

그 목소리에 이끌리듯 사람들은 과실주 병을 들고 그리고—— 고무나무잎처럼 생긴 잎에 놓인 고기를 움켜잡았다.

희고 건강한 이가 고기를 물어뜯는다.

나무 그릇에 담긴 스튜를 마신다.

구운 포이탄을 흠칫거리며 입으로 가져간다.

그들이 어떤 표정을 짓고 있는지도 확인하지 못한 채── 나는 집에서 집으로 뛰어다녔다.

"다음은 이 집의 갈비입니다! 준비는 다 되었겠지요?"

"괜찮고말고. 첫 고기는 순식간에 먹어치우겠구나."

아직 이름을 다 외우지 못한 분가의 아주머니가 호쾌하게 웃고 있다.

"이제 출발하는 게 좋겠구나. 앞서 간 딸들도 스튜를 먹고 싶어서 좀이 쑤실 테니."

아주머니는 나보다 두꺼운 팔뚝으로 한 장에 등갈비가 일곱 접시 놓여 있는 널빤지를 세 장이나 동시에 들어올렸다.

"교대하고 올게. ──그 스튜는 정말 일품이었단다, 얘야."

"아, 벌써 드셨어요?"

"먹을 기회를 놓치면 큰일이잖니. 처음에 그것만 먹고 서둘러서 돌아왔단다. 다른 여자들도 금방 돌아올 테니 너도 조금은 먹어두는 편이 좋지 않겠니?"

"난 나중에 먹어도 돼요. 그럼 잘 부탁합니다."

"그래" 하고 아주머니는 나갔다.

곧바로 "자, 이건 기바의 등갈비랍니다! 용기 있는 사람은 먹어봐요!" 하는 힘찬 목소리가 들려온다.

"죄송해요, 너무 늦었죠? 나머지도 곧 옮길게요!"

아름다운 연회복에 몸을 감싼, 역시 이름 모를 여자들 여러 명

이 부엌으로 날아든다.

"벌써 첫 스테이크는 전부 없어졌어요. 스튜도 조금밖에 남지 않았고요!"

"그럼 다음은 수프네요. 좋았어, 고마워요!"

수프 담당은 신 루의 집과 그 옆집이다.

우선 신 루의 집에 뛰어 들어가자 부엌에서 실라 루가 혼자 아궁이를 보고 있었다.

"어라? 혼자예요? 어머니도 계시는 줄 알았는데요?"

"어머니는 지금 스튜를 드시러 갔어요. 난 먼저 먹었고요."

실라 루가 덧없이 미소 짓는다.

"그 스튜라는 음식은 정말 맛있더군요. ……나도 모르게 눈물이 날 뻔했어요."

"그랬군요. 실라 루의 혼례식 때도 꼭 만들어달라고 하세요."

그러자 실라 루는 안타까운 표정을 지으며 고개를 저었다.

"난 선천적으로 몸이 약하거든요. 그래서 이 나이가 되도록 시집도 가지 못했지요. 물독 하나도 옮기지 못하는 여자는 집안의 골칫거리에 불과하니까요."

"그렇지 않아요! 물독은 무리라도 쇠 냄비는 옮길 수 있잖아요? 그만한 완력이 있으면 충분히 아궁이 당번은 완수할 수 있어요."

아마도 약간 흥분 상태였던 나는 거기서 윙크까지 날리고 말았다.

"게다가 실라 루의 조리 솜씨는 훌륭했어요. 당신은 분명 맛있는 요리를 만드는 신부가 되겠지요. 맛있는 요리의 훌륭함을 아는 남자라면 그런 당신을 가만히 놔두지 않을 거예요, 틀림없이."

"어머……." 실라 루의 볼이 붉게 물든다.

그때 그녀의 어머니가 돌아왔다.

"스튜는 거의 바닥이 난 모양이구나. 자, 실라, 우리가 나설 차례구나."

"네."

너글너글한 어머니와 덧없는 딸이 그리기 막대를 이용해 쇠 냄비를 운반한다.

그것을 곁눈질하며 나는 옆집으로 향했다.

나머지 수프 냄비는 모두 그 집에 있을 터이다.

그렇게 생각하고 부엌으로 발을 들여놓았는데 세 가지 수프의 냄비는 벌써 운반된 후로, 그 대신 스튜의 잔해가 들러붙은 쇠 냄비가 불이 지펴지지 않은 아궁이 위에 놓여 있었다.

그리고── 그럭저럭 넓은 부엌에 오도카니 서 있는 여성이 한 명 있었다.

비나 루다.

"아스타……?"

눈꼬리가 약간 쳐진 요염한 눈이 깜짝 놀란 듯 휘둥그레진다.

비나 루 역시 연회복으로 몸을 감싸고 있었다.

반투명한 베일을 머리에 쓰고 똑같은 얇은 천을 허리에 두르고—— 원체 다른 여자보다 화려하게 장식되어 있던 머리와 손발에 장식품이 더 늘어나 있다.

평소에는 오른쪽 어깨에서 하나로 묶여 있는 밤색의 긴 머리카락도 풀어져서 요염함을 배로 더했다.

하지만 오늘만큼은 그녀의 미인계를 상대하고 있을 시간이 없다.

"이쪽은 벌써 다 옮겨났네요. 그럼 난 일이 있어서."

나는 발길을 돌리려 한다.

내 등에 대고 "기다려!" 하고 비나 루가 크게 외쳤다.

비나 루가 큰 소리를 내다니 처음이다. 과연 나도 발걸음을 멈추고 그쪽을 돌아본다.

비나 루는 어린아이처럼 어깨를 움츠리고 고개를 숙이고 있었다.

"아스타…… 화났어……?"

"네? 뭘 말이에요?"

"내가…… 아리아 수프를 쏟아버려서……."

"아, 그거요? 괜찮아요. 새로 끓인 수프도 시간을 잘 맞췄고. 그보다 화상을 입지 않아서 다행이에요."

"……화 안 난 거야……?"

눈을 치켜뜨고 나를 지그시 바라본다.

이 누님은 어디까지가 연기이고 어디까지가 진심인지 구별하기가 어려워서 상대하기가 몹시 까다롭다.

"화 안 났어요. ……그보다 연회를 즐겨주세요. 비나 루는 스튜의 배식 담당이었죠? 그럼 당분간은 일도 없겠네요?"

"연회는, 싫어. ……여러 남자들이 혼사 얘기를 꺼내거든……."

혼사, 해버리면 되잖아요.

이렇게 말해주고 싶었지만, 일이 복잡해질 것 같아서 그만둔다.

"그럼 난 이만 실례할게요."

"기다려!"

다시 큰 소리.

비나 루는 자신의 두 팔을 껴안듯 하고 몸을 비비 꼬았다.

"저…… 난 집을 버리려 했던 여자인데…… 결코 가족이 싫은 건 아니야……."

"네?"

도대체 무슨 소린지.

이제는 다른 현장으로 가야 하는데.

"오히려 누구보다도 가족을 사랑하고 있어…… 싫어하는 사람은 한 명도 없어…… 다들 행복해졌으면 좋겠어……."

"저, 도대체 무슨 이야기예요?"

"가족을 미워하고 싶지 않아……."

그리고 나는 세 번째로 놀라게 되었다.

자신의 팔을 껴안고 있던 비나 루가, 그 자세로 무릎을 꿇고 간청하듯 나를 올려다보았기 때문이다.

"아이 파라면, 괜찮아…… 아이 파라면 미워할 수 있어……

만약 당신이 아이 파와 맺어진다면 당신을 유혹해서 엉망으로 만들어줄 거야, 이런 생각도 했어…….”

“아니, 그러니까 도대체 무슨 얘기냐고요!”

“레이나를 미워하고 싶지 않아.”

평소와 달리 분명한 어조로 비나 루는 그렇게 말했다.

“레이나와 맺어지는 것만은, 그만둬…… 난 가족을 미워하긴 싫어…….”

뭐가 뭔지 모르겠다.

물론 레이나 루의 행동거지에서 나도 뭔가 느끼는 것은 있었지만, 과연 혼사니 뭐니 하는 이야기는 다른 가족들도 절대로 용서하지 않을 것이다.

하지만 비나 루는 정말 이 사람이 비나 루가 맞나 싶을 정도로 슬프고도 애절한 표정을 짓고 있다.

나는 고민 끝에 비나 루의 곁으로 달려가서 부드러운 어깨에 손을 얹었다.

“괜찮아요. 뭘 걱정하는지는 모르겠지만, 그런 엉뚱한 미래는 절대로 오지 않을 테니까요.”

다행스럽게도 나는 자신의 마음을 속일 필요 없이 그렇게 말할 수 있었다.

비나 루가 살짝 눈을 떠 눈물 맺힌 눈으로 나를 올려다본다.

“내가 레이나 루를 아내로 맞이할 일은 없어요. 그러니 비나 루가 레이나 루를 미워할 일도 없고요. 그것만은 약속할게요.”

비나 루의 어깨를 꽉 잡고 마지막에 힘주어 고개를 끄덕인다. 그것이 지금의 내가 할 수 있는 최선이었다.

"……한창 일하는 중인데 미안했어……."

"아니에요. 끝마무리는 예정대로 부탁할게요. ……그럼 실례할게요."

나는 비나 루의 시선에서 도망치듯 부엌을 뛰쳐나온다.

흐릿한 죄책감이 내 가슴을 가득 채우고 말았다.

하지만 더 이상 비나 루를 위로할 시간은 없었다. 한시라도 빨리 다음 현장으로 가야 한다.

이 가슴속에 일어나는 죄책감도, 대가에 들어 있는 것일까.

그렇다면 그런 기분까지 삼켜야만 한다.

그런 생각을 하며 나는 광장의 바깥 둘레를 빠져나간다.

어느덧 태양은 완전히 지고 세상은 오직 횃불에서만 나오는 오렌지색 불빛으로만 비추어졌다.

이 거리에서는 사람들의 모습이 검은 그림자로밖에 보이지 않는다.

표정 같은 것은 전혀 보이지 않는다.

하지만 열기가 대단하다.

요란하게 타오르는 의식의 불에도 지지 않을 만큼── 그곳에는 숲가의 백성들의 열기와 생명력이 넘치도록 가득했다.

이 얼마나 어지러운 세계인가.

이 얼마나 생생한 세계인가.

그 무시무시한 생명력에 등을 떠밀리듯 나는 달린다.

다음 현장은 멀리 떨어진 루의 본가다.

정면에 세워진 누각 위에서는 신랑과 신부가 조용히 앉아 있고, 누각 밑에서는 양손에 등갈비를 든 단 루티무가 껄껄거리며 웃고 있었다.

이 사람만큼은 그림자만 보아도 틀릴 염려가 없다.

"너희들은 안 먹을 게냐? 그렇다면 전부 내가 먹어버린다?!"

제발 부탁이니 먹고 싶어 하는 사람은 제대로 먹게 해주세요, 하고 기도하며 나는 잔달음질을 쳐서 부엌으로 향한다.

다음 요리는 드디어 햄버그다.

"아, 아스타! 이제야 만났네!"

부엌에는 열 명에 가까운 여자들이 대기하고 있었다.

지금까지는 연회를 만끽하고 이제부터 일에 돌입할 후위 부대다.

그 멤버인 리미 루가 입구 근처에서 두 개의 등갈비를 손에 들고 딱 버티고 서 있었다.

"에헤헤. 단 루티무 아저씨 흉내!"

"요 녀석. 그 아저씨뿐만 아니라 리미 루까지 잔뜩 먹으면 다른 사람의 몫이 없어지잖아. 원래는 한 사람당 하나씩이니까."

"그래서 쪼그만 걸로 골랐는걸! ……그래도 안 돼?"

강아지처럼 풀이 죽어버리는 리미 루의 머리를 톡 쳐준다.

"귀여우니까 용서해줄게. 그 의상도 정말 깜찍하구나."

"정말? 아이, 좋아!"

어린 소녀라도 연회복에는 큰 차이가 없다. 비단색의 베일을 쓰고 다양한 머리 장식과 팔찌를 찬 리미 루는 나무랄 데 없이 누구보다도 사랑스러웠다.

특히 관자놀이 부근에 꽂은 커다랗고 붉은 꽃장식이 굉장히 인상적인데 불그스름한 머리를 한 리미 루에게 더없이 잘 어울린다.

"그러고 보니 아이 파 못 봤니? 연회가 시작되고 나서 한 번도 못 봤구나."

"아이 파? 티토 민 할머니가 불러서 간 거 아니었어?"

"최고 장로가 불러서 난 그걸 전해줬을 뿐인데. 그 후로는 나도 못 봤구나."

티토 민 할머니도 이 햄버그 부대의 일원이었다.

그렇다면 나의 심복이자 유일한 유격 부대원인 아이 파는 어디로 사라진 걸까?

"저, 파가의 여자 사냥꾼이라면 아까 스테이크를 나르는 모습을 봤어요."

돈다 루의 두 번째 남동생의 아들의 아내인 여성이 그렇게 일러주었다.

"그래요? 고맙습니다."

내 지시도 없이 벌써 유격하고 있다면 그것도 괜찮다.

나도 이렇게 직접 뛰어다니는 것이 가장 손쉽다는 것을 깨달은 참이었다.

"자. 벌써 햄버그의 순서가 다가온 모양입니다. 그렇다는 건 벌써 절반의 요리가 소비되었다는 얘기인데요…… 뭔가 전개가 좀 빠르지 않나요?"

"네 요리가 맛있어서 자꾸자꾸 없어지는 거 아니겠니!"

"어머, 그중 절반은 루티무의 대장이 먹어치웠을지도 모르겠네."

연배의 여성이 유쾌하게 웃는다.

나도 웃고 싶지만 공교롭게도 그럴 수가 없다.

"이 햄버그가 끝나면 이제 스테이크 1인분씩밖에 없어요. 혹시 추가할 가능성도 있을까요?"

"있겠구나. 정말 다들 충분하지 않은 것 같더구나. 남자도 여자도 어찌나 잘 먹는지. 여기저기서 고기를 빼앗느라고 난리란다."

즐거운 비명이란 이런 거구나.

최악의 경우, 요리가 부족하면 고기를 추가로 굽는 계획도 세워두었지만 채소와 포이탄은 추가 준비가 없다. 기껏해야 구입해둔 아리아와 티노를 곁들이는 정도다.

"알겠습니다. 그럼 햄버그를 내가고 나면, 나는 고기를 잘라 나누어놓을게요. 약간 얇게 썰어서 센 불만으로 구울 수 있게 해두겠습니다."

"그러려무나. 자, 출발할까."

티토 민 할머니의 조용한 호령 아래 약 120개의 햄버그와 과실주 소스를 담은 호리병을 운반한다.

"아, 리미 루. 짬날 때라도 좋으니 비나 루가 어떻게 하고 있는지 좀 봐줄래? 수프를 세 개 마련했던 집의 부엌에 있을 거야."

"비나 언니? ……아, 비나 언니는 연회 때마다 술만 마신다니까. 알겠어! 리미 루가 햄버그 가지고 다녀올게!"

"고마워. 잘 부탁해."

그렇게 후위 부대가 햄버그를 내가자마자 부엌은 썰렁해졌다.

남은 것은 마지막에 제공할 스테이크 일부뿐이다.

그것들을 보온을 위해 아궁이 뚜껑 위로 옮기면서 나는 국자로 물을 마셨다.

몸은 몹시 지쳐 있다.

하지만 마음은 고양되어 있다.

비나 루가 조금 걱정되지만 그 외에는—— 더없이 순조롭다.

모두가 어떤 표정으로 요리를 먹고 있는지는 모르지만, 여자들의 표정만 봐도 걱정은 없을 것이다.

큰 사고는 일어나지 않았다.

내 일도 조금만 더 분발하면 된다.

나는 기지개를 쭉 켜고 나서 추가용 고기를 옮기기 위해 식량 창고로 향했다.

'루도 루와 신 루도 즐기고 있으려나. 아이 파도 스튜를 먹었을까, 그랬으면 좋겠는데.'

입구에 걸려 있던 촛대를 손에 들고 식량 창고로 들어간다.

저장실은 더 안쪽에 있다.

이 채소 보관소도 조리가 다 된 요리를 일시적으로 보관하는 장소로 사용되고 있기에, 선반은 벽 쪽으로 밀려나 있다.

그리고 그 선반에는 이제 채소가 거의 남아 있지 않다.

조리에 실패할 것에 대비해 마련해둔 소량의 채소와, 이번 메뉴에는 사용되지 않은 채소들이 조금 남아 있을 뿐이다.

이 식재비는 루와 루티무에서 반씩 부담하는 모양이다.

이것으로 그들의 유대감이 강해질지, 혹은 틈이라도 생길지. 돈다 루와 지자 루의 인간성은 여전히 수수께끼투성이이기 때문에 나로서는 잘 모르겠다.

하지만—— 나는 내 일을 완수해낼 뿐이다.

그런 생각을 하면서 나는 저육실로 발걸음을 옮겼다.

그러자——.

활짝 열어놓았던 덧문이 탁 소리를 내면서 닫히고 말았다.

"어?" 하고 뒤돌아본 내 가슴에 작고 부드러운 물체가 뛰어들어온다.

그것은 매우 작고 부드러우면서도 힘이 아주 셌다.

그래서 나는 그대로 뒤로 쓰러지고 말았다.

그럼에도 촛대를 떨어뜨리지 않은 것은 대단한 행운이었으리라.

촛불에 비친 것은—— 궁지에 몰린 표정을 띤 레이나 루의 얼굴이었다.

3

"레, 레이나 루? 도대체 무슨 일이야?"

연회복 차림의 레이나 루가 내 위에 엎어져 있다.

내 가슴에 매달리듯 몹시 궁지에 몰린 눈빛으로 내 얼굴을 응시하고 있다.

"아스타……" 하고 작지만 육감적인 입술이 목이 약간 잠긴 목소리를 쥐어짜낸다.

"아스타에게 부탁이 있어요……."

"부, 부탁?"

"루의 가족이 되어주세요."

매우 진지한 빛이 깃든 파란 눈동자가 바로 코앞에서 나를 응시한다.

"파가를 나와서 루의 가족이…… 우리의 가족이 되어주세요."

"가, 갑자기 무슨 말을 하는 거야? 돈다 루와 지자 루가 허락할 리 없잖아?"

"아버지는 내가 설득하겠어요. 지자 오빠도—— 이야기하면 이해해줄 거예요."

나는 도저히 그렇게 생각할 수 없다.

아니, 나 자신이 그것을 바라지 않는다.

"왜 갑자기 그런 말을 하는 거야? 네가 무슨 생각에서 그러는 건지 전혀 모르겠어, 레이나 루."

"나는 아스타와 함께 있고 싶어요! 아스타를 친족으로 받아들이고 싶어요! 힘을 잃은 씨족이 다른 집안에 들어가는 것은 드문 일이 아니에요. 숲가의 백성은 그렇게 해서 서로 의지하며 살아가고 있어요."

그리고 레이나 루는 내 티셔츠의 가슴팍을 꽉 움켜쥐었다.

"분명 아버지는 아스타의 힘을 이미 인정했을 거예요. 가장이 결정하면 아무리 지자 오빠도 그걸 거역하지 못해요. 그 이후는 내가 시간을 들여 설득해 보일게요!"

"그럴 순 없어. 아이 파 혼자 남기고 루의 가족이 되다니…… 그게 가능할 리 없잖아."

나는 어떤 표정을 짓고 있을까.

레이나 루는 괴로운 듯 눈살을 찌푸리고 있다.

"아이 파에게도 내 마음을 전했어요. 다루무 오빠가 아니라도 좋아요. 분가에는 미혼 남성이 아주 많거든요. 칼을 놓고 혼인할 마음을 굳혀준다면…… 원래는 아버지 돈다 역시 본가에 혼사를 권유할 만큼 아이 파의 인품에 매력을 느꼈으니까요. 파가처럼 친족이 끊긴 집안의 사람에게 그런 이야기를 권하다니 원래는 상상도 할 수 없는 일이에요."

"하지만 아이 파는 거절했지?"

한창 연회가 열리는 중에 아이 파와 그런 이야기까지 했다니.

덧문이 달혔기에 연회의 소란스러움도 멀게 들린다.

그리고── 내 가슴은 슬픔과 비슷한 감정이 가득 차고 말았다.

"……그래도 나는 아스타와 함께 있고 싶어요."

레이나 루가 내 가슴에 얼굴을 묻는다.

"아이 파는 강한 사람이에요. 무서울 정도로 강한 사람이죠. 나는 아이 파의 마음을 움직이지 못했어요. 하지만…… 아이 파는 분명, 혼자서도 살아갈 수 있어요. 그 정도로 그 사람은 강한 사람이니까요."

"그건 그럴지도 몰라."

실제로 아여 파는 2년간을 혼자서 살아왔다.

나 같은 존재를 만나지 않았다면 분명 앞으로도 혼자서 살아갔을 것이다.

하지만──.

우리는 만나고 말았다.

"아이 파는 사냥꾼이에요. 아이를 낳는 삶이 아니라, 기바를 사냥하다 결국은 숲에서 썩는 길을 택한 거예요. 하지만 그렇다면── 남자인 아스타를 가족으로 맞아들인 의미도 없는 거잖아요? 파가의 피는 아이 파를 끝으로 끊어지게 되죠. 그렇다면 아스타는 루의 사람으로서──."

"레이나 루" 하고 나는 그 매끄러운 어깨를 움켜쥐었다.

"네 마음은 잘 알았어. 그렇게까지 내 앞날을 걱정해줘서 고마워. ……하지만 안 돼."

레이나 루가 깜짝 놀란 듯 고개를 든다.

그 파란 눈동자에 순식간에 닭똥 같은 눈물이 차오르는 것을 바라보며 나는 말했다.

"난 파가를 나올 생각이 없어. 아이 파 자신은 괜찮을지 몰라도 내가 안 되거든. ——그러니, 미안."

"어째서……죠? 완고했던 분가의 남자들도 지금은 당신의 힘을 인정하고 있어요. 지자 오빠만 시간을 들여서 설득하면 루의 친족은 전원 당신을……."

"나도 이곳 사람들 모두 정말 좋아. 하지만 그래도 나는 아이 파와 함께 있고 싶어."

최대한 살며시 레이나 루의 몸을 밀어내며 나는 땅바닥 위에 상반신을 일으켰다.

내 무릎 위에 탈싹 웅크리고 앉은 모양이 된 레이나 루가 급기야 눈물을 뺨에 주르르 흘리기 시작한다.

"정말 미안해. ……그리고 고마워."

레이나 루는 울면서 일어섰다.

그리고 눈물 젖은 그 눈동자에 매우 강한 빛을 띠며 마지막에 나를 똑바로 쳐다보았다.

"……나는 포기하지 않아요."

그 말을 마지막으로 덧문 밖으로 달려간다.

활짝 열린 덧문에서 또다시 연회의 열띤 소란스러움이 서서히 흘러들어 온다.

나는 진흙처럼 무거워진 몸을 땅바닥에서 일으켰다.

'레이나 루에게는── 그게 바른 길이구나.'

나처럼 정체 모를 인간을 가족으로 받아들이고 함께 살아가는 것이.

만약 내가 아이 파가 아닌 레이나 루에게 거두어진 존재였다면── 얼마나 행복하고 기뻤을까.

하지만.

그래도.

내가 만난 사람은 아이 파였다.

아이 파와 떨어져서 사는 미래 따위, 지금의 나는 상상조차 할 수 없다.

나는 자신의 관자놀이를 두세 번 후려갈기고 나서 저육실로 향했다.

하지만── 다시 그 발을 묶이고 말았다.

덧문 너머에서 비단을 찢는 듯한 여성의 비명이 들렸기 때문이다.

레이나 루인가?

아니, 이것은 여러 여성의 목소리다.

무슨 사고라도 일어난 걸까?

혹시── 등갈비와 햄버그라는 이형의 요리가 이어져서 급기야 남자들 중 누군가가 노발대발 화를 낸 걸까?

그런 식으로 이리저리 생각하는 것도 답답해서 나는 식량 창고를 뛰쳐나왔다.

집 옆쪽을 달려서 누각 옆을 지나 대광장에 들어간다.

광장은 이상한 상태로 소란스러웠다.

아까까지의 즐거운 소란스러움이 거짓이었다는 듯—— 부정적인 격정으로 들끓고 있었다.

시선은 전원 누각과는 반대 방향을 보고 있다.

그쪽은 광장 출입구 방향이다.

레인지 그쪽의 주인이었던 씨족이 화가 나서 광장을 나가버린 걸까?

나는 줄지어 서 있는 사람들에게 최대한 부딪히지 않도록 조심하며 광장의 중앙, 의식의 불 근처까지 뛰쳐나갔다.

그러자—— 믿기 힘든 광경이 그곳에 펼쳐졌다.

'뭐야, 이게……?'

순간적으로 그 광경이 무엇을 뜻하는지 이해하지 못했다.

뭐가 어떻게 해서 어떻게 되면 이런 광경이 완성되는 걸까. 내게는 상상조차 되지 않았던 것이다.

가장 출구에 가까웠던 아궁이가 허물어져 있다.

그 위에 놓여 있었을 터인 햄버그와 채소볶음이 땅바닥에 흩어져 있다.

그리고——.

그 허물어진 아궁이에 머리를 처박는 모양새로 한 마리의 거대한 기바가 죽어 있었다.

상당한 대물이다. 백 킬로그램은 되어 보인다.

그런데 어지간히 늙은 기바였던 걸까. 털에 윤기가 거의 없고 뿔이 하나 부러져 있다.

거기다 대담한 몸통에는 여러 개의 나무창이 꽂혀 있다.

흑갈색의 털가죽은 대량의 피에 물들어 냄새가 어마어마하다.

심지어 아궁이 불이 아직 완전히 꺼지지 않아 기바의 머리 털가죽을 부지지 태우고 있다.

야생 기바의 짐승 냄새와 피 냄새와 털가죽이 타는 냄새──그것이 마치 축복의 밤을 더럽히는 악의 그 자체인 것처럼 광장을 가득 채우기 시작했다.

기바가 아궁이에 돌격해 와서 그것을 남자들이 죽인 것일까?

아니 그런데, 흉포하면서도 겁이 많은 기바는 웬만큼 바로 앞에서 맞닥뜨리지 않는 한 사람 그림자를 보면 도망가는 습성이 있다고 들었다.

그런 기바가 백 명 이상의 인간이 모이는 대광장에, 거기다 활활 타오르는 아궁이에 스스로 돌격하다니 도저히 믿어지지가 않는다.

거의 얼이 빠지면서도 나는 이윽고 내 생각이 옳았다는 것을 알게 되었다.

기바의 시체 바로 밑에 평평한 판이 깔려 있던 것이다.

그 판에는 덩굴풀로 엮은 손잡이가 묶여 있었다.

이것은 쇠 냄비나 물독 등을 옮길 때 사용하는 끌판이다.

기바는 이 자리에서 죽은 것이 아니다. 죽은 상태로 이곳에 끌려와 아궁이에 내던져진 것이다.

누군가의 악의로 인해——.

"뭐야, 뭐야아? 경사스러운 연회 장소가 쥐 죽은 듯 조용하잖아?"

남자의 악의 있는 목소리.

약간 드높은 젊은 남자의 목소리.

아주 조금 들은 기억이 있는—— 굵직한 목소리에 혀가 짧고 늘어지는 말투.

나는 천천히 시선을 들었다.

부지지 피어오르는 검은 연기 너머로—— 세 명의 남자가 우뚝 서 있었다.

한 명은 몸집이 큰 젊은 남자.

흑갈색 머리를 짧게 깎고 파란 눈을 지닌, 몸집이 크다는 것 말고는 특징다운 특징도 없는 젊은 남자.

다른 한 명은 그보다 훨씬 작은 몸집의 역시 젊은 남자.

키는 작지만 온몸이 근육질이고, 각진 얼굴은 신사나 절 앞에 놓인 사자 모양의 석상처럼 위엄이 있다. 더벅머리와 들개처럼 번뜩이는 눈빛은 옆 남자와 똑같은 색을 띠고 있다.

그리고 마지막 한 명은—— 돈다 루나 단 루티무보다 더 거대한 몸집을 지닌, 풍선고기(풍선처럼 빵빵하게 부풀어 오른 몸에, 혹 모양의 돌기와 검은 점이 나 있는 바닷물고기) 같은 남자였다.

키는 2미터 가까이나 되며 체중은 얼마나 될까. 2백 킬로그램이라고 들어도 놀랍지 않을 것 같다. 얼굴이며 팔이며 배며 다리며 빵빵하게 부풀어 올라 있어서, 걷는 것보다 굴러가는 편이 빠를 것 같은 체형이다.

이마는 크게 후퇴되었고, 귓전에만 거무스름하고 덥수룩한 머리털이 소용돌이치고 있다.

그 탓에 나이가 몹시 많아 보이지만—— 빵빵하게 부풀어 오른 얼굴은 묘하게 어려 보여서 그것이 어쩐지 섬뜩했다.

마지막 풍선고기는 확실히 처음 봤지만, 나머지 두 사람은 내 기억에 있는 남자들이었다.

벌써 한 달쯤 전에 한 번 봤을 뿐인 슨 본가의 후계자, 디가 슨.

그리고 일주일 전에 악연을 맺은 슨 본가의 차남, 도드 슨.

틀림없이 그 녀석들은 이 숲가의 백성을 통솔하는 족장 집안 슨가의 남자들이었다.

"……가장은 어디냐아? 루티무의 단과 루의 돈다는 어디로 숨어버렸어? 슨 본가의 우리가 일부러 축하하러 와주었더니 가장의 인사도 없는 거냐아, 어?"

디가 슨의 드높은 목소리가 고약한 냄새가 풍기는 대광장에 메아리친다.

아마도—— 이 녀석들은 만취했다.

적어도 내가 아는 장남과 차남의 손에는 과실주 호리병이 들려 있었다.

"축하 선물이 마음에 안 드시는 모양이지이? 이렇게 커다란

기바라면 불만은 없지? 뿔과 엄니도 제대로 세 개 붙어 있다고
오. 슨 본가의 장남 디가 슨, 차남 도드 슨, 막냇동생 미다 슨이
주는 축복이다아. 고맙게 받아라, 루티무의 친족들이여!"

막냇동생── 막냇동생이라고 했어? 지금?

그럼 이 풍선고기가 가장 어리다고 말하는 건가. 가장 연장자
인 디가 슨조차 아직 스무 살을 넘은 것처럼 보이지 않는데.

아니── 지금 그런 것은 아무래도 좋다.

나는 주먹을 꽉 쥐며 슬며시 주위 사람들의 모습을 살펴보았다.

여자들은 두려움에 떨고 있다.

남자들은── 분노하고 있다.

뭔가 조금이라도 계기가 생기면 허리에 찬 칼을 뺄 수밖에 없
을 만큼 모든 남자들이 사냥꾼의 안광, 사냥꾼의 형상으로 변하
고 말았다.

당연하다.

친족의 연회를 모독했으니.

그저 족장 집안이라는 이유만으로 연회의 자리에 이런 형태로
난입해 온 상놈들을 긍지 높은 사냥꾼들이 용서할 리 없다.

하지만 아무도 움직이지 않는다.

소리가 날 정도로 이를 악물고 피가 배어날 정도로 주먹을 꽉
쥐며 남자들 전원이 조용히 미치고 있었다.

족장 집안인 슨가와 칼로 싸우면 숲가를 양분하는 큰 분쟁으
로 번져, 모든 백성이 멸망할지도 모른다── 이 이야기를 들은

적이 있다.

그래서 움직이지 않는 건가?

돈다 루도, 다루무 루도 이 광장의 어딘가에서 조용히 분노하고 있는 걸까?

하지만 나는 도저히 보고만 있을 수는 없었다.

그리고 루도, 루티무도 아닌 나이기에 할 수 있는 역할이 있지 않을까 하고 강하게 생각했다.

나는 기바의 시체를 우회해서 시커먼 연기를 사이에 두지 않고 남자들과 마주 선다.

그 순간── 세 명 중 두 명의 눈이 번뜩이며 타올랐다.

하지만 그 녀석들의 안광은 힘이 없다.

"대체 뭡니까, 당신들은?!"

나는 고함을 쳤다.

남자들의 눈이 한층 흉포하게 타오른다.

"더 이상 손님이 늘어난다는 이야기는 듣지 못했다고요! 루를 부모로 하는 루티무의 친족 백여 명, 내가 수락한 요리의 수는 그뿐입니다! 이렇게 불쑥 찾아온 손님을 받아들인다는 이야기는 못 들었습니다!"

"외지인…… 파가에 눌러앉은 이국인 놈!"

디가 슨이 한 걸음만 앞으로 나왔다.

허리에는 당연히 칼을 차고 있었지만, 아직 나한테 달려들어도 닿지 않는 거리다── 아마.

"이런 외지인을 연회에 초대하면서 슨가에는 말도 건네지 않은 것은 무슨 도리냐?! 원래 민가란 80년 전 옛날에는 슨의 친족이었던 집—— 이런 외지인을 초대하면서, 감히 슨가에는 축하할 자격이 없다는 거냐! 루! 루티무!"

"그런 이야기는 루와 루티무의 가장과 하십시오! 나는 루티무가에서 대가를 받고 이 연회의 아궁이를 맡았단 말입니다! 누구든 내 일을 방해하게 두지 않을 겁니다!"

단 루티무 쪽으로 주도권을 넘겨주는 것이다.

도를 넘은 상놈들에게 정당한 정론을 내세움으로써 이쪽에 유리한 상황을 만들어낸다. 그런 계산을 머리 한구석에서 하면서도—— 그러나 나는 내 진심을 쏟아내고 있을 뿐이기도 했다. 가슴속에서 끓어오르는 분노를 그대로 목을 지나 말로써 내뿜어내고 있을 뿐이었다.

나는 가엾은 기바의 시체에 손끝을 들이댄다.

"지금 당장 이 기바의 시체를 치워주시지요! 이야기는 그 후에 하십시오! 당신들은 기바의 시체를 쳐다보면서 기바의 고기를 먹는단 말입니까? 기바의 피 냄새를 맡으면서 기바의 전골을 마신단 말입니까? 내가 맡은 연회에서는 그런 예절은 인정할 수 없습니다! 지금 당장 이 기바를 광장 밖으로 치워주십시오!"

"애송이, 네놈——!"

"그리고 루티무의 가장 일행이 허락한다면 당신들에게도 요리를 대접하지요! 하지만 당신들이 망쳐놓은 이 요리는 오늘 밤

안에 다시 만들 수 없습니다! 내 일을 더 이상 어지럽히겠다면 대가는 슨가에 청구하겠습니다!"

디가 슨은 오들오들 떨기 바빴다.

그 등 뒤에서── 도드 슨이 칼을 빼들었다.

여자들의 비명이 날아든다.

"연회 자리에서 칼을 빼들다니, 이 머저리 같은 놈!"

강철 같은 목소리가 여자들의 비명을 끊어놓는다.

슨가의 얼간이 아들들보다 그리고 나보다 훨씬 박력 있는, 궁지와 분노에 찬 목소리가──.

아이 파의 목소리가 울려 퍼졌다.

"나와 가족 아스타는 루티무가의 장남 가즈란 루티무와의 거래로 이 연회에 몸담고 있다! 그것을 타인에게 이러쿵저러쿵 들을 이유는 없다! 네놈들의 처우 따위 루티무의 가장에게 맡길 수밖에 없겠지만── 파가의 인간에게 칼을 겨눈다면 용서치 않겠다!"

어스레함 저편에서 아이 파가 힘찬 발걸음으로 나아간다.

그렇게 의연하게 가슴을 펴고 불꽃 같은 안광으로 침입자들을 매섭게 쏘아보는 아이 파는── 매우 아름다운 연회복을 그 몸에 감싸고 있었다.

4

'아이 파──.'

긴 금갈색 머리가 허리 근처까지 느슨하게 흘러내린다.

머리에는 비단색으로 빛나는 베일을 쓰고 있고, 긴 머리의 곳곳마다 작은 꽃과 나무 열매가 꽂혀 있다.

목과 팔과 발끝에도 나무 열매와 금속 세공의 장식품을 차고 있으며, 허리부터는 약간 보랏빛이 감도는 얇은 천을 하늘하늘 늘어뜨리고 있다.

다른 여자와 마찬가지로 연회복이다.

다른 여자와 마찬가지로 연회복이지만—— 아이 파는 누구보다도 아름답고 눈부셨다. 적어도 내 눈에는 그렇게 보였다.

그리고 다른 여자와 다른 점은, 손에 가죽 칼집의 칼을 쥐고 있다는 것과 아름다운 얼굴에 용맹스러운 사냥꾼의 엄숙한 표정이 깃들어 있다는 것이었다.

"아이 파…… 오랜만이로구나아……?"

칼을 뽑아 든 동생을 손으로 제지하고 디가 슨이 그쪽으로 돌아선다.

"뭐야, 여자 같은 모습을 하고…… 너도 결국, 신랑감을 찾으려고……?"

디가 슨의 탁한 눈에 불길한 느낌의 빛이 깃들더니 누그러진 얼굴에는 역겹고 야비한 웃음이 떠오른다.

당장에라도 입맛을 다실 것 같은 얼굴을 보고—— 나는 하마터면 앞뒤 생각 없이 덤벼들 뻔할 만큼 분노를 느꼈다.

'그런—— 그런 흙탕물 같은 탁한 눈으로 아이 파를 보지 마!'

이 남자는 내 일을 모독할 뿐만 아니라 내 소중한 사람까지 모독할 작정인가?

하지만 그런 역겨운 눈길을 받고 있는 아이 파는 나와는 달리 냉철 그 자체였다.

"흥. 미혼 여성이면서 연회복을 걸치지 않으면 연회의 흥을 깨는 행위라고 주의를 받았기에 어쩔 수 없이 이처럼 얇은 옷을 입고 있을 뿐이다. 내게 신랑 따위 필요 없다는 것은 2년 전 차가운 강바닥에서 뼈저리게 느꼈을 텐데, 슌가의 장남이여."

"네놈······!"

"그만 하면 됐으니 냉큼 칼을 거두어라! 초대받지도 않은 연회의 자리에 들어와 인심을 현혹시키고 백성을 해치려 하다니. 그것이 족장 집안이 할 일인가! 족장 집안이라면 우리 슾가의 백성에게 모범을 보여라!"

디가 슌과 도드 슌은 각각 분노에 두 눈을 불태우면서 아이 파를 노려본다.

그 옆에서 혼자 엉뚱한 방향으로 시선을 움직이고 있던 풍선고기 같은 막냇동생이 돌연 아무런 맥락도 없이 "그런데······" 하고 이상한 목소리를 냈다.

"뭔가 엄청 좋은 냄새네······ 미다는 배가 고픈데······?"

그 목소리는 어쩐지 어린아이처럼 가늘고 드높았다.

보통은 몸이 커지면 목소리는 굵어지는 줄 알았건만. 너무 살쪄서 기관이 압박을 받고 있는 걸까.

마치 슨가의 타락의 상징인 것 같은 존재다.

"시끄러워! 닥치고 있어, 이 멍청한 놈아!"

성난 형의 꾸짖음에 시무룩하게 입을 다문다.

지금이 기회가 아닐까 싶어 나는 돌을 던져보았다.

"어디까지나 당신들이 혼례를 축하하러 왔다고 주장한다면 우선 그 칼을 거두고 이 기바를 어딘가로 치워주세요. 그 후 루티무의 가장이 허락한다면 당신들에게도 연회의 요리를──."

"누구 마음대로 허락을 해!" 하고── 그렇게 응한 사람은 슨가의 남자들이 아니었다.

살기의 덩어리 같은 것이 내 등 뒤로 서서히 다가온다.

뒤돌아보니 그곳에 있는 사람은── 단 루티무와 돈다 루였다.

단 루티무는 손에 큼직한 등갈비를 움켜쥔 채 대머리에 핏대를 세우고 있었다.

돈다 루는 손에 과실주 호리병을 늘어뜨리면서 야수 같은 얼굴로 웃고 있었다.

그들의 두 눈은 모두 불꽃처럼 타오른다.

두 사람의 가장은 그 자리에 있는 누구보다도 격노했다.

"이 애송이들이…… 잘도 내 아들의 혼례를 모독했겠다!"

돈다 루는 그렇다 쳐도, 루티무의 아버지가 이렇게까지 성내는 모습을 본 것은 이번이 처음이었다.

방울눈은 터질 듯 부릅뜨고 굵은 눈썹은 치켜 올라가며 넉넉

한 볼살은 부르르 흔들린다.

두툼한 입술이 말려 올라가 희고 튼튼한 이가 그대로 드러나고 관자놀이에도 굵은 혈관이 맥박 치고 있다.

이에 비하면 한때 나를 향했던 분노 따위는 강아지에게 소변을 맞은 정도의 분노였을지도 모른다. 분노하는 모습이 악마가 따로 없다.

이런 격정의 시선을 받으면서 제정신을 유지할 수 있을까, 하고 시선을 정면으로 돌려보니——.

디가 슨은 창백한 얼굴로 그 자리에 못이 박혔다.

도드 슨은 떨리는 손가락으로 칼을 다시 쥐고 있었다.

그리고 미다 슨은—— 아무것도 이해하지 못한 모습으로 멍하니 서 있었다.

"누가 네놈들 같은 상놈들에게 혼례를 축하받겠느냐! 누가 네놈들 같은 상놈들에게 이런 맛있는 요리를 먹이겠느냐!"

으르렁거리며 단 루티무는 손에 쥔 등갈비를 한 입 씹어 먹고 남은 흰 뼈를 발밑 땅바닥에 내팽개쳤다.

돈다 루도 쓱 앞으로 나간다.

"슨가의 애송이 놈들아…… 네놈들 같은 애송이가 우리 상대가 되는 줄 아느냐! 루와 루티무에 싸움을 걸고 싶다면 족장과 모든 남자들을 데려오너라!"

천둥 같은 포효다.

디가 슨이 "히익" 하고 가느다란 목소리를 내는 것이 희미하게 들렸다.

"이런 늙어빠진 기바의 고기를 누가 먹겠냐! 네놈들의 축복 따위 받을 것 같으냐!"

단 루티무가 성큼성큼 나아가 아궁이에 머리를 처박은 기바의 털가죽을 양손으로 거머쥔다.

그러자 믿을 수 없는 광경이 벌어졌다.

단 루티무는 두 팔만으로 백 킬로그램에 가까운 기바의 거체를 머리 위로 들어 올린 것이다.

단 루티무의 무게도 기바와 비슷할지도 모르겠으나, 아무리 그래도 엄청난 괴력이었다.

"으악, 으아악" 하고 디가 슨이 뒷걸음질 친다.

도드 슨 역시 완전히 도망칠 자세다.

미다 슨조차도 "흐아악" 하고 비명을 질렀다.

"꺼져버려!" 단 루티무는 기바의 거체를 내동댕이쳤다.

"으아악!" 디가 슨 일행이 도망가기 위해 허둥댄다.

불쌍한 기바의 신체는 두세 번 크게 튀더니 등에 박힌 나무창을 뚝뚝 부러뜨리며 광장 입구 근처까지 굴러갔다.

디가 슨 일행의 모습은 어둠의 저편으로 녹아들어간다.

"바보 같은 것들!" 단 루티무의 목소리에 굉장한 환호성이 겹쳤다.

친족들이 기쁨의 소리를 폭발시킨 것이다.

그것은 그들이 얼마나 슨가를 흉하게 생각하고 있는지── 그리고 평소에 얼마나 그 격정을 억누르고 있는지, 그것을 증명하는 듯한 환호성의 폭발이었다.

"단 루티무── 죄송합니다, 주제넘게 나서는 바람에."

나는 머리에 두르고 있던 수건을 벗어 단 루티무에게 머리를 숙였다.

갑자기 성난 악마의 형상이 흐물흐물하게 웃으며 무너져 내린다.

"무슨 말이냐! 난 분노한 나머지 숨이 잘 안 쉬어져서 잠시 움직이지 못했던 것뿐이다! 그사이 내가 하고 싶은 말을 댁들이 대변해주기에, 그래서 겨우 정신을 차릴 수 있었던 거다!"

댁들──?

어느덧 아이 파가 내 옆에 서 있었다.

평소의 조용한 표정으로.

평소와 전혀 다른 차림으로.

"어차피 저 애송이 놈들은 술김에 연회를 방해하러 왔을 뿐이다. 가장의 명령으로 움직였다면 분가의 남자들을 죄다 끌고 왔겠지."

아직 두 눈에 격정의 불꽃을 남기며 돈다 루가 과실주를 들이켠다.

"어이! 저 늙은 기바를 숲으로 돌려보내주어라! 애송이 놈들이 저지른 실수는 문토가 없었던 일로 해줄 테지."

여러 명의 남자들이 고개를 끄덕이고 불쌍한 기바 곁으로 달려간다.

그것을 보고 단 루티무는 한심하다는 듯 눈꼬리를 내렸다.

"아아아. 저 기바에게는 미안하게 됐군. 어이! 다시 기바로 태어난다면 이번에는 맛있게 먹어주겠다!"

내가 무심코 웃음을 터뜨리고 말아, 단 루티무는 되록 이쪽을 보고 돌아선다.

"아스타! 화를 냈더니 배가 고프구나! 다음 요리는 뭐냐?"

그 두꺼운 손으로 내 어깨를 잡으려 해서 나는 그만 뒤쪽으로 튕기듯 피한다.

"손! 손을 씻어주세요! 기바의 털가죽을 잡았잖아요! 절대로 그 손으로 등갈비를 먹으면 안 된다고요!"

"등갈비는 벌써 다 없어졌다. 아스타, 등갈비는 이제 없느냐?"

두툼한 입술을 삐죽이는 단 루티무다.

아기가 토라진 듯한 표정이다.

"남아 있으면 추가로 굽겠습니다. 그러니 손을 씻고 기다려주세요. ──그럼 난 일이 남아 있어서."

"오! 부탁한다, 아스타!"

나는 흘끗 아이 파를 보았다.

아이 파는 고개를 끄덕이고 "망가진 아궁이를 정리하지" 하고 등을 보인다.

금갈색의 긴 머리와 반투명한 베일에 감싸인 그 우아한 뒷모습을 잠시 바라보고 나서── 나는 부엌을 향해 달렸다.

◇

시간은 흘러 드디어 클라이맥스다.

줄곧 누각 위에서 연회의 모습을 지켜보던 신랑과 신부가 루티무의 장로와 민의 장로의 손에 이끌려, 지상으로 내려온다.

이끌려 간 곳은 누각의 정면에 설치된 부엌.

그곳에 비나 루가 부축하고 있는 지바 루가 기다리고 있다.

두 사람은 지바 루의 앞에 무릎을 꿇고 신랑은 자신의 오른쪽 어깨를, 신부는 자신의 왼쪽 어깨를 잡은 자세로 고개를 숙였다.

지바 루는 떨리는 손가락으로 두 사람의 초관을 벗기고 향초를 피워올리는 아궁이 연기에 그것을 쐬었다.

그렇게 신랑이 썼던 초관을 신부의 머리에 씌우고, 신부가 썼던 초관을 신랑의 머리에 씌운다.

이윽고 천천히 일어난 두 사람 앞에 지바 루는 목걸이에서 떼어낸 엄니와 뿔 하나씩으로 축복했다.

"축복을…… 오늘 밤 민가의 아마 민은 루티무가의 가즈란 루티무의 아내가 되어, 아마 민 루티무의 이름을 얻었다. 민과 루티무는 유대감을 끈끈히 하고 더 큰 힘과 번영을 이 숲가에……."

"가즈란 루티무는 숲으로부터 아마 민 루티무를 받았습니다."

"아마 민 루티무는 숲으로부터 가즈란 루티무를 받았습니다."

몇 번째인가 모를 환성이 폭발했다.

그 환성을 밀어 헤치듯 루 분가의 여자들이 향초를 피운 아궁이에 쇠 냄비를 옮겨 왔다.

벌써 마무리를 기다리고 있는 햄버그와 비장의 등심 스테이크가 한 덩이씩 그 안에 놓여 있다.

여자들은 부지런히 장작을 추가해서 뜨거우리만치 강한 불길을 일으킨다.

그리고는 지바 루의 손을 잡고 물러났다.

그 대신 비나 루가 앞으로 나간다.

이름을 바꾸고 처음으로 얻는 고기를 신부에게 바치는 것은, 친가의 미혼 여성 중 최연장자로 정해진 모양이다.

비나 루는 아궁이 앞에 서서 허리에 늘어뜨리고 있던 과실주 호리병을 잡았다.

그 안에는 필요한 양의 과실주밖에 들어 있지 않다.

그 내용물을 비나 루는 쇠 냄비 위에 살짝 뿌려주었다.

그 순간 시뻘건 불꽃이 아주 잠시 타올랐다가 바로 사그라진다.

와아…… 친족들이 수런거린다.

비나 루는 물러나고 우아한 몸짓으로 쇠 냄비를 가리킨다.

여자들이 활활 타오르는 장작을 절반쯤 빼내서 불을 조절한다.

신랑과 신부가 아궁이 앞에 나아가고 여자들로부터 받은 쇠꼬챙이로 햄버그를 잘랐다.

그 고깃점이 신부의 입으로 들어가는 것을 확인하고—— 내일은 종료되었다.

에필로그 // ~연회의 끝무렵~

"이것 봐, 틀림없이, 이 녀석이 마지막 고기라고!"

추가분의 고기가 연회 자리에 전달된다.

도대체 오늘 하루에 얼마나 많은 양의 고기를 먹었는지. 이제 계산하고 싶지도 않은데 남자도 여자도 환성의 소리를 내고 그쪽으로 무리 지어 간다.

그 광경을 루 본가의 가옥 옆에서 바라보며 나는 곁에 있는 소녀를 불렀다.

"……라라 루는 먹으러 안 가?"

"응. 이제 배불러. 많이 먹었으니 살찌려나."

아직은 더 살쪄도 될 것 같다. 두 명의 누님에 비하면 그녀는 좀 말랐을 정도다.

하지만 라라 루는 아직 열두 살. 키가 먼저 크는 체질일 테지. 몇 년 후에는 분명 누님들 못지않은 매력적인 여성으로 성장할 것이 틀림없다.

"그런데 마지막에 그 불 굉장하더라. 그건 뭐였어?"

"평소와 다른 과실주를 썼지. 독한 술은 불로 태울 수 있거든."

물론 그것은 카뮤아 요슈로부터 받은 과실주였다.

달리 어떻게 써야 할지 떠오르지 않았기 때문에 연회의 마지막을 장식하는 도구로 사용했다.

"흐음" 하고 그리 흥미도 없다는 듯 말하고 나서 라라 루는 넋을 잃고 눈을 감는다.

"그건 그렇고 아마 민 루티무는 근사하더라. 원래 아름다운 사람이긴 하지만 신부 의상은 또 특별하니까."

"그러게. 정말 깜짝 놀랐어. ……그런데 라라 루의 의상도 근사한데."

물론 라라 루도 연회복을 몸에 두르고 있다.

아직 어린 소녀이긴 하지만 역시 머리를 늘어뜨리면 훨씬 여성스러워진다.

일부러 용모를 칭찬하지 않고 의상을 칭찬하는 선으로 조절했건만, 결국 등을 가차 없이 맞고 말았다.

힘들어서 축 늘어진 몸에 강한 통증이 스며든다.

"아야, 아파라. ……그런데 나한테 용건이란 게 뭐야?"

"웅? 아니, 별로 너한테 용건이 있었던 건 아닌데…… 신 루, 못 봤어?"

"신 루? 글쎄? 루도 루하고 같이 있지 않을까?"

"루도는 다른 오빠들과 같이 있거든. 이상하네. 아까까지는 실라 루 일행하고 같이 있었는데."

아무튼 백여 명이 모여든 연회이니 어쩔 수 없다.

나도 이렇게 일을 끝낼 수 있었건만, 여전히 아이 파를 만나지 못하고 있다.

"여어, 아스타, 수고했어. 아궁이 당번뿐만 아니라 슨가의 얼간이들까지 상대하는 바람에 큰일이었겠네?"

호랑이도 제 말 하면 온다더니. 루도 루가 그곳에 불쑥 모습을 드러냈다.

"지자 형이 옆에 없었으면, 그런 녀석들은 나 혼자서 때려눕혀줬을 텐데. 뭐, 루티무의 연회이니까 거긴 루티무의 아저씨에게 영광을 돌려야겠지."

"넌 얌전히 있어, 꼬맹이 루도. 슨가 따위에 절대로 관여하면 안 돼."

"시끄러워, 선머슴. ……그런데 너희 뭐 하는 거야? 역시 이런 남자인지 여자인지도 모를 사람을 아내로 맞이하는 거야? 아스타?"

화난 라라 루가 따귀를 갈기려고 했지만 젊은 사냥꾼은 훌쩍하고 그 공격을 피해버린다.

"진정해. 경사스러운 날이잖아. ……그런데 루도 루, 신 루 어디 있는지 몰라?"

"신 루? 아, 그 녀석이라면 아스타, 너희가 묵었던 빈집에 있던데."

그때 루도 루는 잠시 언짢은 듯 눈살을 찌푸렸다.

"그러고 보니 아이 파도 같이 있더라. ……제길, 신 루한테 쓸데없는 소리는 하지 말 걸."

쓸데없는 소리?

지칠 대로 지친 머릿속에서, 딱 하고 퍼즐 조각이 들어맞는다.

"쓸데없는 소리가 뭔데? 너, 신 루한테 무슨 바람을 불어넣은 거야? 아니, 왜 신 루하고 아이 파가 이야기를 하고 있는 건데!"

"시끄러워. 너하고는 관계없어." 루도 루가 가만히 나를 쳐다본다.

나는 고개를 끄덕이고 기댔던 벽에서 손을 뗐다.

"라라 루, 가보자. 나도 아이 파를 찾던 중이었거든."

"어? 아, 응……" 하고 어쩐지 약한 표정을 보이는 라라 루의 팔을 붙잡고 나는 광장으로 향했다.

"도대체 뭐지? 신 루와 아이 파가 무슨 일이야?"

"그건 아직 몰라. 난 그리 신 루와 친하지 않으니까, 라라 루가 그와 이야기를 나눠줘."

고개를 갸웃하는 라라 루와 함께 사람들 틈을 비집고 빈집으로 향한다.

다들 정말 즐거워 보인다.

연회가 끝나고 나는 드디어 사람들의 표정을 확인할 수 있었다.

평소에는 위엄 있는 얼굴을 하고 있는 남자들도 얼굴을 상기시키며 웃고 있다.

고기와 술. 가족과 친족. 오렌지색으로 타오르는 불꽃. 용감한 신랑과 아름다운 신부—— 다양한 것에 취해 있는 것이리라.

이런 연회에 관여하게 된 것을 기쁘게 생각한다.

자신의 일을 완수해냈다는 사실을 자랑스럽게 생각한다.

이 마음을 나눌 수 있는 사람은── 역시 내게는 아이 파밖에 존재하지 않는다.

"아……" 하고 라라 루가 소리를 낸다.

그곳만 어둑어둑하고 인기척이 없는 빈집의 뒤쪽에서 아이 파와 신 루가 모습을 드러낸 것이다.

신 루의 모습은 인파에 파묻히고 아이 파만이 그 자리에 남았다.

"신! 신 루!" 하고 라라 루가 내 손을 뿌리치고 인파 속으로 달려간다.

물론 나는 종종걸음으로 아이 파의 곁으로 향했다.

"아스타……." 아이 파가 놀란 듯 눈을 동그랗게 뜬다.

"왜 그러지? 무슨 일이 있었나?"

"아니, 난 아무 일도 없어."

아이 파의 앞에서 멈춰 선다.

그 순간 왼쪽 무릎이 휘청 힘이 빠졌다.

하마터면 쓰러질 뻔한 것을 아이 파의 강한 팔이 잡아주었다.

"무슨 일이야? 몸이 안 좋은가?"

"아니…… 지칠 대로 지쳐서 그래. 결국 조금 집어먹은 것 말고는 아무것도 안 먹었으니까."

"바보같이. 이렇게나 힘든 일을 하는데 제대로 식사도 안 했단 소린가?"

화난 얼굴로 내뱉더니 내 몸을 가옥의 벽에 기대 세운다.

"기다려. 고기를 가져다줄게."

"아니, 됐어. 당분간은 넘기지 못할 것 같아." 나는 황급히 아이 파의 팔을 움켜쥐었다.

"이제야 일이 끝났어. 조금만 더 여운을 느끼게 해줘."

말하면서 주르르 땅바닥에 앉는다.

아이 파는 잠시 주저하는 표정을 지었지만, 결국 내 옆에 앉아주었다.

다만 평소대로 한쪽 무릎을 세우고.

"저기, 아이 파. 그런 차림을 하고 있을 때 정도는 좀 더 여성스럽게 행동해도 천벌이 떨어지진 않을 것 같은데."

"너까지 이상한 말을 하는군. 지바 할머니가 신신당부를 하기에 어쩔 수 없이 입었을 뿐이야, 이런 거."

가느다란 손가락으로 반투명한 베일을 튕기는 아이 파다.

"여자이기 전에 나는 가장이자 사냥꾼이다. 내가 연회복을 입은들 우습기만 하겠지."

"전혀 그렇지 않아. 분명히 아이 파는 가장이고 사냥꾼이지만, 역시 여자라는 사실은 틀림없잖아."

불쾌한 얼굴을 하는 아이 파에게 나는 웃어 보인다.

"굉장히 잘 어울려. 빈말이 아니라 정말 아름다워."

아이 파는 얼굴을 붉히거나 하지 않고, 다만 음식이 목구멍에 걸린 것처럼 눈을 희번덕거렸다.

그리고 마지막으로 내뱉은 말은 "이상한 소리 좀 그만해"였다.

그러고는 도무지 끝날 기미가 보이지 않는 연회 쪽으로 고개를 돌린다.

"......일은 끝난 거군."

"응. 끝났어."

"뒷일은 어떨지 잘 모르지만, 넌 네 일을 완수했어."

"그래."

"이게 네 힘이다, 아스타."

아이 파는 어쩐지 아득히 먼 곳을 바라보는 듯한 눈길을 하고 있었다.

뭘까.

아까까지는 평상시 같았는데, 지금은 아이 파의 존재가 멀게 느껴진다.

"아스타."

"응."

"넌 루티무와 함께 있어야 하는 것 아닐까?"

나는 아이 파의 옆얼굴을 뚫어지게 쳐다본다.

아이 파는 이쪽을 보려고 하지 않는다.

"가즈란 루티무는 네 힘을 인정했어. 단 루티무 역시 마찬가지다. 아무래도 본가 쪽 데릴사위까지는 인정되기 어렵겠지만, 지금의 나와 마찬가지로 혈연관계가 아닌 가족으로라면 두 팔 벌려 환영해주겠지."

"야."

"그렇게 유대감을 쌓아가면 분가 쪽 데릴사위 정도는 인정해줄지도 몰라. 그렇게 하면 너도 이 숲가에서——."

"뭐야? 왜 갑자기 그런 말을 하는 건데?"

나는 아이 파에게 바짝 다가갔다.

그러나 역시 아이 파는 나를 보려 들지 않는다.

"……그럼 반대로 묻겠다. 넌 파가에 머물면서 뭘 이룰 셈이
지?"

"뭐냐니……."

"파가는 루나 루티무만큼 풍족하지 않아. 이런 호화로운 식사
는 어림없지. 아리아와 포이탄과 기바 고기와, 그리고 약간의
채소만을 재료로 너 자신과 나만의 음식을 만들고—— 그것으
로 넌 만족해?"

"만족해. 난 요리사로서 네게 요리를 대접하는 게 아니야. 가
족으로서, 파가의 아궁이 당번으로서 요리를 만들고 있을 뿐이
야. 살림을 꾸려서 식탁을 차리는 게 아궁이 당번의 일이잖아."

"그것으로 넌 만족해?"

"만족해." 나는 단언했다.

"이렇게 일로써 요리를 만들 수 있다면 그야 기쁘지. 즐겁고
행복해. 하지만 내가 아궁이 당번을 맡고 싶은 건 루도 루티무
도 아니야. 파의 집이야. 난 누구보다도 너한테 내 요리를 먹게
하고 싶어."

"…………."

"어쩌면 또 별난 사람이 나타나서 나한테 연회나 하룻밤의 아

궁이를 맡아달라고 부탁할지도 모르잖아? 그런 일이라면 대환영이야. 그런 기대를 가슴에 품으면서 나는 파가에서 요리를 만들고 싶다고."

"하지만······." 아이 파가 나를 보지 않은 채 말한다.

"나는 오늘 또다시 슨가의 녀석들과 악연을 만들고 말았어."

"그건 나도 마찬가지잖아."

"내게는 나 자신을 지킬 힘이 있어. 한데 내가 숲에 들어간 사이 집에 홀로 있는 널 지킬 힘은 없어."

"그건······."

"루티무와 루에는 그 힘이 있어. 오늘처럼 괴롭힐 수는 있어도, 지금의 슨가에는 루나 루티무에 칼을 겨눌 기개는 없어."

"············."

"아스타를 파가에 두는 것은 위험해."

"······그건 네 생각이야?"

나는 더욱더 아이 파에게 바싹 다가갔다.

그러나 아이 파는 움직이지 않는다.

"이제 와서 하는 이야기 아니야? 그 도드 슨이라는 남자와는 일주일 전에 만났잖아. 그런데 이제 와서 그 얘기를 하는 이유가 뭐지?"

"······그날 이후 넌 내내 이곳 루의 촌락에서 지냈어."

"그래, 맞아. 하지만 넌 오늘 아침 '내일부터는 원래 생활로 돌아간다'라고 말해주었잖아? 그런데 왜 이제 와서 갑자기 그런 말을 하는 거야?"

"……오늘 또다시 슨가와 악연이 생겼어. 그리고 넌 루티무에
힘을 보여줬지."

"그뿐이야?"

"……아스타를 파가에 두어서는 안 된다는 말을 들었어."

"레이나 루에게서?"

"…………."

"그런 것 같았어. 그녀가 날 걱정해주는 건 고마워해야 하겠
지만……."

레이나 루의 눈물을 글썽인 비통한 얼굴이 뇌리를 스쳐간다.

"하지만 그건 그녀의 마음이지 내 마음이 아니야. 난 내 마음
과 아이 파, 네 마음밖에 따르고 싶지 않아."

"…………."

"내 마음은 이미 정했어. 난 파가에 있고 싶어. 내가 파가를
떠나는 건, 네가 나한테 정이 떨어져서 날 쫓아낼 때뿐이야."

"……내가 나가라고 하면 나갈 건가?"

나는 화가 나서, 저쪽에 있는 아이 파의 어깨를 붙잡고 억지로
이쪽을 향하게 했다.

내 팔 같은 것은 쉽게 뿌리칠 수 있을 테지만, 아이 파는 반항
하려 하지 않았다.

파란 눈동자가 오랜만에 나를 본다.

"난 네 곁에 있고 싶어. 네가 날 싫어해도 나가기 싫어. 날 쫓

아내고 싶다면 강제로 쫓아내봐. ……완력이라면 널 당해내지 못하니까."

"…………."

"나한테 사라지지 말라고 말해준 건 거짓이었던 거야?"

아이 파의 눈동자에 불꽃이 깃들었다.

"사라지지 않길 바라. 널 위험하게 만들고 싶지도 않아. 그렇기 때문에 루티무가에 들어가야 하는 것 아니냐고 말하는 거다, 나는!"

"그래? 그렇게 생각해주는 거라면 역시 난 네 곁에 있고 싶어. 슨가는── 정말 위험하다면 뭔가 대책을 생각하자. 최악의 경우, 나는 그 카뮤아 요슈라는 남자를 의지해도 된다고 생각해."

"……그 남자는 돌의 도시의 주민이다."

"네가 싫다면 그건 그만둘게. 그렇다면 루나 루티무에 무릎을 꿇든 뭐든 할 거야. 친족도 아무것도 아닌 나를 지켜달라고. ── 그래도 난 아이 파와 떨어지기 싫어."

아이 파의 눈동자가 불꽃을 품은 채 일렁였다.

화를 내고 있는지 어떤지── 어쩌면 자기 스스로도 잘 모를지도 모른다.

여자인데도 사냥꾼의 얼굴을 지닌 아이 파.

이 숲가에도 단 한 명밖에 존재하지 않을 여자 사냥꾼인 아이 파.

나는──.

"……신 루의 용건은 뭐였어?"

"뭐?"

"아까까지 이야기하고 있었잖아. 혹시 '제물 사냥' 이야긴가? 오직 혼자서 다섯 식구를 부양하기 위해 자신도 '제물 사냥'을 하고 싶다고── 혹시 그런 의논 아니었어?"

"…………."

"넌 뭐라고 대답했어? 아이 파?"

"……'제물 사냥'은 위험한 사냥이다. 네가 생명을 잃으면 누가 다섯 식구를 지키느냐고 대답했어."

"그렇구나. 그런데 너 역시 나라는 가족이 있는데 그 '제물 사냥'을 계속하고 있잖아. 너한테 배어 있는 이 달콤한 냄새는 기바를 끌어들이는 열매의 냄새 맞지?"

아이 파의 얼굴에 희미하게 핏기가 돈다.

이렇게 흥분한 상태인데도 역시 냄새에 대해 언급하면 부끄러운 걸까.

하지만 나는 이 냄새가 좋다.

기바를 끌어들이는 열매의 달콤한 냄새와.

향초의 청량한 냄새와.

피코잎의 날카로운 냄새와.

그리기 열매의 상냥한 냄새와.

고기와 기름의 맛있어 보이는 냄새.

이 냄새들이 한데 어우러진 아이 파의 향기가── 나는 좋다.

이것은 아이 파만의 향기다.

남자와 여자의 일을 혼자서 소화해온 아이 파만의 향기다.

숲의 냄새와 집의 냄새가 녹아든 아이 파만이 지닌 향기다.

"그런 위험한 행동을 하면서까지 사냥꾼을 할 필요는 없어──
이런 말을 넌 절대로 누구한테서도 듣고 싶지 않겠지, 아이 파?"

"…………."

"나 역시 마찬가지야. 파가의 아궁이 당번을 맡는 건 위험하
다고, 어디의 누구한테서도 듣고 싶지 않아."

루도 루의 말이 뇌리에 되살아난다.

걱정하지 말고 존경하라.

그렇게까지 해서 아이 파는 기바를 사냥하려고 하는 것이다.

숲가의 백성으로서── 사냥꾼으로서 살아가기 위해.

'제물 사냥'을 그만둔다면 사냥꾼을 그만두어야 했을지도 모
른다. 여자로서 어딘가의 집에 시집가는 수밖에 없을지도 모
른다.

그런 운명을 거부하고 아이 파가 사냥꾼으로 살아간다면──.

그렇기 때문에 아이 파가 이렇게 강하고 고상하고 아름다운
존재일 수 있다면──.

나는 역시 아이 파의 선택을, 결단을, 부정하고 싶지 않다.

나는 아이 파가 이런 인간이기 때문에 매료되는 것이다.

숲의 냄새와 집의 냄새를 겸비한, 사냥꾼으로서의 강인함과 여
자아이로서의 사랑스러움을 겸비한, 아이 파가 이런 인간이었기

때문이야말로── 나는 아이 파와 함께 있길 원하는 것이다.

"슨가에 대한 건 나도 생각해볼게. 그러니 네 곁에 있게 해줘. 난 너와 함께 있고 싶어, 아이 파."

잠시 동안 아이 파는 잠자코 있었다.

내 진의를 살피려는 듯 그 강한 빛을 띤 눈동자가 내 눈동자를 바라본다.

그대로 얼마나 많은 시간이 흘렀을까──.

이윽고 아이 파는 "……멋대로 해" 하고 외면했다.

입술이 약간 삐죽하다.

뺨 언저리가 여전히 발그레하다.

드디어 평상시의 아이 파로 돌아와주었다.

촤르륵, 하고 소리를 울리며 커다란 사람 그림자가 다가온 것은 그때였다.

"바쁘신 중에 실례하겠습니다. 잠시 시간을 내주시겠어요? 아스타와 아이 파."

놀랍게도 가즈란 루티무였다.

기바의 머리가 달린 망토를 입은 용맹한 사냥꾼의 모습으로 조용히 우리를 내려다본다.

"아, 그럼요. 별로 바쁘진 않아요."

대답하면서 나는 여전히 아이 파의 어깨를 잡고 있다는 사실을 깨닫고는 황급히 손을 뗐다.

그리고 아이 파는 고개를 돌린 채 뺨을 붉게 물들이고 입술을 삐죽이고 있으니, 아무리 봐도 바쁜 게 맞다.

아니, 이런 바쁜 인간들에게 잘도 말을 건다, 이 사람도.

"죄송합니다. 좀처럼 연회에서 빠져나올 수 없는 몸이라. 실례인줄 알면서도 말을 걸었습니다."

"아, 아뇨." 나는 일어선다.

물론 아이 파도 일어섰지만 그때 팔꿈치로 가차 없이 내 옆구리를 찔렀다.

"내일은 만날 수 있을지 없을지도 모르기 때문에 오늘 밤 안에 대가를 드려야겠다는 생각에 이렇게 찾아왔습니다."

보수의 나머지 절반, 기바 열 마리분의 엄니와 뿔을 내밀어 온다.

분명 혼례식 축하의 일부일 것이다. 정성스럽게 가죽끈을 엮어 목걸이로 만들어져 있다.

"훌륭한 음식을 해주셔서 정말 감사합니다. 친족들의 행복한 얼굴을 보고 나도 내 판단이 틀리지 않았다는 것을 확신했습니다."

"이쪽이야말로, 날 신용해주셔서 고맙습니다. ……그리고 결혼을 축하합니다."

"감사합니다." 쑥스러운 듯 미소 짓는 신랑이다.

"그리고 슨가에 대해서도—— 당신들을 전면에 세우게 되어 정말 죄송했습니다. 아버지 단과 돈다 루도 분노한 나머지 칼을 뽑을 뻔했기 때문에 잠시 주변 남자들이 말리고 있었던 모양입니다."

"아뇨, 그건 우리가 멋대로 한 건데요. 오히려 루티무에 재앙을 제공한 건 아닌지 걱정하고 있었어요."

"재앙은 이쪽의 의향을 무시한 채 언제든지 닥칩니다. 그것은 오늘 밤에도 확실히 알게 된 겁니다."

가즈란 루티무의 똑바른 눈동자가 강한 빛을 띤다.

"하지만 슨가도 대담한 행동으로는 나오지 못할 겁니다. 아무리 우리의 존재가 마음에 들지 않더라도 우리 없이는 기바 사냥의 역할을 다하지 못하기 때문이니까요. 지금의 안락한 생활을 지키기 위해서라도 저쪽에서 먼저 루와 루티무에 칼을 겨누는 일은 없을 겁니다."

"과연. 도시로부터 포상금을 받기 위해서는, 이라는 의미죠? ……정말 같은 숲가의 백성이라고는 여겨지지 않는 녀석들이네요."

"정말 그렇습니다. ──한데 당신들은 다릅니다. 단 두 명의 가족밖에 없는 파가를 멸망시키는 일에 슨가는 그리 주저하지 않을 겁니다."

가즈란 루티무는 더 강한 어조로 말했다.

"그래도 이렇게 루와 루티무가 당신들과 친하게 지내는 한, 그리 쉽게 악랄한 짓은 못 할 겁니다만…… 오늘과 같은 일도 있습니다. 아무쪼록 몸조심하길 바랍니다, 아이 파와 아스타."

"네. 우리도 여러모로 생각할 작정입니다."

가즈란 루티무는 한 번 끄덕이고 나서 내 손으로 넘어온 목걸이에 새삼스레 시선을 떨구었다.

"한데 정말 대가는 기바 스무 마리분으로 괜찮은 건지요? 나로서는 역시 오늘의 축복을 모두 바치고 싶은 심정입니다만."

"충분해요. 무지무지 기쁩니다. 이건 사양 않고 가까운 시일 내에 사용하겠습니다."

그렇게 말하고 나는 아직 약간 붉은 얼굴을 하고 있는 아이 파를 돌아보았다.

"이걸로 새 쇠 냄비를 살 수 있어! 그러면 파가에서도 구이 요리와 수프를 동시에 만들 수 있다고. 고생한 보람이 있었네. 그렇지, 가장?"

아이 파는 입술을 삐죽인 채 그리 세지 않은 힘으로 내 다리를 걷어찼다.

입가심 // ~ 젊은 현인 ~

신기한 분위기의 소년이구나, 하는 것이 가즈란 루티무가 처음에 받은 솔직한 감상이었다.

혼례 전 축하연에서 루가에서 아궁이를 담당한 파가의 아스타라는 인물에 대한 인상이다.

검은 머리에 검은 눈동자, 거기다 상아색 피부를 지닌, 언뜻 보기만 해도 이국 태생의 소년임을 알 수 있다. 숲가의 사냥꾼에 비하면 몹시 가냘픈 체격이며 얼굴도 여자처럼 부드럽다. 기바를 사냥할 힘은 분명히 가지고 있지 않을 것이다. 연약한 돌의 도시의 인간으로밖에 보이지 않는 풍모였다.

그 소년은 숲가의 백성을 두려워하지 않는다.

분명 그것이 이 신기한 분위기의 정체일 것이다.

도시의 인간이 숲가의 촌락에서 숲가의 백성에 둘러싸여 태연히 자신을 유지하고 있다. 더군다나 숲가의 복장을 몸에 두르고 스스로도 숲가의 가족이라고 말한다. 숲가의 백성이 제노스에서 얼마나 이단 취급을 받고 있는지를 생각하면 그런 것은 본래 불가능한 일이다.

'한데 이 소년은 실제로 이렇게 눈앞에 존재하고 있으니, 불가능하다고 말해봐야 소용없지만.'

그런데 어째서 돈다 루가 이런 인물에게 아궁이 당번을 맡겼는지, 그것이 가즈란 루티무는 이해할 수 없었다.

아버지 단 루티무는 아까부터 흥분을 하고 있는 데다 아마 민도 당황한 표정으로 눈을 내리깔고 있다.

이대로는 아버지와 돈다 루의 사이에 불화가 일어날지도 모른다.

가즈란 루티무는 그것이 가장 염려되었다.

자신들은 지금 악랄한 슨가에 대항하기 위해 한창 힘을 비축하고 있다. 더 많은 기바를 사냥하고 더 많은 아이를 낳아 더 많은 친족을 얻어서, 언젠가는 슨가를 쓰러뜨려야 한다. 그런 상황에서 부모 집안인 루가와, 친족 중에서 가장 큰 힘을 지닌 루티무가의 관계에 균열이 생긴다면 숲가의 미래는 영원히 암흑으로 닫혀버릴지도 모른다.

'한데…… 돈다 루 자신도, 아버지 단 못지않게 화가 난 것처럼 보이는군.'

아스타라는 소년은 하필 기바의 몸통 고기를 축하연의 요리로 차린 것이다.

특별히 기바의 몸통을 먹는다고 해서 나쁠 것은 없다. 그것은 아까 파가의 가장— 소문으로 듣던 여자 사냥꾼인 아이 파라는 인물이 설명한 그대로다.

'이런 것은 문토의 먹이다'라는 주장은 확실히 힘이 없는 씨족에 대한 모멸이며 비방이었을지도 모른다. '나약함은 곧 죄'라는 것은 분명히 숲가의 불문율이었지만, 약한 백성을 괄시했다면 결국 슨가와 다를 게 없다. 약한 백성은 스스로 경계하고 더 강한 힘을 얻을 수 있도록 힘써야 하며, 그것을 타인이 옆에서 모멸하거나 비방한다고 해도 아무런 의미도 없을 터였다.

하지만 또 굳이 몸통 고기를 먹으려 하는 의미를 모르겠다.

"맛있는 고기라서" 하고 파가의 가장은 설명했지만 그 말의 의미도 모르겠다.

그 말의 의미를 이해한 것은 무거운 분위기 속에서 기바의 등갈비를 한입 베어 먹고 나서의 일이었다.

아버지와 돈다 루의 거동을 신경 쓰면서 무심코 뼈 붙은 고기를 입에 가져간 가즈란 루티무는 정신을 잃을 만큼의 충격을 받고 말았다.

'이건……'

맛이, 다르다.

짐승의 냄새가, 전혀 나지 않는다.

심지어 이 붉고 걸쭉한 국물은 뭘까. 과실주의 단맛에 돌소금과 피코잎이 섞여 그것이 또 기바 고기의 맛에 큰 변화를 가져다준다.

'이게…… 맛있는 고기인가?'

미지의 감각이 입속에 퍼져간다.

이것은—— 쾌락이다.

행복감이다.

생의 기쁨이다.

과장이 아니라, 가즈란 루티무는 그렇게 생각하게 되었다.

가족의 즐거워하는 웃는 얼굴을 볼 때나, 거대한 기바를 사냥했을 때, 피곤한 몸을 침상에 뉘였을 때—— 그리고 사랑하는 사람을 팔에 안았을 때 몸속을 누비는 포근한 감각, 그것과 동질의 행복감이 입속에 폭발했다.

머리가 이해하기 전에 마음과 몸이 먼저 기뻐하고 있다. 신기한 체험이었다.

목이 마르면 물이나 과실주를 맛있다고 느낀다.

배가 고프면 고기나 채소를 맛있다고 느낀다.

하지만 지금, 가즈란 루티무가 느끼고 있는 것은 그런 평범한 감각이 아니라, 더 뿌리 깊은 것—— 영혼의 전율 같은 기쁨과 충족감이었다.

시선을 느꼈기에 뒤돌아보니 아마 민이 이쪽을 보고 미소 짓고 있었다.

분명 자신과 똑같은 감각을 품고 있으리라.

아직 자신의 가슴속에 생겨난 놀라움과 충격을 소화하지 못한 채, 어느새 가즈란 루티무도 똑같이 미소 짓고 있었다.

무슨 일이 일어났는지는 아직 제대로 이해하지 못하고 있다.

다만 위대한 변혁의 예감에 가즈란 루티무는 영혼을 사로잡히고 말았다.

◇

이튿날, 가즈란 루티무는 아마 민과 함께 파가를 방문했다.

혼례식 아궁이 당번을 아스타가 맡아주길 바란다는 부탁을 하기 위해서다.

아버지 단 루티무가 그 말을 꺼냈을 때는 또다시 당치도 않은 일을── 하고 기가 막혔던 가즈란 루티무이지만, 막상 그것을 아스타 쪽에서 거절하자 이상하리만치 마음이 흔들리는 것이었다.

중요한 혼례식의 아궁이 당번을 혈족도 아닌 인간에게 맡긴다는 것은 숲가의 관습에 반하는 행위다.

하지만 그것을 감안한다 하더라도 커다란 의의를 발견할 수 있지 않을까. 그렇게 생각했더니 도저히 가만히 있을 수가 없었다.

아마 민에게 솔직한 마음을 털어놓자 그녀도 "같은 마음이에요" 하고 말해주었다.

그래서 이렇게 파가를 방문하게 되었다.

그런데 아스타에게는 완강히 거절당했다.

"……미안하지만 대답은 내일까지 기다려줄 수 없겠나?"

가장 아이 파의 말을 듣고, 가즈란 루티무는 아마 민과 함께 루티무의 촌락으로 돌아왔다.

"괜찮아요. 분명 아스타에게는 우리의 마음이 전해졌을 거예요."

돌아오는 길에 아마 민은 그렇게 말했다.

"태생은 이국인 모양이지만, 아스타에게서 숲가의 백성에 걸맞은 영혼을 느껴요. 그러니 분명 괜찮을 겁니다."

"그래. ……그는 신기한 사람이더군."

이 말에는 "그런가요?" 하고 반문되었다.

"난 큰 위화감도 없이 아스타를 동포라고 생각했어요. 아이 파가 남자이고 아스타가 여자라면 더 자연스러운 느낌이 되겠지만요."

"아, 정말 그렇구나. 사냥꾼이자 가장인 여자와 아궁이 당번인 남자라니. 정말 신기한 만남이군."

"하지만 두 사람은 정말 행복해 보였어요. 그렇다면 지금 이대로도 올바른 형태일지도 모르겠어요."

그렇게 말하면서 아마 민은 그녀답지 않게 어린아이 같은 몸짓으로 쿡쿡 웃었다.

"두 사람이 돌아왔을 때의 모습을 기억하나요? 아이 파는 어쩐지 매우 부드러운 표정이었고 평범한 젊은 아가씨로 보였어요. 분명 평소에는 가족인 아스타에게만 그런 얼굴을 보여주겠지요."

"흐음? 전혀 눈치채지 못했는데."

"그런가요? 아이 파는 무척 강한 힘을 지닌 사냥꾼인 동시에 타인이 접근하지 못하게 하는 완고한 성품으로 보였지만, 그런 가족이 곁에 있어준다면 평안한 마음으로 매일을 보낼 수 있을 거예요."

그렇게 말하고, 아마 민은 미소를 머금은 채 가즈란 루티무를 올려다보았다.

"가즈란 루티무를 만나기 전의 나였다면, 난 그걸 부럽게 생각했을지도 몰라요."

"그런가"라고밖에 대답할 수가 없었다.

걸어가면서 아마 민은 가만히 가즈란 루티무의 팔에 자신의 팔을 꼈다.

"아스타가 이 일을 받아들여준다면 혼례식 연회도 더 행복한 하룻밤이 되겠지요. 내일 또 거절당해도 나는 승낙을 받을 때까지 파가에 다닐 작정이에요."

◇

다행스럽게도 아스타는 혼례식 아궁이 당번을 수락해주었다.

또한 그것을 위한 조건을 돈다 루에게 전하자 그쪽에서도 순순히 양해해주었다.

"들었어, 가즈란 루티무! 혼례식 아궁이 당번을 아스타에게 부탁했다면서? 너, 제법 과감한데!"

루의 촌락에서 그렇게 말을 걸어온 루도 루이다.

언제나 명랑한 소년이지만 특히 그때는 빛나는 미소까지 띠었다.

"게다가 그때까지 아스타는 매일 루가의 아궁이까지 봐준다던데? 나, 엄청 기뻐!"

"그렇습니까. 돈다 루에게는 상당히 무리한 부탁을 드렸기에 그런 말을 들으니 조금은 마음이 편해지는군요."

"여전히 딱딱한 말투네! ……그런데 아스타한테는 기바의 뿔과 엄니를 스무 마리분이나 준다고? 그렇게까지 안 해도 아스타는 척척 받아들여줄 것 같은데."

"그건 이쪽의 도리가 아니지요. 혈족도 아닌 인간의 혼례식 연회를 맡기는 셈이니, 거기에 따른 대가는 필요합니다."

"흐음? 그런데 우리는 대가 같은 건 지불하지 않았거든. 축복으로 하나씩 엄니나 뿔은 선물했지만."

"……처음에 어째서 아스타는 루가의 아궁이 당번을 맡게 된 거죠?"

그때 가즈란 루티무는 파와 루의 인연을 처음으로 알게 되었다.

원래 아이 파가 지바 루와 리미 루의 친구였다는 이야기도, 아이 파가 아버지를 여의었을 때 루가와의 혼사를 권했다는 이야기도, 가즈란 루티무는 그때 처음 알게 된 것이었다.

"그럼 지바 루는 아스타의 요리 덕분에 구원받은 게로군요……."

"그렇지. 그런데도 지자 형과 다루무 형은 아직도 아스타를 인정하지 않고 있어. 아버지는 일전에 저녁 식사에서 생각이 많이 바뀐 것 같지만."

가즈란 루티무는 조금 생각하고 나서 지자 루와 다루무 루와도 이야기를 나누어보기로 했다.

벌써 태양은 중천 가까이 올라와 있었기에 얼마 안 있으면 아스타도 이곳 루의 촌락에 찾아온다. 그 전에 이 일을 마쳐놓아야 했다.

"지자 루, 다루무 루, 잠깐 괜찮습니까?"

다행히 두 사람은 같이 광장의 한구석에 있었다.

사냥꾼의 일에 대비해 몸을 쉬고 있었을 것이다. 바람이 통하는 상쾌한 나무 그늘에서 아무래도 남몰래 대화를 한 모습이다.

"가즈란 루티무로군. 나도 당신과 하고 싶은 이야기가 있던 참이다."

지자 루가 실 같은 가는 눈으로 가즈란 루티무를 마주 응시한다.

"조금 전 가장 돈다로부터 혼례식 연회에 관한 이야기를 들었다. ……당신은 도대체 무슨 생각으로 그 일을 파가의 아스타에게 부탁한 거지?"

"나는 그것이 혈족의 힘이 될 거라 생각했습니다."

지자 루는 여느 때처럼 온화한 얼굴이었다.

그러나 그 가슴속에는 루가의 후계자에 걸맞은 정열과 냉정함이 잠재되어 있는 것을 가즈란 루티무는 이미 알고 있다.

"살아 있는 기쁨이 깊어지면 살고 싶어 하는 힘도 강해진다, 하는 그 이야기 말인가. 그 말 자체가 틀렸다고는 말하지 않겠지만── 한데 파가의 아스타는 이국인이다."

"네. 그러나 지금은 파가의 가족이지요?"

"가장만 인정하면 어떤 인간이든 그 집의 가족이 될 수도 있다. 하나, 우리가 이 모르가의 숲가에 이주한 지 80여 년, 이국의 백성을 가족으로 받아들인 적은 없었다."

"네, 아스타가 그 첫 번째 인간이라는 거군요. 그것을 금하는 규정이 없는 이상, 아무런 문제도 되지 않겠지요."

"……아스타가 다루는 것은 숲가의 밖에서 체득한 힘이다. 그로 인해 초래되는 변화를 옳다고 단언할 수 있겠는가?"

"옳다고 단언할 수는 없지만, 또 틀렸다고 단언할 수도 없다고 생각합니다. 그러니 나는 옳다고 믿기로 했습니다."

지자 루는 변함없는 표정으로 팔짱을 낀다.

다루무 루는 깊은 빛을 품은 눈으로 가즈란 루티무를 응시하면서 한 마디도 하지 않는다.

"지자 루가 염려하는 바도 잘 압니다. 나 자신도 전혀 불안하지 않은 것은 아닙니다. 하지만── 외부의 힘을 무턱대고 거절하는 것 역시 반드시 옳다고 단언할 수는 없겠지요. 숲가의 밖에, 세계는 끝없이 펼쳐지고 있으니 그들 전부가 틀린 존재라고 단언할 수 있을 리 없습니다."

"하나, 우리 동포는 이 숲가 안에만 존재한다. 숲가의 바깥 세계는 우리와 관련이 없을 테지."

"그런가요? 우리는 숲에서 태어나 숲에서 자랐지만, 그렇다고 나무뿌리에서 태어나지는 않았습니다, 지자 루."

이런 말을 해서 찬동을 얻을 수 있을 거라고는 생각하지 않았지만, 입에 담지 않고는 배길 수가 없었다.

가즈란 루티무에게 지자 루는 틀림없이 소중한 동포이며, 게다가 부모 집안의 후계자이기도 하다. 의견이나 마음이 맞지 않을 때가 있어도, 그것을 숨긴 채 어울릴 수는 없었다.

"우리의 조상은 80년 전 옛날부터 자갈의 숲에서 살았습니다. 그때는 도시의 주민과도 일절 관여하지 않고 숲 속에서만 살아왔지만, 이 모르가 숲으로 이주한 후에는 기바의 뿔과 엄니를 역참 마을에서 팔아 제노스의 법에 따라 살아가는 몸입니다. 그래도 우리는 완고하게 도시의 주민들을 거부해왔지만── 그것은 정말 옳은 행위였을까요?"

"그것은 옳다고 단정할 수 있지 않은가. 실제로 도시와 깊은 관계를 맺은 슨가는 저렇게 타락해버렸으니."

"그래서입니다. 숲의 은혜를 수확하는 것을 금지당한 우리는, 어찌 되었든 바깥 세계와 관계를 맺고 동전으로 양식을 얻는 것밖에 살아갈 길이 없습니다. 아무리 거부해도 바깥 세계와 어울리지 않는 한 살아갈 수 없습니다. 그렇다면 최대한 옳은 형태로 바깥 세계와 인연을 만들어 가야 하는 것 아닐까요."

"그것이── 아스타를 받아들이는 이유이자 의미라는 건가?"

"거기까지 생각해서 한 일은 아닙니다. 나는 단지, 이국 태생이라는 이유만으로 아스타를 거부할 마음이 들지는 않았다는 것뿐입니다."

지자 루는 작게 한숨을 쉬고 늠름한 목을 가로저었다.

"어차피 가장 돈다는 당신의 부탁을 들어주었다. 우리는 가장의 결정에 따를 뿐이다. 남은 것은 당신의 예상이 빗나가고 아스타의 존재가 재앙이 되지 않도록 빌 수밖에."

"무슨 일이 생기면 내가 이 몸으로 그 죄를 속죄하지요."

그리고 마지막으로 가즈란 루티무는 무언의 다루무 루에게도 말을 건네보았다.

"다루무 루, 당신도 지자 루와 같은 염려를 안고 있나요?"

"나는—— 어려운 이야기는 잘 모른다."

다루무 루는 불쾌한 듯 대꾸한다.

"나는 다만, 그 허여멀건 애송이가 마음에 들지 않을 뿐이다."

저쪽은 생각보다 심각한 느낌은 아닌 것 같았다.

오히려 다루무 루답지 않게 어린아이처럼 토라진 듯한 느낌마저 받았다.

'……그러고 보니 돈다 루가 아이 파에게 권했던 혼사의 당사자는 다루무 루였군.'

그 일에 뭔가 원한이라도 품고 있는 걸까.

며칠 후에 아내를 맞이하는 몸이지만, 가즈란 루티무는 남녀의 미묘한 사정이라는 것을 잘 알지 못했다.

'어쨌든, 나는 이미 이 길을 선택했다.'

이제 믿고 돌진할 수밖에 없다.

가즈란 루티무는 두 사람에게 인사를 하고, 이국 태생의 기묘한 동포가 찾아오기를 기다리기로 했다.

◇

분주한 나날은 지나고 가즈란 루티무는 분명한 행복감과 충족
감을 가슴에 품고 아스타 앞에 설 수 있었다.

혼례식 연회를 무사히 마친 후였다.

"정말 무사히 끝나서 마음이 놓입니다."

대가의 목걸이를 받아 든 후 아스타는 그렇게 말했다.

몹시 피곤할 것이다. 눈꺼풀이 절반은 내려가 있고 빈집의 벽
에 등을 기댄 채 금방이라도 쓰러질 것 같다.

그러나 횃불에 비친 눈동자에는 가즈란 루티무에도 지지 않을
충족감이 가득 느껴졌다.

어쩐지 얼굴을 붉히고 고개를 돌리고 있는 아이 파 쪽도, 그것
은 마찬가지다.

'……확실히 지금은 여자 사냥꾼으로는 도저히 보이지 않는군.'

아이 파는 연회복을 걸치고 있었다. 그러나 그뿐만이 아니라
예전에 보았을 때보다 한결 아이 파는 아름답고 그리고 아스타
에 대해서 마음을 연 것처럼 보이기도 했다.

여자 사냥꾼인 아이 파와 아궁이 당번인 아스타. 숲가의 마을
에서 이토록 기묘한 배합도 없겠지만, 그들은 끈끈하게 영혼이
연결된 가족이라는 것을 가즈란 루티무도 짐작할 수 있었다.

"당신은 신기한 사람이군요, 아스타."

연회의 흥취를 등 뒤로 느끼면서 가즈란 루티무는 그렇게 말해보았다.

"당신은 틀림없는 이국인이건만 그래도 역시 숲가의 동포라고 믿을 수 있습니다. 그 몸의 힘도, 기질도, 모습들도, 숲가의 백성과 닮은 구석이 전혀 없는데도── 나는 그것이 신기합니다."

"그런가요? 나도 내가 이런 식으로 받아들여지고 있다는 게 정말 신기해요."

말투에서도 약간 졸음이 느껴지는 말투로 아스타는 그렇게 말했다.

"하긴, 모든 건 아이 파 덕분이에요. 나와 숲가의 인연을 맺어준 것은, 처음에 날 거두어들인 아이 파이니까요."

"시끄러워" 하고 아이 파는 콧잔등에 주름을 잡았다.

그래도 역시 매끄러운 뺨은 여전히 붉다.

'그렇구나…… 아스타와 만난 사람이 아이 파가 아니었다면, 오늘의 이런 날도 오지 않았을지도 모르지.'

숲에서 이국인을 발견하고 집으로 데려오는 인간은 그리 흔하지 않을 것이다. 보통은 그대로 버려두거나, 역참 마을까지 데려다주는 것이 고작일 터이다. 기질이 거친 사냥꾼이라면 더 비참한 말로였을지도 모른다.

'아이 파에게 발견되고 지바 루와의 인연으로 루나 루티무와 맺어지다니── 그리고 나도, 아스타와 만날 수 있었지.'

이 만남은 숲가에 무엇을 가져다줄까.

예언자가 아닌 가즈란 루티무에게 그것은 예상조차 할 수 없었지만, 그래도 어떤 예감은 있었다.

'나와 아스타의 길은 일치한다.'

그것을 이 연회에서 가즈란 루티무는 똑똑히 체감할 수 있었다.

그만큼 기쁨과 행복을 가져다준 아스타는 어느새 가즈란 루티무에게 둘도 없이 소중한 존재가 되어 있었다.

혈연은 관계없다. 파가의 가족인 아스타는 혈족도 아무것도 아니었지만, 그래도 숲가의 동포였다.

'나는 분명, 앞으로도 아스타와 함께 걸어가겠지.'

그 앞에 어떤 미래가 기다리고 있는지는 모른다.

하지만 그것은 예감이라기보다는 확신에 가까운 생각이었다.

'아스타를 상처 주려는 자가 있다면 내가 방패가 되겠다. 아스타를 거부하는 자가 있다면 내가 설득하겠다. 나는 그만한 것을 오늘 아스타로부터 받았다.'

아름다운 신부와 소중한 벗을 동시에 얻을 수 있었다, 이날 밤 자신만큼 행복한 인간은 달리 없을 것이다, 하고 가즈란 루티무는 마음속으로 조용히 그렇게 생각을 곱씹었다.

"아스타, 당신은——."

"미안하군. 아무래도 잠이 든 모양이다."

아이 파가 말을 잘랐다.

보면, 분명히 아스타는 어느새 땅바닥에 주저앉아서 그대로 벽에 기대어 잠들고 말았다.

어린아이처럼 천진하고 그리고 흡족한 얼굴로 잠들었다.

"결국 아무것도 먹지 못한 채 잠들고 말았군. 이러니까 이 녀석이 반 사람 몫이라는 거다."

화난 말투로 아이 파가 말한다.

그러나 그 눈동자에는 넘치도록 풍부한 애정의 빛이 반짝이고 있었다.

"피곤할 텐데 찾아와서 죄송합니다. 모쪼록 편히 쉬시지요."

"음. ……연회는 아직 안 끝나는가?"

"네. 과실주의 마지막 한 방울이 없어질 때까지 잠드는 자는 없겠지요."

"과연 그때까지는 같이 있어줄 수가 없겠군. 그럼 이만 실례하겠다."

아이 파는 아스타의 팔 밑에 머리를 넣어 그 몸을 번쩍 들어올렸다.

그런데도 아스타는 깨지 않은 채 편안한 숨소리를 내며 자고 있다.

"아이 파, 당신에게도 감사의 말을 전합니다."

"음? 이건 대가를 받아서 한 일이니 그렇게 구구하게 예를 표할 이유는 없다."

"아니, 이 밤의 일뿐만이 아닙니다. 아스타라는 존재를 숲가에 데려와준 것에 나는 감사하고 있습니다."

"그건…… 그거야말로 인사를 들을 이유가 없다."

아이 파는 입술을 샐쭉하며 홱 하고 고개를 돌리고 말았다.

아스타가 없었다면 아이 파가 자신에게 이런 표정을 드러낼 일도 없었으리라.

"그럼 실례하겠습니다."

악연을 깊게 맺어버린 슨가나, 도시에서 찾아온 카뮤아 요슈라는 수수께끼의 인물에 의해 내일부터도 그들은 다양한 고생을 짊어지게 될 것이다.

그것을 돕기 위해서라면 자신도 힘을 아끼지 않겠다.

오늘은 이 안전한 루의 촌락에서 푹 쉬면서 만일에 대비하길 바란다.

그런 생각을 하면서 새로이 얻은 벗의 모습을 눈동자에 새기고 난 후 가즈란 루티무는 사랑스러운 신부의 곁으로 돌아가기로 했다.

의식의 불은 변함없는 기세로 밤하늘을 태우기라도 할 듯 붉은 불꽃을 내뿜어냈다.

후기

《이세계 요리의 길》3권을 읽어주셔서 정말 감사합니다.

갈팡질팡하는 사이에 여기까지 권수를 늘릴 수 있었습니다.

이 또한 전적으로 여기까지 읽어주신 여러분의 덕분입니다.

이번에는 '학교생활!'의 원작자인 카이호 노리미츠 님께서 띠지 문구를 써주시는 영예까지 누리고 말았습니다.

카이호 노리미츠 님 하면, 직접 각본을 쓰신 모 애니메이션 작품의 카니발이 강한 인상으로 남아 있습니다.

여주인공들이 연회복을 입고 평소보다 더 활기차게, 또한 평소와는 다른 요염함으로 춤을 선보입니다. 이번 축하연을 표현할 때 그 작품의 그 장면은 몇 번씩이나 제 뇌리를 스쳤습니다.

이쪽 연회에서는 여자들이 춤을 선보이기 전에 아스타가 침입하고 말아, 웹 사이트에 게재했을 때는 '뭐 이런 멍청한 주인공이 다 있어!' 하고 독자들이 탄식한다는 결말이 나지만요.

여하튼 아스타의 이세계 생활은 이제부터가 본격적입니다.

앞으로도 계속해서 즐겨주시면 감사합니다.

그럼 매번 똑같이 인사를 드리지만, 하비재팬 편집부 담당자님, 일러스트레이터 코치모 님, 이 작품의 출판에 힘써주신 모

든 분들과 그리고 이 책을 읽어주신 분들께 다시 한 번 감사의
말씀을 드립니다.

그럼 다음 권에서 또 만나요!

2015년 5월 EDA

ISEKAI RYOURIDOU 3
©2015 EDA
Originally published in Japan in 2015 by HOBBY JAPAN CO., Ltd.

이세계 요리의 길 3

2016년 5월 25일 1판 1쇄 인쇄
2016년 6월 1일 1판 1쇄 발행

저   자 EDA
일 러 스 트 코치모
옮 긴 이 이정민
발 행 인 유재옥
담당편집자 최민성
편   집 김민지, 김진아, 최민성
라이츠담당 채윤지
발 행 처 ㈜소미미디어
등   록 제2015-000008호
주   소 서울 마포구 토정로 222, 403호(신수동, 한국출판콘텐츠센터)
판   매 ㈜소미미디어
마 케 팅 한민지
전   화 편집부 (070)4164-3962, 3963 기획실 (02)567-3388
          판매 및 마케팅 (02)567-3388, Fax (02)322-7665

ISBN 979-11-5710-398-0 04830
ISBN 979-11-5710-233-4 (세트)

이세계 요리의 길
3

EDA 지음 ǀ 코치모 일러스트 ǀ 이정민 옮김